横店的四季恋歌

曾毓琳　著

中国社会出版社
国家一级出版社·全国百佳图书出版单位

图书在版编目（CIP）数据

横店的四季恋歌／曾毓琳著．—北京：中国社会出版社，2015.6

ISBN 978－7－5087－5076－7

Ⅰ.①横…　Ⅱ.①曾…　Ⅲ.①散文集—中国—当代　Ⅳ.①I267

中国版本图书馆 CIP 数据核字（2015）第 120001 号

书　　名：横店的四季恋歌
著　　者：曾毓琳

出 版 人：浦善新
终 审 人：李　浩
责任编辑：李冬雁　　**责任校对**：张　丛

出版发行：中国社会出版社　邮政编码：100032
通联方法：北京市西城区二龙路甲 33 号
电　　话：编辑室：（010）58124823
销售部：（010）58124837
传　真：（010）58124837
网　　址：www.shcbs.com.cn
经　　销：各地新华书店

中国社会出版社天猫旗舰店

印刷装订：中国电影出版社印刷厂
开　　本：145mm×210mm　1/32
印　　张：9.125
字　　数：200 千字
版　　次：2015 年 6 月第 1 版
印　　次：2015 年 6 月第 1 次印刷
定　　价：48.00 元

中国社会出版社微信公众号

正朝着“国际化的观光与休闲的梦幻之城、快乐之都”目标迈进的横店影视城，多年来，以其高成长性引起海内外公众的广泛关注。 包康轩 摄

明清宫苑景区以其金碧辉煌的帝王宫殿、富丽堂皇的龙阙凤檐、气势恢宏的皇宫广场，广受游客与剧组的青睐。

横店影视城标志性演出《梦幻太极》，是全球最大的火山实景演出，中国十大最具国际影响力的旅游演出，堪称亚洲超一流室外大型演艺。自该节目在梦幻谷景区推出以来，一直受到海内外观众的喜爱，几乎每场都座无虚席，成为中外游客来横店旅游的必看节目。 罗斌 摄

大型室内园林式戏曲歌舞秀《秦淮八艳》，截取了“八艳”各自一生中最为经典、最打动人心的人生片段，通过多种艺术形式展现了八位名妓各自不同的动人心魄的美丽，引领观众走入一卷慢慢展开的长卷。 罗斌 摄

诗情画意的清明上河图，店铺林立，楼宇鳞次栉比，气派的樊楼，精美的绣阁、府第，展示出奢华的宋代京都文化和繁华喧闹的市井文化，让人“一朝步入画中，仿佛梦回千年”。 罗斌 摄

广州街·香港街景区内，逼真的实景建筑，艺术地再现了1840年前后的羊城旧貌和香江风韵。而集亭台楼榭之大全的天下第一茶楼“天澜阁”，傲然矗立，尽显华夏建筑风流。 孔瑞兵 摄

2014年，横店影视城共接待剧组178个，同比增长25%。一派火热繁华的剧组拍摄景象，也是游客眼中一道独特的风景。

目录

CONTENTS

第一辑　美丽嬗变

第二辑　四季恋歌

第三辑　明星情结

第四辑　天涯游痕

自　序

旅游，一首生命进行曲

从 2001 年起到 2014 年底，共计 8551 万人次的游客来过横店影视城旅游。这是令人振奋的数字，它意味着旅游规模性地进入了寻常百姓家，成为值得大书特书的事情。它既说明了横店影视城旅游产品的日益成熟和品牌影响力的持续攀升（这从 2001 年游客量 55 万人次跃升到 2014 年游客量 1375 万人次就能清晰地看出），又说明了中国人的家庭经济水平在提高，文化诉求在提升。其实，旅游在中国历史悠久，事业宏大。

所谓旅游，其实是智慧的吸纳，是远见的摄取，是精神力量的淬火，是文化思想的萃聚，是身心的休闲快乐，是强健身体清醒头脑的轨迹。逛公园、走乡村、访农家是旅游，寻古访幽、登山望湖也是旅游。旅游就是想看什么就看什么，想吃什么就吃什么。旅游就是自我任性追求的惊喜，就是漫无目的寻访的喜悦，就是呼朋唤友的热闹，就是挣脱束缚高谈阔论的痛快，就是静观深思的深沉，就是奇观异景前的一声惊叹或者瞠目结舌。

旅游是寻梦，寻找我们情怀深处的梦。旅游是考问，考问旅游目的地的景观与人和环境和谐共处相互依偎的程度。对于来横店影视城的游客来说，旅游是探索，探索广州街·香港街春天里的樱花何以令人心醉，探索秦王宫四海归一殿何以气壮山河，探索千年古刹大智禅寺何以妙相庄严，探索梦幻谷的夜晚何以风情万种迷倒芸芸众生。旅游也是追求。许多游客来到横店影视城，追求春日里屏岩洞府景区漫山遍野的翠绿，追求盛夏时梦幻谷景区泼水嬉水活动的狂欢，追求入秋后清明上河图景区菊花的芬芳，追求雪天里登上华夏文化园高耸入云的三教塔一览白雪茫茫的横店全景。当然，也有不少游客追求国防科技园展现的“天地一体化”现代战争的震撼，追求明清民居博览城 120 多幢古建筑的美轮美奂，追求明清宫苑红墙金瓦中所闪烁着的帝王文化历史符号。

这就是旅游。旅游是山岳河川，是风花雪月，是苑囿建筑，是民风民俗。旅游也是饮食游戏，是斗酒诗百篇，是作文论景抒怀，是摄影绘画叙事。游客们走进横店，知道了这里的南江流淌着横店的千百年文明史，知道了这里的八面山凝聚着牵出金牛的杰出的社会企业家徐文荣的光荣与梦想，知道了这里长长的板凳龙和订婚的隆重远高于结婚的民间意趣风情盎然。游客们走进横店，这里的旅游循环观光车串联起了各个景区的明珠，串联起了各家宾馆的璀璨，串联起了各家餐厅的香浓。

中华民族自古以来就有旅游的美好风尚。神农尝百草、夸父追日、精卫填海、女娲补天等古代神话传说，何尝不是中华之旅的开蒙之篇啊？孔子周游春秋十四国、徐福东渡、汉武求仙、谢灵运寻山陟岭必造幽峻、王羲之穷诸名山以观沧海，都是载入史册的旅游行为。唐僧西游，沿着丝绸之路走到了西方大多数国家。欧阳修、苏轼、陆游等著名文学家，对旅游的感情至为深切。如果不出门旅游，李白怎么可能写出《蜀道难》？司马迁更不可能写出《史记》。如果不出门旅游，张择端一辈子也画不出《清明上河图》，郦道元也不可能以《水经注》传世。曹雪芹的《红楼梦》是一部华夏绝唱，也是一部冠绝千古的旅游文学巨著，字里行间尽诉人生苦旅。更不用说那多如繁星的影视作品了。如果没有旅游经历，那些编剧、导演、演员怎么可能演绎出一幕幕人间的悲欢离合啊？

旅游就是这样，于无声处增加你的智慧，提升你的胸襟和道德，发达你的文化思想，强健你的身体心灵，旅游就是一首生命进行曲。因为经常旅游，我们可以渐渐做到宠辱不惊、宁心静神，可以渐渐变得洒脱从容、笑对世事。横店影视城对中外游客朋友们说：“你来了，所以你快乐！”其实就是在阐述旅游的神韵，如果不希望生活平淡乏味，如果常常感到郁闷不爽，那么就出门旅游吧！“莫愁前路无知己，天下谁人不识君？”“天下”在哪？就在山水间，就在旅途中。

曾毓琳

第一辑

美丽嬗变

横店影视城：从横空出世到美丽嬗变

100 多年前，自京剧名伶谭鑫培在黑白电影《定军山》中“请缨”、“舞刀”开始，电影这种“西洋景”就在中国扎下了根。然而，谁也没有想到，100 多年后的今天，“西洋景”居然会与中国浙江中部山区的一个小镇有着千丝万缕的联系。这个小镇的名字叫作横店。

1975 年前，横店只是一个贫穷偏僻的小山村，当地流传着的一首歌谣透出了横店人无限的悲哀、酸楚和无奈：“抬头望见八面山，薄粥三餐度饥荒，有女不嫁横店郎……”

而今只有 121 平方公里土地的横店，却已成为名震中华、驰誉海外的高科技工业走廊和文化重镇。昔日的穷乡僻壤已变成世界最大的磁性材料生产和出口基地，已变成全球规模最大的影视拍摄基地。美国著名电影导演约翰·麦柯蒂尔南在横店考察后当即发出惊叹：“这里很像当年的好莱坞！”

2004 年 4 月 2 日，杭州。在五星级的浙江世贸中心大饭店宽敞的会议厅里，众多的记者将镜头聚焦于一个意义非凡的时刻——横店影视产业实验区正式挂牌。这个中国目前唯一的国家级影视产业实验区诞生的消息，通过媒体的广泛传播后，立即在海内外引起了热烈反响，不啻一场“地震”效应。同年5月26日，全国拥有电影审查权的三家地方机构之一的浙江省广电局电影审查中心正式落户横店。5月26日至6月1日，第八届中国国际儿童电影节及中国电影金牛奖颁奖典礼在横店隆重举行。9月27日至29日，以“与世界牵手，与时代同行”为主题的2004年中国·横店影视博览会在横店成功举办。2004年12月27日至29日，全国电影工作会议在横店举行。从1996年8月起到2014年底，国内外共有1400余部电影和电视剧在横店影视城拍摄。自横店影视产业实验区成立后，已有包括华谊兄弟等“影视大佬”在内的567家境内外影视公司相继落户横店。2010年4月18日，横店影视城晋升为国家5A级旅游景区，随后又成为全国旅游标准化示范企业。

横店，这个过去名不见经传的小山村，何以与影视产业结下了不解之缘？由中国民营企业横店集团倾力打造的横店影视城，何以能在中国众多的影视拍摄基地里露出峥嵘、大展雄风、创建奇功？

美国媒体惊呼横店为“中国好莱坞”

横店，位于浙江省中部的东阳市境内。这里的人们曾经饱受资源匮乏、交通落后、信息闭塞的困扰。1975年，横店大队党支部书记徐文荣带领当地农民艰苦创业，创办了横店丝厂，从此横店走上了农村工业化道路。当年小小的横店丝厂现已发展成了拥有员工5万余名、总资产达到近500亿元的横店集团。2014年，横店集团的营业收入达到520亿元，创利税61亿元。

农村工业化后，必然带来农村城市化。不过，横店农民所走的城市化之路，并不是沿袭以往的“一窝蜂进城”的办法，而是自己造城，在故土上建造新城。1999 年 11 月，在国务院批准的《浙江省城镇体系规划》中，横店镇被列入了小城市发展规划。这些无疑意味着横店农民不断追求的“农村城市化”将成为现实。

然而，就像农村工业化的道路从来不曾平坦过一样，农村城市化的实现过程同样充满了坎坷。

1994 年，横店集团在创始人徐文荣的大胆决策下，大规模建设起了度假村、文化村、影剧院、体育馆等，引起了社会的广泛关注。两年后，徐文荣在一片荒山秃岭中，大兴土木，建设横店影视城，更是引发了各界人士的丰富表情。他们有的瞠目结舌，有的不屑一顾，有的冷嘲热讽，有的竭力反对，有的忧心忡忡，有的一言不发、坐观其变……很明显，反对声占了上风，怀疑派不在少数，理由很简单：“横店农民一年到头连电影都看不了几场，怎么可能建得起影视城？徐文荣搞工业还可以，搞文化嘛，他是个外行。再说，风险太大呀！”反对者来自各个层面，甚至在横店集团内部也有个别人摇头叹息。

从没有向命运低头的徐文荣，并没有因铺天盖地的非议而气馁。他坚信建影视城必然推动和加快横店实现农村城市化，必然引发影视文化的产业效应。总之，这条路没走错！

信念的种子，在荒土上倔强地发芽、生长、开花、结果。经过 19 年的风雨洗礼，横店影视城实景规模跃居全球第一，吸引了谢晋、陈凯歌、张艺谋、王家卫、唐季礼、吴子牛、徐克、尔冬升等著名导演来横店拍戏。19 年来，横店影视城共接待了 1400 多个电影、电视剧摄制组，国内近半数的古装电视剧在这里拍摄，最多时一天有 46 个剧组同时拍摄，其热闹喧腾的场面令人难忘！与国内许多影视拍摄基地的冷冷清清形成了十分鲜明的对照。美国的《好莱坞报道》杂志社记者赴横店探访后，激情难抑，撰文称横店为“中国的好莱坞”！

谢晋：“我简直不敢相信这是真的！”

不过，“中国好莱坞”的殊荣实在是来之不易。

1994 年的一天，徐文荣置身于太湖之滨的江苏无锡市唐城拍摄基地之中，望着摩肩接踵的游客，禁不住心潮起伏：如果横店也像唐城一样拍戏的剧组多、参观游览的游客多，那该多好呀！可是，横店能行吗？

不久，徐文荣出差北京，获悉某电视台正在筹拍一部电视连续剧，但还未落实外景拍摄地点。徐文荣主动上门拜访该台领导，恳请该台把这部电视剧的外景基地搭建在横店。台长应徐文荣之邀逛了一圈横店后，向徐文荣泼了一盆冷水：“不行不行！你们横店哪能建什么拍摄基地！”令徐文荣无言以对。

徐文荣没有放弃。1995 年冬天，正在为《鸦片战争》筹拍而忙碌的著名导演谢晋，陷入了深深的苦恼和焦虑：北方某县为《鸦片战争》拍摄而兴建的外景基地，工程进展相当缓慢，肯定要影响该片的开机计划！《鸦片战争》是为庆祝香港回归祖国而拍摄的一部献礼巨片，意义重大，现在，这部影片眼看着就要搁浅了，谢晋导演怎能不急火攻心呢？

1995 年 12 月 14 日下午，冬阳高照，谢晋从上海风尘仆仆地赶到了横店，在一座山头上与徐文荣的手紧紧地握在了一起。两个人的握手在这个普通的日子里具有了不平凡的意蕴：《鸦片战争》的拍摄有了可靠的保证，横店影视城的建设从此拉开了序幕。

1996 年 1 月 24 日，搭建电影《鸦片战争》拍摄基地“十九世纪南粤广州城市街”外景签字仪式暨新闻发布会在横店度假村隆重举行。闻讯赶来横店的全国各地记者把会场挤得水泄不通。此前，谢晋与徐文荣的一段对话颇有意思：

谢：“老徐呀，这个广州街可不是一条街，而是一座老广州城哟，你能按时建得起来吗？”

徐：“别人花一年时间，我保证半年建成！”

谢：“别开玩笑！”

徐：“我不开玩笑！”

谢：“你真的有把握吗？”

徐：“没问题！你放心吧。”

开工兴建的标志，是在横店镇岩前村凹凸不平的荒岭上响起的那一阵阵炮声。几天后，漫天飞雪，荒岭上是一片银白的世界。施工队伍硬是顶风冒雪，日夜奋战。几个月后，占地 300 多亩的广州街崛起，真实地再现了公元 1840 年前的羊城旧貌。1996 年 8 月 8 日 8 时 8 分，《鸦片战争》开机了，坐在监视器前的谢晋导演激动地说：“我简直不敢相信这一切是真的！”次年 7 月 1 日，香港回到了祖国的怀抱，而电影《鸦片战争》则于这一天在全球公映，横店也借此片而惊艳影视界。

数千年历史时光在横店被雕刻

《鸦片战争》的成功拍摄以及广州街拍摄基地的奇迹般建成，赋予横店浓郁的传奇色彩。对横店心怀感激的谢晋导演，逢人必说横店，还把重量级的陈凯歌导演请到了横店。当时，陈凯歌正在精心筹拍电影《荆轲刺秦王》，正为影片中最重要的拍摄场景秦王宫遍寻无着落而一筹莫展。徐文荣再次施出援手，在一片只生杂草不长树的荒山上，硬是开山劈石，挖坡动土，仅耗时 8 个月，建起了一座总建筑面积达 11 万平方米的秦王宫。当北影厂的著名美工师张先春以及他的助手孙红武看到他们的艺术设计从一张效果图变成一座巨大的宫殿建筑后，禁不住哭了起来！秦王宫，两千多年前秦王统治天下、被之八极的象征，一座权倾一时的巍峨宫殿，一段备极衰荣的历史体验，以一种不可思议的方式再现于科技飞速发展的今天，怎不令人心潮激荡！当陈凯歌率领《荆轲刺秦王》的主演李雪健、巩俐、王志文、张丰毅、吕晓禾等进驻秦王宫片场拍摄时，大家的心情都表现得很激动，无不被它雄伟壮观的非凡气势所折服！几年后，张艺谋导演为了拍摄电影《英雄》，去了许多地方选择外景，却不满意，最后来到了横店，看到了巍峨的秦王宫后，脱口而出："就是它了！"

秦王宫的建设过程，比起广州街来更加复杂和艰难！因地处质地坚硬的花岗岩山坡，施工难度极大，一炮放过后，只炸出了几个浅浅的小坑洼。后来，在建设占地 1500 余亩的明清宫苑时，由于工程规模更为浩大，炸药用量几乎是个天文数字，横店人不得不兵分多路，想方设法采购炸药。时逢中央政府号召"扩大内需"，横店人笑呵呵地说："我们也是为扩大内需发展经济作贡献呢，周边几个地区的炸药都快被我们买光了！"

1996 年以来，横店集团相继建成了广州街、香港街、秦王宫、清明上河图、明清宫苑、梦幻谷、明清民居博览城、华夏文化园、国防科技园、大智禅寺等拍摄基地，现在正在建设万花园、梦上海，它们同时也是旅游景区，总投资已达近百亿元。以规模而论，横店影视城已超过美国好莱坞和印度宝莱坞。横店影视城设计精妙，移步异景，拥有的场景和题材十分丰富，远可拍秦汉、唐宋，近可拍明清、民国，中国几千年不同历史阶段的影视题材均可在这里找到合适的场景，上可拍摄皇宫、官府，下可拍民居、街肆，不同朝代、不同人物的题材均可在这里入镜。从历代的重大历史变革，到百姓的起居冷暖，均可在此生动地展现。宫廷、市井、言情、武侠、枪战等多种不同内容和风格的影视巨片，都可以在这里一并拍摄。《雷霆战警》、《潜伏》、《富贵》、《农民代表》、《我是路人甲》等当代题材的电影和电视剧，也是在横店拍摄的。

胡玫："没有横店，就没有《汉武大帝》！"

横店人的脚步并未停滞不前。横店集团毕竟是家民营企业，它的所有决策都不可能不围绕着"经营"二字来进行，它的投资行为就是对利益的追求，处处体现出产业匠心。

2000 年 3 月，横店影视城打出一记重拳：凡是来横店影视城拍摄电影、电视剧的摄制组，可以免费使用横店影视城的所有场景。一石激起千层浪！场景租金是剧组里的很大一笔开支，是制片人手里每天都要花出去的银子。在许多拍摄基地纷纷提高场租标准时，横店影视城却逆流而上，一反常规地宣布其所有场景都向剧组开放，免收费用，怎不令剧组欣喜若狂？于是，海内外大量剧组纷至沓来，横店影视城从此人气急升。剧组多了，明星多了，追星族扑上来了，游客涌来了，横店这个曾经闭塞的浙中小镇，转眼间变成一年 365 天，好戏天天有，明星处处见。

2009年9月起至今，停车场也概不收费。免费政策推出后，看起来横店影视城少了部分收入，但粗粗算一下大账，不难发现横店人的精明。由于不收费，剧组来的多了，横店影视城旗下的各家宾馆、酒店的生意自然趋好，加上旅游业的日渐兴旺，横店影视城的盈利点便多了起来。横店影视城不遗余力地为来横店拍摄的剧组提供各类配套服务，如道具制作加工，场景搭建、发电车提供、马匹和车辆租赁、特约演员和群众演员的输送等等，总之，只要剧组需要，横店影视城就想方设法给予满足。横店影视城专门有一个机构，即管理服务有限公司，其职责就是为剧组提供各类服务，解除剧组拍摄的后顾之忧。横店影视城旗下还有一个制景装修公司，为剧组搭建拍摄场景提供专业服务，2004年春天，陈凯歌在横店拍摄魔幻电影《无极》，影片中最重要的场景“杀王城”即由该公司能工巧匠搭建。2006年，张艺谋在横店拍摄电影巨片《满城尽带黄金甲》，影片中的菊花台等场景也是由该公司承建的。2014年，在横店拍摄的由范冰冰主演的长篇电视剧《武媚娘传奇》，其内景也是由该公司承建的。在向剧组提供服务的同时，横店影视城强化了制度建设，决不允许各种针对剧组的不合理收费行为发生，一旦发现，从严查处。影视城与剧组的关系日益融洽起来，从而实现了双赢。许多剧组在横店封镜之际，明确表态下次还要再来横店拍戏。事实正是如此，香港著名导演范秀明和台湾著名导演孙树培就是典型例子，这些年来，他们执导的大部分电视剧都是在横店拍摄的。胡玫几年前在横店拍过《雍正王朝》，后来又再赴横店，拍摄了84集历史大剧《汉武大帝》。她说：“如果没有横店影视城，就不会有我的这部《汉武大帝》!”后来，胡玫又来到横店，拍摄了《乔家大院》和《望族》。2008年4月14日，胡玫在横店影视城广州街景区拍摄她执导的新剧《望族》时，面对采访她的几十家媒体记者动情地说：“我经常晚上做梦都是在横店影视城拍戏！”

世界影坛的目光被横店牵引

与横店影视城欣欣向荣的景象形成鲜明对比的，是各地大大小小的影视拍摄基地大部分出现不同程度的滑坡。而横店影视城却走上了稳健发展的轨道。1996 年，接待了 4 个剧组，而 2014 年则接待了 178 个剧组。1996 年，来横店的游客屈指可数，而 2014 年游客量却高达 1375 万人次。

值得关注的一个现象是：除了中国内地的各个剧组扎堆在横店拍戏外，香港、台湾的剧组前往横店拍戏的也相当多，尤以香港为最。香港无线电视台在横店影视城拍摄的电视剧《金枝欲孽》，取得了空前的收视成绩，平均每天收视率达 40 点。香港著名影视制作人李国立在横店连续拍了《书剑恩仇录》、《天下无双》、《醉拳》、《仙剑奇侠传》、《天外飞仙》、《射雕英雄传》等，他对横店影视城情有独钟，为求方便，索性把他的香港唐人电影国际有限公司的内地制作中心也设在横店，而他本人更是常年坐镇横店。他的考虑是横店影视城的影视生产要素逐渐齐全，集聚效应一天天地凸显出来，因此在横店拍片生产成本大大低于香港，而且通过横店可以了解古装片的生产行情，有利于公司的业务运作。孙树培、马玉辉、卫翰滔、黄伟明、曹荣、刘家良、袁英明等香港导演，以及赖水清、胡秀兰、王重光等台湾导演均持相同观点。

横店影视城的国际化味道也渐渐浓了起来。早在 1999 年 11 月，在横店拍摄的一部名叫《飞天舞》的电影，就把韩国影视界与横店联系了起来。2002 年 9 月，韩国导演李光勋在横店拍摄了电影《千年湖》。2004 年初，韩国电视剧《飞天舞》的全部镜头都在横店拍摄。此后，韩国电影《无影剑》、《中天》，美国电影《生死有命》、《功夫之王》、《木乃伊 3》，芬兰电影《玉战士》，加拿大电影《白鹤功夫传》、印度尼西亚电影《郑和》、印度电影《中国制造》等相继在横店成功拍摄。

困惑者：“你还没去横店拍过戏？”

在过去文化贫乏的年代，横店农民是很难看到电影的，偶尔能看到一两场电影，哪怕是一些今天看来显得相当粗糙的电影，都是当时人们美味无比的视觉大餐。有一次，横店露天放映一部电影，竟吸引了三四千村民们观看。当时的横店农民做梦都不会想到，自己以及自己的家乡后来竟会与电影结下不解之缘。

今天，随意走在横店的任何一条街道上，都会感觉到这个城镇所特有的影视气息。任何一部电影、电视剧的拍摄，总少不了要有几个明星来主演。横店每天都有那么多剧组在拍摄，明星便成为这个地方极其丰富的资源。在横店以及东阳市区的书报亭里，娱乐类报刊卖得很火，经常刊登横店影视城拍摄动态和明星专访的《大众电影》、《大众电视》、《电视剧》、《看电影》、《钱江晚报》、《金华日报》、《金华晚报》、《浙中新报》、《金华广播电视报》、《东阳日报》等成了不少剧组人员经常阅读的报刊。这里的人特别关心影视新闻，因为他们了解影视圈中的许多人物，从谢晋、张艺谋、陈凯歌、王家卫、尤小刚、袁和平、胡玫、孙树培、李仁港等大批导演，到成龙、刘德华、巩俐、李连杰、梁朝伟、张丰毅、张曼玉、郭富城、章子怡、克里斯蒂安·贝尔、金喜善、滕原纪香、桥本丽香、赵薇、范冰冰、李冰冰、陈数、江一燕、李小冉、孙俪、陈好等国内外明星，这个镇上的人全都知道。横店人每天都能看到明星们衣香鬓影、比美斗艳，而且有许多的娱乐新闻就发生在他们所居住的这个镇上，甚至就发生在他们身边。

据说，在演员当中现在流传着一句话："什么？你还没去过横店拍戏？"言下之意是如果你到现在还没去过横店拍戏，那你还是不是这个圈子里的人？还是不是吃这碗饭的？曾经有一位北方来的年轻女记者接受了去横店采访的任务后，信心不足，心里直打鼓，可是她仅仅是在横店万盛街上的几家小餐馆里转了一圈后，采访本上记录下的素材就让她笑靥如花，欣喜不已。这位女记者与当地人聊起在横店拍戏的明星时，他们会如数家珍地说起明星在横店时的逸闻趣事，而且许多事情他们都是亲眼看见，如张曼玉和梁朝伟两人骑自行车逛横店；曾荣获"香港小姐"称号的香港女演员梁小冰与横店的朋友一起去购物；澳门女明星李菲身怀绝技谁都不敢同她过招；梁朝伟最爱吃甘蔗；吴孟达自掏腰包请了 60 多个人吃火锅；横店一个晚上动员了 500 个人剃光头；横店影视城演员公会有注册演员 2 万余人，他们被称为"横漂一族"；邱心志每天开着自己的奥迪轿车去片场；阿峰鞍前马后精心服侍刘晓庆；焦恩俊一年中至少有 10 个月待在横店；唐国强拍戏坠马受伤；某某明星片场耍大牌；横店农民当中，有上百万人次曾经当过群众演员；等等。丰富的娱乐报道资源吸引了国内外大量媒体争相赴横店采访。美国贝尔蒙特大学的专家学者不远万里飞赴中国，对横店影视城进行学术研究。英国天空卫视、卡塔尔半岛电视台、俄罗斯国家电视台、法国电视台等媒体已多次采访报道横店影视城。距横店数千公里的黑龙江电视台，甚至每月都派出记者来横店采制节目。

最有影响的活动当数明星见面会了。自从2004年3月举行的《紫玉金砂》剧组明星见面会以来，明星见面会成了横店影视城的节日，广大影迷和游客在这天与明星们零距离交流艺术与人生，成为轻易的事情。曾经有一位名气不算很大的演员拒绝接受出席明星见面会的邀请，当邀请方告诉这个演员张柏芝、陈宝国、唐国强、宁静、何润东、何赛飞、罗嘉良、张卫健、郑元畅、黄晓明、王思懿、姚晨等都曾无条件地出席了明星见面会后，这位演员不吱声了，继而脸红了起来，终于应约而去。有的影迷通过明星们在明星见面会上的表现，评出了他们心目中的十个“最具亲和力的明星”：张柏芝、刘烨、何赛飞、吴孟达、赵亮、傅彪、伊能静、罗海琼、李菲、姚晨。2004年6月5日，横店影视城在杭州和平会展中心广场举行了一场明星见面会，于娜、吴越、王绘春等与杭州市民亲切交流，气氛热烈。2005年3月27日，横店影视城把明星见面会开到了安徽合肥市，赵亮、梅小慧、袁弘对横店的热情宣传，点燃了合肥市民赴横店追星的欲望。横店人正是通过对这些宝贵的影视娱乐资源进行发掘与整合，有效地拉动了客源，将影视城的旅游半径扩大到整个华东地区，乃至全国，甚至海外。游客们除了在横店看影视拍摄和明星演戏外，横店影视城各个景区丰富的表演节目和参与性强的活动大受游客青睐，电影《英雄》的表演片段以及《暴雨山洪》、《怒海争风》、《汴梁一梦》、《秦淮八艳》、《梦回秦汉》、《神往华夏》等22场充满影视文化特色的经典节目广获游客好评，而横店影视城的标志性演出《梦幻太极》更是备受欢迎。横店影视城建成民国街，电影放映机博物馆即将建成，“休闲横店”项目的开发也已拉开了大幕，品牌输出的计划也列上了议事日程。横店影视城秉承“影视为表、旅游为里、文化为魂”的经营宗旨，使它在云谲波诡的大市场中屡屡占据先机，自由弄潮。

“梦幻之城、快乐之都”不再遥远

假如要统计一下全国到底有多少个影视基地的话，估计会是件挺麻烦的事情。因为几乎每个地方都有大小不一的影视基地，甚至一些称得上大制作的电影或电视剧都拥有自己“御用”的影视基地。前些年，随着电视剧《西游记》的播出，全国各地刮起了一股“齐天大圣”热潮，竟冒出了100多个“西游记宫”。如今，全国各地都在上马影视基地项目，犹如雨后春笋。位于甘肃省景泰县戈壁滩上的大敦煌影视城也已建成并向社会开放。在浙江省内，除了横店之外，尚有海宁、象山、新昌、桐乡乌镇、舟山桃花岛、楠溪江、永康方岩、丽水缙云、湖州南浔古镇等数十个影视拍摄基地。这些现象，均在横店影视城经营者们的视线之内。

经过19年的持续建设，横店影视城成就卓著。当然，这里有影视城运营成功的因素，更有横店集团雄厚的资本力量所起的决定性作用。横店影视城一开始并没有盈利，甚至有一年亏损达数千万元，但投资者坚信影视城所带来的未来效益以及对社会的贡献，不断增加投资，逐步建成了现在集影视剧的创作、拍摄、后期制作于一体，同时带动影视旅游、影视会展、影视培训、影视娱乐、音像制作、电影院线、咨询服务等影视相关产业全面发展的影视旅游产业。现在，横店已经实现了“带着剧本进来，带着片子回去”的目标。横店集团以其民营资本大举进入影视产业的姿态及实际动作，引起了社会的广泛关注，得到了政府的政策支持。

2001年8月17日，横店集团创始人徐文荣将横店集团发展的接力棒递给了风华正茂的徐永安，徐永安出任了横店集团控股有限公司总裁，并从2003年11月13日起至今，担任了横店集团控股有限公司董事长。徐永安相信，总有一天，横店的影视旅游产业规模将超过工业。2001年11月，经过资源整合，浙江横店影视城有限公司宣告成立，董事长兼总经理殷旭（现为横店集团影视旅游行业副总裁）审时度势，以富有前瞻性的眼光和始终不敢丧失的忧患意识，率领团队成员将横店影视城及时从单一经营影视基地旅游，向全方位打造影视旅游主题公园的战略方向转变，提出了“集中国影视旅游文化之精义，打造国际化的观光与休闲的梦幻之城、快乐之都”的品牌观念和“修己安人，义利并重，和谐共赢”的品牌价值观，不仅让自己避免坠入经营中的死穴，而且无疑将自己提升到了一个更高的层面，得以长足发展。2001年，横店影视城接待的游客仅有55万人次，而在2014年里已猛增到1375万人次，这样的巨变令人惊讶而又折服！2014年3月4日，横店影视城的薪火传承又续写出了新的篇章：朝气蓬勃的桑小庆、朱国忠先生分别出任了浙江横店影视城有限公司董事长、总经理。他们正带领近5000名员工，朝着更远大的目标迈进，要把横店影视城的品牌托举到新的高度。

从1996年到今天的19年间，岁月流转，人事更迭，而精神不灭，薪火传承。今天的横店影视城焕发出勃勃生机，正以其日渐强大的向心力，吸引天下影视明星集结于此，吸引中外游客驻足于此。抬眼望前，横店影视城星光更加璀璨，缘更长，未来的精彩更值得期待。

异军突起的横店影视旅游产业

影视旅游产业现已成为业界内外广泛关注的重要经济现象。横店影视旅游产业从无到有，从小到大，从大到强，在此过程中形成的产业发展模式，对全国影视旅游产业发展具有相当的研究价值。

一、影视旅游产业的缘起

回顾历史，发端于20世纪80年代的影视城建设，开启了中国影视旅游产业发展先河。

1983年，电影《火烧圆明园》剧组耗费46万元搭建的“圆明园大水法”，只使用了一次就当成废品处理掉，仅回收了4000元。不过，随后人们逐渐认识到了这些影视拍摄道具和场景的经济开发价值。电影《红楼梦》剧组在北京南部建造了“大观园”，拍完后保留下来，对外售卖门票，曾经红火了若干年。1998年，电影《秦始皇》在西安拍摄，搭建过一座“秦王宫”，2004年被彻底拆除。河北易县的影视城也是20世纪90年代建设起来的，如今一片荒芜，有记者2014年6月前往该地采访时，没有看见任何剧组和游客，只发现一群啃着青草的山羊。

影视与旅游的结合物，体现在影视城这种商业模式上。宁夏镇北堡西部影视城建于20世纪80年代，迄今仍在运营，总投入并不多，但回报甚丰，成为中国运营良好的影视城之一。央视无锡影视基地的唐城，于1991年开业迎宾，短期内即已收回全部投资，随即又建起了三国城、水浒城，并成功上市。在此基础上，央视又在广东中山、河南焦作、山东威海、河北涿州等地相继投资建设了影视基地，但经营情况并不理想。

时光之河流淌到了2014年，已然大浪淘沙。许多重复建设、缺少文化内核、没有市场竞争力的影视城、影视主题公园已被市场无情淘汰。一些曾经风光无限的影视城，也急速迈入衰退期。据中央电视台新闻频道2013年8月13日《新闻直播间》报道，中国绝大部分影视城经营状况不佳，真正运营正常、具有产业集聚效应、发展前景良好的影视城屈指可数，可谓“冰火两重天”。央视记者通过广泛调查，发现将影视与旅游结合发展得俱佳的，当属浙江省东阳市的横店影视城。

二、横店影视旅游产业的集群形态

横店历史上只是一个贫穷落后的小山村，但今天却以高科技工业和影视旅游文化产业而闻名遐迩。坐落于此的横店集团2014年产值520亿元，实现利税61亿元，成为中国民营企业的一颗明珠。

与其他早已成名的影视城相比，由横店集团投资建设的横店影视城，起步较晚，但收获颇丰。已在横店影视城拍摄的中外影视作品达到1400余部，其中不乏《木乃伊3》、《功夫之王》、《通天帝国》、《西游·降魔篇》等大片。最多的时候，一天竟有

46 个剧组同时在拍。如此盛况，全国其他影视城绝无仅有。此外，横店影视城的旅游产业迅猛发展，2014 年接待中外游客 1375 万人次，位居全国景区前列。仅其中的一个梦幻谷景区，曾经创下了一个晚上接待游客 5 万多人的纪录。横店影视城的溢出效应十分明显，仅以宾馆业的发展为例，横店全镇现已拥有宾馆客房床位 2 万余张，大大超过东阳市区。

作为横店集团控股有限公司旗下的子公司，浙江横店影视城有限公司担起了发展影视旅游产业的重担，现已拥有总资产 500 多亿元，有一系列跨越数千年历史时空，汇聚南北地域特色的影视基地和旅游景区；有四星级到一星级的 10 多家酒店，还有影视管理服务公司、制景装修公司、餐饮管理公司、旅游营销公司、网络销售公司、旅游商品公司、酒店管理公司、汽车运输公司、规划发展中心、产品开发中心、博物馆开发中心、艺术团等专业公司，员工总数近 5000 人。横店影视城遵循“影视为表、旅游为里、文化为魂”的经营理念，将影视拍摄与文化旅游结合发展，建设成为国家 5A 级旅游景区、全国旅游标准化示范单位，得到了业内外人士的高度肯定。

由横店影视城之“星星之火”“燎原”而来的横店影视产业实验区，自 2004 年 4 月 2 日正式挂牌成立以来，现已有入区企业 587 家，涉及影视拍摄、器材租赁、道具加工及租赁、广告传播、后期制作、发行等，其中，华谊兄弟是国内首家影视传媒上市公司。2014 年，实验区实现营业收入 134.20 亿元，同此增长 44.82%；上缴税费 13.34 亿元，同比增长 23.47%。

综上所述，不难看出横店影视旅游产业已经形成了一种集群形态，其未来的发展值得人们更加热情地期待和关注。

三、横店影视旅游产业的阶段性变迁

毋庸置疑，在现有的体制下，中国的影视行业有着比较严格的审查制度，影视制作机构当然会理性地规避市场风险，因此古装剧及历史题材的作品显然风险较小，这为中国各地建设影视城提供了大量的市场机会。横店影视城的成功，显然证明了善于抓住机会，但并不仅限于敏锐的商业嗅觉，更重要的还是科学的运作。我们在研究横店影视旅游产业集群发展的时候，也发现了一个中国影视旅游产业集群发展的历史缩影和特征。这里，有必要简要回顾一下横店影视旅游产业发展过程的几个阶段。

首先是起步探索阶段（1996 年至 1999 年）。1996 年的横店集团已经完成了最初的工业化积累，集团创始人徐文荣积极筹划进入文化这个朝阳产业。在横店集团的鼎力支持下，著名导演谢晋执导的电影《鸦片战争》在横店拍摄成功，不仅仅造就了这部香港回归祖国的献礼影片的诞生，更重要的是点燃并最终实现了被美国《好莱坞报道》杂志所描绘的“中国好莱坞”的梦想——横店农民建设起来的影视城。目前，横店影视城的实景规模及占地面积，早已超过国内任何一座影视城，也超过了国际知名的美国好莱坞、印度宝莱坞。

当然，在起步探索阶段，横店在影视与旅游的结合上并不理想，这也可以从接待剧组数量与游客人次上看出。

横店影视城历年接待剧组和游客统计表

阶段	年份	剧组数量（个）	游客数量（万人次）	游客增长比例（%）
起步探索	1996	4	23	
	1997	10	28	21.7
	1998	5	29.33	4.8
	1999	10	36.72	25.2
产业初步形成	2000	29	50	36.2
	2001	38	55	10
	2002	36	128	134
	2003	34	158	22
产业规模发展	2004	73	269	72
	2005	75	306	14
	2006	70	395	29
	2007	83	478	21
	2008	85	505	5
	2009	106	584	15.67
	2010	143	841	44
	2011	150	1080	28
	2012	150	1177	9
	2013	143	1200	2
	2014	178	1375	15

其次是产业初步形成阶段（2000 年至 2003 年）。2000 年 3 月，横店集团公开宣布：在横店影视城拍摄，场景使用费免收。这一政策的推出和执行，具有划时代的意义。场景使用费向来是影视拍摄剧组的主要开支之一，也是各家影视拍摄基地的主要营

业收入来源。横店集团的这一非凡举措，在影视界产生了重大反响，也使得横店影视城与全国其他影视城展开了差异化发展的格局，竞争的激烈程度由此加大。当然，这里既有横店影视城依托横店集团强大工业产业基础的优势，也体现出了横店影视旅游产业发展追求不断扩大的溢出效应的精明意识。

必须指出，在这个阶段里有一个重要事件的发生，这就是2001 年 11 月浙江横店影视城有限公司的成立。该公司整合了横店集团旗下的各个影视旅游关联企业，实现了资源的融合与管理体制的创新，从而释放出了影视旅游产业集群发展的爆发性能量。特别是旅游营销分公司的成立，在浙江省内外建立市场部，为市场营销奠定了坚实的管理制度基础，并在全国众多旅游景区中开创了营销新模式。横店影视城演员公会也在这一阶段成立，受到剧组的广泛欢迎。目前，演员公会注册演员达到 2 万余名。随着剧组和游客的增多，逐步带动了影视旅游产业链的发展，并日趋成型。

最后是产业规模发展阶段（2004 年至今）。2004 年，横店影视城接待剧组 73 个，接待游客 269 万人次，实现了新跨越。此后，一直保持良好的发展态势。2004 年，国家广电总局批准的横店影视产业实验区成立，横店的影视旅游产业集群迈入新的发展阶段，无论是发展规模、发展水平，还是对外辐射效应、国际化程度等，都有更高的质的飞跃。2012 年，浙江省委、省政府批准设立了浙江横店影视文化产业实验区，文化产业全域化成为省级战略。上游的影视制作产业与下游的影视旅游产业的对接发展，使横店成为观光与休闲的梦幻之城、快乐之都。

四、集群发展中的共享性资源战略

从产业发展的角度来看，下游产业的横店旅游品牌在市场上已具有日益增长的知名度，横店影视城已被评为浙江名牌，进入了良性滚动发展阶段。我们可以从横店影视旅游产业的发展过程，来研究共享性资源的重要作用。

首先，从外部环境来看，横店具有的自然文化和经济环境为其发展提供了根植性的各类网络基础。

随着横店集团高科技工业产业和横店影视城的快速发展，横店镇的区域面积达到121平方公里，下辖10个社区（94个小区）、18个行政村，户籍人口8.7万，外来人口9.5万。这些基本的土地、人口和资源条件为横店影视旅游产业的发展提供了强大的支持系统。东阳市委、市政府正在积极用好“两区”（国家影视产业实验区和浙江横店影视文化产业实验区）政策，努力在体制机制、土地、人才、资金等要素保障上实现新突破。同时，积极争取设立国家级文化产业示范园区，即在横店影视文化产业成为省级战略的基础上，以浙江横店影视文化产业实验区365平方公里区域为核心，抓紧对东阳文化产业全域化进行研究和规划，明确产业发展定位和方向，使横店影视文化产业上升为国家战略，争取国家层面的优惠政策。切实把横店打造成中国影视产业中心和浙江省文化产业发展的重要引擎，带动东阳市文化产业全面繁荣发展。同时，建设好梦上海、横店机场、万花园三大项目，从根本上巩固横店全球最大规模影视拍摄基地的位置，抢占影视文化产业发展新高地。

其次，从企业集群内部资源看，就是其旅游产品开发、营销管理、品牌形象等方面所具有的战略性资源，具有强大的财富创造能力。

演艺产品国内一流。目前，横店影视城的旅游演艺产品已达22个，其中，《梦幻太极》、《暴雨山洪》分别被评为2011年、2013年“中国最具国际影响力的十大旅游演出”，其中，《梦幻太极》创下了一个晚上连演9场、观众人数合计4.3万的骄人纪录。《小鸟加油》已列入浙江省文化精品扶持工程第八批扶持项目。横店影视城的旅游演艺从陆续开发出来到深受游客欢迎，从一定程度上来看，这是一种从观光性旅游产品到参与性、体验性旅游产品的成功转型，意味着横店影视城已由影视拍摄基地成功转型为影视旅游主题公园，成为横店影视城彻底告别静态观赏性旅游的一个重要标志。这些旅游产品运用了大量影视特技手法，融高科技表现手段与真人秀表演为一体，集观赏性、娱乐性、参与性于一身，是目前国内影视旅游中的高端产品。因为工作关系，笔者经常外出，并多次在江西、江苏、福建省等地进行市场调研，发现这三个省份的游客普遍对横店影视城的旅游演艺抱有很大好感，认为这是吸引他们前往横店旅游的最大动因。

营销体制不断创新。横店影视城是在全国所有旅游景区中，最早成立专业的旅游营销公司的。现已在全国各地设立了40多个市场部，实行“一城一策”的营销策略，最大限度地保证了代理商、合作伙伴的利益。近年来，横店影视城又成立了网络销售公司，大举进军现代电子商务，取得了可喜的网络销售业绩。代理商形成的庞大网络，客观上构成了一个进一步发展横店影视旅游产业的战略性资源。

品牌形象日益提升。作为影视文化类的主题公园，横店影视城非常注重大型旅游活动的策划，以此提升品牌形象，扩大市场的影响力。诸如“中国警察汽车拉力赛”、“迪克牛仔演唱会”、“艳动横店”、“横店大冲关”、“韦小宝选角”、“五彩缤纷水世界”、“红红火火过大年”、“清明踏青节”、“黄金配角”、“明星见面会”以及“微电影拍摄”等，都已产生良好的市场反响。连续不断的各类活动，极大地提高了横店影视城的品牌形象，使横店影视城成为每天中外媒体的一个热词，成为社会公众广泛关注的一个成长性很高的优质旅游企业，这些都已形成了一种战略性资源。

当然，在另一个方面上，上游的影视制作产业也获得蓬勃发展，这主要体现在横店影视产业实验区的发展上。现已有 15 家入区企业成功上市。华谊兄弟传媒股份有限公司的总部已从北京转移到横店，并且多次增加在横店的注册资金。国内首条 4K3D 影视后期制作生产线在横店投产。横店已经实现了影视人“带着剧本进来，带着片子回去”的梦想。2014 年，实验区上缴税费总额达到 13.34 亿元，同比增长 23.47%。其中，15 家上市的入区企业共缴纳税费 6.35 亿元，占实验区总税费的 47.60%。实验区成立以来，完成营业收入 200 多亿元，上缴国地税收 30 多亿元，累计为中外影视剧组提供群众演员 400 多万人次，带动旅游等第三产业收入 150 多亿元。

我们应当看到，在横店影视旅游产业集群发展中，共享性资源还体现在其他一些方面，如企业的集体荣誉、企业之间的资源交换与组合渠道、企业之间的信任与合作、地方政府的支持与配合、社区公民的支持与参与、金融等公共服务机构的支持、新闻媒体的关注和传播等。

五、影视旅游产业的更大发展取决于创新

横店影视城是个非常注重学习和创新的企业、公司董事长兼总经理殷旭先生在倡导“修己安人、义利并重、和谐共赢”的品牌价值观的同时，对全体员工作出郑重承诺：“让员工在公司这座大学校里不断取得进步，同时获得合理收入。”经常举办的职业经理人读书会、职业经理人新春读书笔记、公司年度工作会议评选优秀发言以及大量的各岗位员工职业技能培训、丰富多彩的企业文化活动等，使横店影视城的学习氛围愈加浓厚。在市场竞争和组织激励的作用下，自主创新的能力被激发出来，最终在横店影视城形成一种正面的产业集聚效应。以横店影视城的旅游演艺产品开发为例，均以该公司的人才班底为主要研发力量，既锻炼了自己的研发队伍，又为公司节约了大量可观的资金。这些团队的力量所形成的共享性资源形成并发挥作用后，横店影视城、影视拍摄制作机构和上下游各类企业的运营成本得以降低，收入提高，交易费用下降，提高了创新能力和市场竞争力。

由此反观国内其他一些影视城发展遇到的问题，基本症结表现为：共享性资源异质性特点在市场竞争中逐渐消退，或者是异质性没有与根植性进行有机结合，使其无法实现可持续发展，或者是根植性资源的价值没有得到充分认识和发挥。因此，当外部环境发生变化甚至恶化后，一旦应对不当，往往出现后劲乏力甚至加速衰退，最终淘汰出局。横店影视旅游产业集群发展之所以硕果累累，有一个很重要的原因，就是始终充满了危机意识，并没有满足于已有的、有限的共享性资源，而是不断寻找和创造新的、更大的、可持续开发的共享性资源，从而获得更大的发展空间。

必须看到，随着影视旅游市场环境和制度环境的转型变革，中国影视旅游产业运行主体的商业形态和运营模式，正在经历着战略意义上的演进和发展，传统的影视旅游业态自我变革，创新的影视旅游业态不断产生。新兴业态在传统业态的基础上，经过产业间不断发展、演变、融合、创新，逐渐成为构建整个广义的影视旅游产业的新生力量和主力军。

所以，从资源观的角度来看，企业的核心竞争力来自于企业是否适应了市场不断变化的需求，是否获得了异质性的、不完全流动性的资源。对于产业集群而言，一定要有“合作共赢”的基础才能真正获得可持续发展的路径依赖。任何成功发展的模式都是由各家创造出来的，但模式最多只代表了过去，并不能意味着未来，创新永远是永恒的主题。在当前及今后各地普遍重视文化产业发展的形势下，横店影视旅游产业如何脱胎换骨并寻找新的机遇？答案依然要从制度创新、知识创新、技术创新中获得。

横店影视城的溢出效应

近亿元！这是浙江横店影视城有限公司2014年度的纳税总额。这项光荣的纳税数据，不仅遥遥领先于金华市所有旅游企业，在整个浙江省旅游企业中也是名列前茅。

旅游业是关联度极高的产业，从横店影视城2014年度的纳税成绩，不难想象横店影视城的快速发展，对地方经济社会的繁荣产生怎样的带动作用。

浙江横店影视城有限公司成立于2001年11月，这一年横店影视城的游客量仅有区区55万人次，剧组只有38个。而2014年，横店影视城接待的游客达到1375万人次，剧组数量达到178个，累计接待的剧组超过1400个。横店影视城的崛起，使浙中大地八面山下的江南小镇横店，加速了人流和物流的集聚，使横店有了城气，旺了人气，集了市气，聚了财气。数据显示：2014年横店镇农民人均收入达到2.7万元，同比增长12.5%。

宾馆床位数超过东阳市区

“旅游休闲之都”已然在横店形成，而它的重要标志之一便是餐饮宾馆的集群化发展。

许多影视明星和中外游客惊喜地发现，在横店街头巷尾，居然有那么多南北风味、特色各异的餐馆。2014 年 3 月 1 日，天空飘着细雨，正在横店拍摄的剧组的一位演员打电话给朋友去吃火锅，由于电话里没说清楚地点，朋友只好打电话回来问这位演员到底是哪一家火锅店或豆捞店。这位演员有些困惑：“横店吃火锅的地方有这么多吗?”以接待游客和剧组演员为主的农家乐，这两年里在横店迅猛发展，现已达到 80 家。广州街景区附近一家小型的农家乐餐馆，2014 年纯收入达到 60 万元，真正成了农家乐。据最新统计，横店镇现有宾馆 120 余家，其中横店影视城下辖的十几家星级宾馆和租赁经营的宾馆，总床位已达到 1 万多张，而横店镇上其他社会宾馆的总床位约有 8000 张。“横店镇的宾馆床位数量，已经超过东阳市区了。”东阳市一家宾馆的营销员如是说。

说起宾馆，横店影视城旅游营销分公司计调部的姑娘们感慨最深：“每到五一、十一这些节假日，我们就得提前联系东阳、义乌、永康、磐安等周边县市的宾馆，让他们把房源留给我们，否则很多团队客人就没地方住。”最开心的是义乌许多个体经营的宾馆，一位老板娘提到横店影视城就心情开朗，她说：“我是不需要去跑市场搞营销的，因为横店影视城会到我这里来要房间。”

“四大美女”原是横店农妇

影视剧组络绎不绝赴横店拍摄，使横店影视城各景区附近的自然村或社区，大多成了“演员村”。

许多村民、居民都有过当演员的经历，清明上河图景区附近的杨店村一位老人回忆说："一年中，我就演过十几次大臣了。"至于一位武行演员在横店一天"死"过31次，也不是什么笑谈。剧组多时，横店片场还闹起了"人荒"，有的抗日题材剧的制片主任甚至为一下子找不到那么多人演日本鬼子而挠头。周星驰的电影《西游·降魔篇》里的"四大美女"，就是出自于横店的普通农妇。

2014年，横店影视城演员公会共为各个剧组输送了群众演员和特约演员35万人次。据了解，横店镇从事第三产业的劳动力达到3万多人，其中包含2万多名群众演员、特演演员。虽然"横漂"演员当中能像王宝强那样大红大紫的很少，不过，"横漂"演员在横店买房买车的却大有人在。老家在河南的特约演员焦长道，甚至成为央视纪录片《横漂》的故事主人公。

三千个体户感谢影视城

横店的3000多家个体工商户，绝大部分都从横店影视与旅游产业中受益。

剧组众多，当然需要很多车辆。专门跟剧组打交道的横店影视城管理服务有限公司总经理王德军介绍说，现在有1000多辆汽车专门为剧组服务，大部分由社会车主提供。

朱冬青、董英芳夫妇是磐安县人，他们凭着精湛的手艺，在横店开办了一家道具工作室，生意意想不到的兴旺，《锦衣卫》、《民国往事》、《钻石豪门》、《军统枪口下的女人》等电影和电视剧里的道具，都出自于他们手下。当然，规模更加宏大的横店影视器具制作租赁有限公司更受剧组的欢迎，琳琅满目、应有尽有的道具，让剧组喜上眉梢。沈天军开办的"老沈推拿中心"在横店名声显赫，舒淇、任贤齐、赵本山、甄子丹、孙红雷、大 S、梁家辉、李菲、应采儿等影视明星都接受过他的按摩服务，他因此成为中国给影视明星按摩最多的人。

横店万盛街上的德艺堡快餐厅，老板是福建人，谈到横店影视城就掩饰不住兴奋：“没有横店影视城源源不断的客源，我的德艺堡不可能有这么好的生意！”来自江西新余的农民老黄在横店已经踩了 3 年多的黄包车了，每天收入一两百元对于他来说已是家常便饭，他每到月底就会跑到横店邮政储蓄银行把钱寄回老家，一寄就是几千块。老黄说：“现在横店踩黄包车的，大部分是我老乡呢！”广州街景区旁边的屏岩社区，一排村集体房屋去年底对外招租，10 间房的年租金轻轻松松达到了 120 万元，全部用来经营土特产，购买者则以来横店旅游的游客为主。横店万盛街的一幢 5 层街面房，一年的出租收入就有 20 多万元，业主张大伯乐呵呵地说：“经常都有人问我有没有房间可以出租的。横店有了影视城，我养老的钱不愁呢！”

周边山水笑脸相迎横店

不光是横店，在其他地方也能见到横店影视旅游产业的“溢出效应”。东阳市城东街道东峰村的党支部书记赵光海说，因为村里有一片竹林，非常适合拍戏，很多剧组在横店影视城的推荐下来他们村拍外景戏，拍一天就有 1000 元钱的进场费，一年下来收入达到 65 万元。东阳市东阳江镇天山村自然风光优美，既吸引了剧组拍戏，又吸引了从横店影视城延展过去的外地游客。东阳江镇镇长楼杰华表示：“我们力争把东阳江镇打造成横店影视旅游的后花园，通过山水文化旅游的发展，实现全镇经济发展方式的转变。”

此外，金华市婺城区、磐安县、仙居县、缙云县、永康市等东阳周边县市的旅游景点，也得益于横店影视城的推荐，近年来接待了不少前来拍摄外景的剧组。

颇具新闻价值的是，当年没被多少人看好的横店影视城，如今以燎原之势使横店成为一个国家级的影视产业实验区。目前，共有587家影视企业入驻该区，当中包括华谊兄弟、光线传媒、保利博纳、印记影视、新丽狂欢者、千乘影视、长城影视、拉风传媒等影视大佬。

春风又绿南江畔，新芽跳上杨柳枝。家住横店镇夏溪滩的一位村民，望着即将建成的横店影视城投资15亿元的新项目——梦上海影视旅游基地，高兴地说：“再过几年，我们横店会更漂亮，剧组和游客更多!”

影视兴镇，旅游富民。未来的横店，精彩可期。

横店影视城：软实力构筑起影视产业高地

经过持续多年的艰苦努力，横店影视城现已成为全球规模最大的影视拍摄基地，占地面积达到 28500 多亩，影视产业集群效应日益凸显。

自 1996 年以来，横店影视城累计接待了中外影视拍摄剧组 1400 多个。其中，2014 年共接待影视剧组 178 个，同比增长了 25%。与全国其他影视拍摄基地相比，形成了很大的反差。横店影视城在地理区位上不占优势，也缺乏依托大城市的各类共享性资源。为什么依然能吸引众多中外影视剧组前来这里实现艺术梦想？这要从横店影视城不断致力于软实力的提升上，寻找出答案。

免费政策催生产业集群

2000 年起至今，横店影视城一直执行“免场租政策”，此举得到了所有剧组的一致欢迎和高度评价。2009 年 9 月至今，在横店影视城拍摄的剧组和游客的车辆均免交停车费。与此同时，横店影视城不断完善影视拍摄基地的建设，在原有的秦王宫、清明上河图、明清宫苑、广州街·香港街、华夏文化园、明清民居博览城、大智禅寺、屏岩洞府、红军长征博览城、中国革命战争博览城、国防科技园等拍摄基地和景区的基础上，根据剧组的拍摄需要，又投入巨资，建设梦上海、春秋（唐）园、民国街等影视拍摄基地。摄影棚的数量已达到了15座（国际标准有6座），新建棚已朝着数字化、智能化方向发展。停车场不仅面积不断扩大，而且监控管理手段也在逐步提高，停车安全性更有保障。

上述这些免费政策的推出，对于横店影视城产业集群的竞争力优势的形成、扩大与实现跨越式发展，具有全局性的战略性意义。业内人士皆知，场租、摄影棚租金等项目收费一般是影视拍摄基地的主要营业收入来源。横店影视城放弃这些利益丰厚的收入，既体现出了经营者的用心，使得自身的竞争力优势得以积聚，并在发展的关键时候与其他影视拍摄基地展开差异化竞争的格局。更重要的是，这些举措体现出了横店影视城的社会责任，既大大减轻了影视剧组的拍摄制作成本，又促进了影视拍摄制作行业的健康发展。

由于成本降低，使得剧组可以将节省下来的宝贵资金用于优秀剧本的提升，为影视作品的精品诞生奠定了良好的基础。这是横店影视城为整个影视产业的进步与发展作出的实实在在的贡献。我们不妨设想一下，如果一个剧组在横店的拍摄，因为横店影视城的免费政策以及完善便捷的配套服务而降低了拍摄成本至少是300万元，那么，1400多个剧组因此累计节约下来的资金就至少有42亿多元！实际上，各个剧组因为在横店拍摄所节约下来的资金，远不止于300万元的最低估算。

后勤保障让剧组省力省心

为影视拍摄剧组提供完善的配套服务，构建剧组拍摄完整的后勤保障体系，是横店影视城增强软实力的关键。

电视剧《军统枪口下的女人》的制片主任金建超说："我们公司每年都在横店影视城拍戏，已经在横店接连拍了10多年了。在横店拍戏，只要有我们想得到的问题，横店影视城都二话不说帮我们解决，特别省心。"从剧组美工师、道具师等人员前期工作的开展（考察场景、选择场景、道具筛选和加工制作等），到剧组正式进场拍摄，再到关机和扫尾，整个过程下来横店影视城提供的是"一站式服务"，大大减轻了剧组的工作量。诸如为剧组免费提供协拍人员、协拍人员全天候帮助剧组协调处理各种问题、演员公会为剧组提供海量的特约演员及群众演员、无偿培训"横漂"演员等服务，既极具亮色，又非常实在。因此，许多剧组的制片主任都深有感慨地说："拍戏很累，在其他地方拍戏更累，在横店拍戏就不那么累了！横店影视城大到车辆调度、演员组织、场景协调，小到找一两把紫砂壶这样的小道具这种事情，都帮我们管了。甚至连社会上的不法分子深更半夜盗窃剧组车辆的汽柴油的事，横店影视城都联手公安部门重拳打击！这样的事我们在外地拍摄时经常发生，往往报警了也不管用，只能自认倒霉。"

规范化的服务与管理，为横店影视城赢得了口碑，品牌效应也得以日益放大。横店影视城的《管理制度汇编》中，有一个《影视拍摄管理规定》，对于场景使用、场景复原、住宿安排、群众演员管理、车辆出入、签单结算、动用明火和爆炸物等，均作出了很详细的明确规定。这些年来，个别员工因为违反了公司规定向剧组勒索私利，经查实后被公司予以严厉处理，使大家都认识到了违纪行为的高昂“成本”。

2012年，横店影视城被国家旅游局认定为全国旅游标准化示范单位。既是示范，就意味着走在全国的前列。横店影视城除了在涉及旅游服务各个环节上全部引入并实施标准化管理外，还自我加压，将影视拍摄服务与管理也纳入标准化体系。目前正在积极试行，有望上升为影视拍摄基地的国家标准。2013年12月上旬，横店影视城再次派出一个团队飞赴美国洛杉矶，专门考察好莱坞的道具和摄影棚的现代化管理方式。这些开放的姿态与作为，对来横店拍戏的剧组来说，同样是利好消息。

值得一提的还有横店影视城的国际化合作步伐已在加快，与美国好莱坞的派拉蒙公司的合作洽谈已在积极进行中。已开工兴建的梦上海影视旅游基地的图纸设计，出自于美国顶级主题公园设计师之手。秦王宫景区于2013年推出的《龙帝惊临》项目，也与在横店拍摄的美国好莱坞电影《木乃伊3》剧组有关。

亲友意识联结产业盟军

“顾客为亲友，服务求完美”，这在横店影视城已蔚然成风。

凌晨一两点钟急送剧组人员去医院诊治，拾到剧组人员巨额现金分文不少归还失主，对剧组车辆免费检测，翻山越岭协助剧组勘查拍摄外景，远行千里为剧组联系大批武行演员，主动帮助剧组开展宣传，协助剧组和交警部门共同处理交通事故，提供烘干戏服等个性化服务，在剧组短期资金紧张之时伸出援手，协调处理剧组相互之间的各类矛盾和误会……诸如此类的故事，每天都在横店影视城发生。筹建影视名人会所、兴办影视明星休闲交流场所也已提上议事日程。

面对表扬和赞誉，浙江横店影视城有限公司主动开门纳谏，征求剧组对改进服务的意见和建议，引发了良好的“滚雪球”效应。许多制片人都长期将影视剧放在横店拍摄，华谊兄弟、唐德影视、印记影视、千乘影视、新丽电视、长城影视、拉风传媒、海润影视等影视名企都把横店影视城当作了大本营。“我不在横店，就在去横店的路上”成了许多明星的生活常态。在横店购房安家、投资兴业的影视明星也越来越多，张丰毅、邓超、孙耀威、霍建华、彭于晏、何润东等影视明星经常与横店影视城的朋友一起打篮球。

不可低估的溢出效应

正是因为横店影视城致力于软实力的建设，使得这个原本不占优势的影视拍摄基地，成为中国影视产业的一颗明珠，其溢出效应引人注目。

缘起于横店影视城的横店影视产业实验区，目前入区的影视制作公司达到500多家，为国家和地方增加了可观的财政税收。影视产业的强劲发展为整个东阳市经济的转型升级和快速发展注入了新的动力，影视文化产业有望在东阳实现“全域化”。由于影视旅游的迅猛发展，横店镇的个体工商户超过了2000家，从事于影视旅游有关的第三产业的劳动力达到近3万人。横店影视城演员公会的演员来自全国各地，人数已达到2万余人。2014年，横店影视城光是给群众演员发放劳务工资一项，就高达5072万元。此外，在全国有影响的影视奖项中，譬如“华表奖”、“金鸡奖”、“百花奖”、“白玉兰奖”、“五个一工程奖”等，不少获奖的影视作品都拍摄于横店影视城。

这种溢出效应并不局限于地方，实际情形是已经影响到更广阔的范围了。在全国各地都日益重视发展文化产业的今天，横店影视城每天都迎来了神州各地的参观考察团。2013 年 11 月 2 日，正在进军影视文化产业的万达集团，派出了一个高规格的考察团来到横店参观。崛起于浙中大地逶迤群山之怀中的横店奇迹，正被许多前来探索者观察与思考着。横店影视城的创业实践，给各地以丰富的启示。

梦想未央。横店影视城，始终在路上！

横店：说走就走的心动之旅

一位游客在他的微博里说：“与横店影视城的邂逅，就像一场低调而华丽的艳遇。无论是明清民居博览城景区的古朴、清明上河图景区的民俗，还是梦幻谷景区的浪漫，都释放出让人无法抵挡的魅力，令人怦然心动。”

伫立在茂林修竹的屏岩洞府景区山上极目远眺，横店影视城就像一幅徐徐打开的巨幅卷轴，画面是如此的缤纷而又大气，时间似乎在这里停滞、打结。当暮日余晖缓缓地舒展开来，游客们坐在梦幻谷高耸入云的摩天轮里无语凝眸，黄昏下的横店影视城便呈现出种种梦幻的色调，悠闲、安恬感油然而生。许多人去横店影视城后，都获得了快乐的体验，发现“快乐原来就是这么简单”。

游历于古今之间

秦王宫的金戈铁马、刀光剑影，明清宫苑的红墙金瓦、钩心斗角，广州街的鸦片风云，大智禅寺的晨钟暮鼓……游历于古今之间，谁的心潮没有起伏？千百年悠悠而过，人世间沧海桑田。

“四海归一殿”前九十九级台阶上，秦始皇盛装迎宾；精巧绣楼上，李师师销魂一笑抛下绣球；演武场里，八旗子弟策马扬鞭；维多利亚海面，港警与毒贩激烈厮杀。穿着一袭古典旗袍的女子，从柳树下轻盈走过；在城墙垛口上仗剑而立者，是浓眉大眼的英俊后生。这就是横店影视城，一个让你惊诧不已颇觉新奇的地方，林林总总地不可思议奠定了它的江湖地位。

激情四射的演艺

激情四射，是对横店影视城精彩旅游演艺最美的诠释。

神话情景剧《神往华夏》，演绎了一幕幕“盘古开天”、“后羿射日”的远古神话。《英雄比剑》告诉你什么才是英雄本色。你怀念粉墨江南的经典爱情吗？那就沉醉于《金粉恋歌》里的千古绝唱吧！而《游龙戏凤》也会让你的内心缱绻柔情。《秦淮八艳》一定能激活你曾经沉睡的梦想，《暴雨山洪》触动我们对人与自然和谐关系的思考，《梦幻太极》爆燃生命的激情，《大话飞鸿》笑场翻天无人做到矜持。如果希望看到秦皇与汉武的对话，那就是走进《梦回秦汉》剧场；如果想聆听江南丝竹的美妙弦乐，那就去看《江南遗韵》。每天 22 个大型旅游演艺节目的精彩演出，印证了“中国旅游演艺之都”名不虚传。

婚恋者的天堂

柔绵的绿草地，羞涩的紫藤花，曲折的游步道，雕梁画栋的古宅，异域特色的西洋建筑，一切的景致都是真实而曼妙的，特别是雨后的阳光里，那恍若天堂的薄雾，让多少对新人不由自主地沉醉其中。

横店影视城是婚恋者的天堂，这里聚集了很多优秀的婚礼策划团队与日益成熟的婚庆产业。英伦花园、天澜阁茶楼、九华街、天字码头、影视剧组拍摄等构成的美丽迷人的风情画面，吸引了6万多对新郎新娘来这里拍摄婚纱照，给横店影视城增添了幸福甜蜜的元素。他们绽放激情，配合摄影师的提示摆出各种优雅的动作，尽情展示着爱的幸福与美丽。婚恋者们在横店影视城里忘情地演绎着历史与时空不断转换的风情，演绎着浪漫甜蜜的百年之恋、时空之旅。

安之若素的休闲胜地

与亲朋好友漫步在广州街·香港街，细细品读19世纪的南粤建筑风光；或者独自在国防科技园里慢慢观看，研究坦克、战机、潜艇、飞船，都颇有兴味。秦王宫、明清宫苑的宫廷建筑气势宏伟，在长廊中徜徉定会思绪万千。当然，在花木山庄垂钓、烧烤，吃山葱、水芹、马兰头等野菜，自有一番野趣；而沏一杯龙井茶，坐在贵宾楼的沙发上，品尝香喷喷的“外婆饼”也蛮惬意。在影视剧组的拍摄片场上，看那些明星们在镜头前表演红男绿女间的故事；或者在国贸大厦、丰景嘉丽大酒店、影星酒店、旅游大厦的大堂吧里，与香浓的咖啡相伴，度过无须计数的时光，剥离闹市的繁华与喧嚣，怎么说都是与世无争、安之若素的休闲，值得点赞。

快乐之城、休闲之都的横店影视城，它的内涵远比人们想象的要丰富得多。作为游客，在横店的这一段旅程完全可以让想法变得简单些、纯粹些，这样心就会随之纯净起来。

横店旅游迎来贴地飞行的高铁时代

2014 年 11 月，上海铁路局发布消息，12 月 10 日起实施新的列车运行图。继 9 月 16 日西段（南昌西至长沙南）开通后，杭长高铁东段（杭州东至南昌西）正式开通。对于长时间饱受交通困扰的横店旅游业来说，堪称振奋人心的特大利好消息，意味着蓬勃发展、欣欣向荣的横店旅游迎来了贴地飞行的高铁时代。

以 G1350 车次为例，从长沙南到义乌，仅需 4 小时 19 分钟；而在 G1386 车次中，从南昌西到义乌，仅需 2 小时 24 分钟！这样的运行时间其实已明白无误地告诉你了：你的旅行因为高铁而有了欢乐“飞翔的翅膀”。对于湖南省的游客来说，“才饮长沙水”“又食横店鱼”变成了现实。而对于南昌市的游客来说，在江南三大名楼之一的滕王阁上吟诵完王勃的诗句“落霞与孤鹜齐飞，秋水共长天一色”后，经过不足 3 个小时的时空转换，就能置身于国家 5A 级旅游景区横店影视城，尽情欣赏这里的活色生香。

杭长高铁开通后，距离横店 90 公里的金华火车站每天开行高铁列车 91 趟；距离横店 36 公里的义乌火车站每天开行高铁 76 趟。杭长高铁全线开通后，途经金华和义乌的 G 字头列车越发增多，而且与长三角地区高铁联网，北京、上海、广州等一线特大城市的游客来横店的旅行时间大大缩短，包括杭州、南京、济南、合肥、长沙、武汉、南昌、南宁 8 个省会城市在内，以及怀化、桂林等一大批中等城市的游客与横店影视城的时空距离进一步拉近。

众多与横店影视城结成紧密的业务合作关系的旅行商，对杭长高铁开通后的横店旅游线路更加看好，认为该线路在旅游市场上将更受游客的欢迎。江西宜春市南方旅行社是整个宜春市经营横店专线最好的一家旅行社，负责计调工作的王小姐说："宜春可以说是江西西部地区的中心城市，很多市民都很想去横店玩，但又不愿乘坐 10 多个小时的汽车。现在高铁开通，肯定会有很多人乘高铁去横店。现在，经常有想去横店玩的人来我们门市部索取横店的宣传资料。"江西招商国际旅行社执行董事严志涛介绍说："横店是目前南昌市民最受欢迎的一条旅游专线，除了团队走得很好外，去横店的散客班也发得很多。"他表示，已经围绕杭长高铁的开通重新调整经营策略，让更多的南昌市民走进横店影视城。此外，江西的主流媒体，对横店影视城在江西旅游市场上的影响赞誉有加，《信息日报》文体部主任万元华说："南昌市民很喜欢横店影视城，特别是很喜欢看演艺节目。杭长高铁开通后，从南昌去横店更加方便了，横店的旅游产品在南昌更有市场了。"江西的报纸中发行量最大的《江南都市报》的一位采编人员认为，尽管全国各地的知名景区在江西做了不少宣传，但最受关注和认可的，还是横店影视城，无论是产品特色还是宣传推广，横店都别具一格。

自驾游横店，风光正旖旎

自驾车旅游正在成为旅游市场的主力军。在2015年的春节黄金周中，横店影视城各景区、酒店共接待游客99.54万人次，其中，自驾车的游客达到八成。在平时周末赴横店影视城旅游的客人中，也以自驾车为多。

在私家车保有量居国内前列的泛长三角地区，自驾游已成为继组团游、自由行之后的第三大旅游出行方式。据浙江省公安厅统计，全省机动车1200多万辆，其中小客车达700多万辆，拥有驾照的人达1300多万。自驾车旅游正在成为人们出游的主要方式，各类自发的自驾游俱乐部如雨后春笋般产生。

一位主推横店影视城旅游线路的江苏省某旅行社总经理告诉笔者，原来较单一的传统观光旅游产品越来越不适应百姓休闲度假的需求，让生活慢下来正逐渐成为江苏省的游客的共同愿望，这标志着旅游和休闲度假产业大发展时代的到来。在这位总经理看来，自驾游商机很大，潜力还远没深入发掘。对于旅行社而言，有车族的消费能力比较强，相对而言是优质客户，利润空间比较大。正因为如此，虽然组团工作要累得多，但仍然乐此不疲。

江苏常州外事旅游有限公司董事长冯春华认为，横店影视城的旅游产品和服务对得起国家5A级旅游景区的称号，不少演艺节目表演水平一流，对自驾游客人很有吸引力。尽管在常州市就有多家大型主题公园景区，但还是有不少市民自驾车前往横店影视城。他认为，没有文化创意的景区是不会有生命力的，因为自驾车的游客往往对文化创意的元素格外看重，而横店影视城正是在文化创意上不断追求，常有惊喜之作奉献，所以很受常州市自驾游客人的欢迎。

既开办旅行社又经销汽车的江西新余市光大旅行社董事长袁海红说："自驾游有很多衍生商机，最简单的是销售车、景区、旅游线路。而深层次的营销则包括很多隐性商机。"他很赞赏横店影视城为自驾车旅游者提供的各种精细服务，譬如信息咨询、餐饮美食、特色酒店、演出座位票、停车引导及参观特色商品样板店等增值服务，既令自驾车游客满意而归，又使横店影视城在市场上获得良好的口碑效应。

2013年5月27日，横店影视城公司本部工作例会上作出了一项新决定：在各个景区的停车场上，对所有停车位标上数字号码，让自驾车者记住停车位置，以便游览结束时准确、快速地驾车驶离停车场。加强公共服务体系建设，从各种细节上为自驾车旅游者提供便利，是横店影视城在自驾车旅游市场日益受宠的原因之一。

江苏无锡市《江南晚报》资深记者夏建文关注自驾车旅游市场的发展已有多年时间了，他通过研究后发现，受交通状况、出游时间、身体情况、消费水平等诸多因素的影响，自驾车旅游者一般会选择单程数在500公里以内的中短途距离的目的地，而横店影视城对于无锡市民来说，正好在这个范围内。虽然在这个范围内景区很多，市民选择余地很大，但横店影视城的旅游产品市场竞争力强，公共服务又不像某些景区那样滞后，因而能够在无锡乃至整个苏南地区自驾游市场中胜出。而在获悉横店影视城在明清民居博览城景区内强势推出大型室内园林式戏曲歌舞秀《秦淮八艳》节目后，南京南方旅行社总经理赵爱民高兴地说：“这下我们秦淮河边的南京人也会开着车去横店看《秦淮八艳》了。”

骑着单车，游出时尚

桃红柳绿，春光明媚，正是出游好季节。这样的好时光，我们怎能不在路上呢?

可是，怎么在路上才能最好地享受这样的时光呢?有不少人选择了这样的方式——骑着自行车出游，其中有大学生、工厂车间的员工、追求体形美的女性，也有精神矍铄的老人们。不少老年骑游队成群结队地骑着自行车来到横店影视城，更有无数的年轻人骑着自行车，精力充沛地漫游在横店的各个角落，采撷着横店的美丽景色。

2014 年 3 月 3 日是星期天，阳光出奇的好，家在东阳市吴宁镇的小厉心情也是爽爽的。他骑着他心爱的山地自行车，快言快语地回答我的提问："骑自行车旅游有哪些好处?好处多着呢!健身、环保、经济、时尚、安全、方便、自由、深度、美景、同伴等等。前几天我就想骑车来横店影视城玩，但老是下雨，今天出大太阳，我就跟几个同学约好，一起骑车过来了。"小厉一口气说出了骑车旅游的十大好处，我觉得还有一个更大的好处是快乐。无拘无束，自由骑行，怎不快乐?

2012 年夏天，"世界最大公共自行车"项目起源地——杭州被 BBC 选中，与巴黎、华盛顿、孟买、伦敦、墨西哥城、墨尔本等城市一起，成为7座全球公共自行车服务最棒的城市。刚刚体验了“骑车逛横店”的小厉告诉笔者：“走路太慢，坐车又太快，骑车就恰到好处了。”或许，这正是自行车旅游文化吸引游客的独到之处。

横店影视城作为国家5A级旅游景区，在绿色生态、低碳环保方面一直身体力行，早在2013年秋天就在贵宾楼、国贸大厦、旅游大厦、影星酒店等星级饭店里，向住店客人推出了免费提供自行车游览横店影视城的服务项目，迄今为止，一直深受众多客人的欢迎和好评。一位住在国贸大厦的外地游客告诉笔者：“我虽然是开车来横店玩的，但看到国贸大厦有免费自行车可以借，立马就决定不开车了。一边骑车、一边观赏，随时可以停车消费，真是一种很好的感受横店影视城的休闲方式，对身体又很有好处。横店影视城的这种服务，我认为其他地方也应该推广。”

据北京市自行车协会的调查数据，目前北京市自行车出行量占总出行量的比例不足20%，而在很多经济发达国家，骑自行车出行、出游已成回归态势。西方几个工业发达国家，自1990年以来，骑自行车的人每年以15%的速度递增。在横店影视城拍摄过电影《无极》、《王的盛宴》、《建党伟业》、《满城尽带黄金甲》，电视连续剧《有情鸳鸯无情剑》等的著名演员刘烨认为，如何应对气候变化是全球性的议题，但我们必须从自身做起，努力推行绿色出行理念。因为，保护地球和身边的环境，是我们每一个人都义不容辞的责任。在横店拍戏时，他经常骑自行车前往拍摄片场，既轻松自在，又很方便。

会奖旅游　风月无边

2014年5月27日，中国一个7000人的旅行团在美国洛杉矶大合影，现场唱响了《中华人民共和国国歌》并升起了鲜艳的五星红旗。到5月29日，3天时间里个人平均刷卡消费已达到1万美元，是平时平均每个中国游客在美国加利福尼亚州消费金额的4倍。这个旅行团创下了中国公民赴美旅游单一团组的最大规模纪录，给当地酒店和商家带去了8500万美元的收入。这个商务旅行团的成员大都是广东省一家企业的员工，准备出席在洛杉矶举行的公司年度商务会议。

何谓“会奖旅游”？这就是典型案例了。简言之，会奖旅游就是利用各种会议、大会、展览等活动，或者企业奖励员工的机会所开展的特殊旅游活动。

国家5A级旅游景区横店影视城也加大力度，努力把这样的会议及奖励旅游项目引进来，让更多的国内外会议、展览、年会落户横店，搭上会奖旅游的快车，进一步做大做强旅游经济。

一次交易会带来1.8亿元收入

2014年6月19日至21日，2014中国（杭州）会议与奖励旅游产业交易会暨中国会议产业大会（CMIC）2014夏季峰会在杭州召开。来自北京、上海、南京、杭州等14个会奖旅游联盟城市、78个会奖企业、106个专业买家、80个专业卖家共计300余人参会。

这次交易会的项目主要以中型、大型会议为主，300—1000人的会议占42.73%，1000人以上的会议占11.82%，而会议人均消费水平在1000元以上的项目则占46.39%，将为会议目的地带来相当可观的收入。

这次交易会为杭州引进了80个会议项目，引进商务会议客源超过6万人次，总收入可达到1.8亿元。因此，用“风月无边”来形容会奖旅游并不为过。杭州万豪酒店总经理徐晓君介绍说，依托杭州旅游城市的大环境，2013年，酒店会议收入达到4000万元，今年预计要比去年增长15%，主要还是商务会议的增加。

杭州在探索发展会奖旅游的道路上，创造了适合自己的发展模式。“在国际大会及会议协会（ICCA）最新发布的《世界2013城市会议产业发展城市排名》报告中，杭州仅次于北京、上海，与南京并列第三，这是对杭州的肯定，当然也说明杭州与北京、上海相比存在着差距，而这又正是杭州提升的空间。”杭州市旅委主任李虹如是说。

“私人定制”时代已经到来

我们不妨把目光再转向澳大利亚。

据澳大利亚旅游局商务会奖旅游总经理潘妮·莱恩女士介绍，澳大利亚现在已成为中国商务会奖旅游目的地的热门之选。中国已是继美国、新西兰之后，澳大利亚的第三大旅游市场。许多中国的制药、保险、保健等行业的大中型会议，都安排在澳大利亚召开。

“目前，澳大利亚的会奖旅游目的地多数集中在东海岸城市，传统的旅游项目包括滨海休闲、酒庄体验、悉尼大桥攀爬等。除此之外，我们更乐于根据客户的需求来设计会奖旅游项目，可以说，澳大利亚商务会奖旅游已进入了‘私人定制’阶段。”莱恩介绍说，比如 2014 年澳大利亚接待的中国大型会奖团队中，有 1000 多人来自康宝莱（中国）公司，澳大利亚旅游局专门为他们量身打造了黄金海岸“慈善行走”项目和沙雕、出海垂钓、与野生动物互动等活动，这些体验为客户的会奖活动带来多重惊喜。

澳大利亚在会奖旅游产业上的许多成功做法，无疑能给我们带来有益的启示。

刘小姐的参会消费记录

从经济效益方面看，会奖旅游具有消费水平高、价格敏感度低、逗留时间长、团队规模大等优势。会奖旅游能带动一条集交通、住宿、餐饮、娱乐、购物于一体的“旅游消费链”。有人曾经做过专门的测算，一般观光客人均消费对经济的带动作用为

1：5，会奖旅游客人对经济的带动作用则达到1：8，甚至1：10。也就是说，一个会奖旅游客人投入会议费1元，最高可以带动10元吃住行游购娱等其他消费。

刘小姐在杭州参加了一个国际性学术会议，住在一家五星级酒店，5天房费3250元，个人用餐1800元，市区交通费200元，购纪念品2000元，景区游玩和观看文艺演出800元，加上会场费、搭建布置费、设备租赁费等项目开支，刘小姐会议期间在杭州的消费额达到了10490元，是一个普通游客在杭州消费额的4—5倍。尽管消费了10490元，可是刘小姐并不感觉到贵，而且认为合理且值得。

数据显示，全球每年的会议产业对经济贡献达到3000亿美元，约占全球旅游业总产值的5%；奖励旅游达300亿美元，在成熟的旅游目的地，奖励旅游收入甚至占旅游总收入的4%左右，而且每年的增长速度大大高于全球旅游业的增长速度和全球GDP的平均增长水平。如此之大的经济效益，怎不令世界各地竞相角逐会奖旅游市场呢？

横店影视城正在会奖旅游市场发力

对会奖旅游重视的，并不只有北京、上海、杭州、南京等知名度高的城市，横店影视城就一直致力于会奖旅游市场的开发。

横店影视城位于浙江中部的东阳市境内，距杭州160公里，金华95公里，义乌36公里。

这里是驰名中外的全球规模最大的影视拍摄基地，自1996年以来，已有1400多部电影和电视剧在这里成功拍摄，其中不乏《木乃伊3》、《功夫之王》、《西游·降魔篇》、《满城尽带黄金甲》、《甄嬛传》等大片。

这里是影视明星最集中的明星之城。游客来到这里，轻易地就看到了许多名气如雷贯耳的明星，而横店当地老百姓则普遍“不追星”，因为见多不怪。甚至连何润东、林更新、邓超、冯绍峰、黄维德、张丰毅等明星，都经常跟横店影视城的员工一起打篮球。

这里是中国旅游演艺最发达的地方，每天至少有 22 个大型旅游演艺节目浓情上演，其中《梦幻太极》、《暴雨山洪》节目经常加演，分别被评为 2011 年度和 2013 年度“中国最具国际影响力的十大旅游演出”。“去横店影视城看秀”已成为许多游客的共同选择。无论是幽默搞笑的《大话飞鸿》，还是唯美绚丽的《秦淮八艳》；无论是绝技惊人的《汴梁一梦》，还是气势逼人的《八旗马战》，都给中外游客留下了深刻的印象。

这里有浙中地区最大的婚纱影视基地，超过 6 万对新人在这里拍摄下了美丽的婚纱照。这里有专业化的“明星梦工场”微电影拍摄基地，你在这里就能实现自己的明星梦。这里是数量众多、南北风味齐全的美食乐园，八方食客在这里获得了太多舌尖上的幸福。

更重要的是，这里的会议举办条件在浙中大地上首屈一指。贵宾楼、国贸大厦、东磁大厦、丰景嘉丽大酒店、影星酒店、旅游大厦等酒店均是会议接待服务的行家里手，一座五星级酒店和温泉度假中心已在积极建造之中。最令人惊叹的是国贸会堂，其巨大的宴会厅面积为全省前茅、浙中地区第一，被誉为“金华第一厅”。

2014 年 6 月，横店影视城成立了专业化的会务公司，横店影视城旗下的各家酒店的会议业务全部整合到会务公司里。已在横店影视城举办过各类会议，以及把奖励旅游放在横店影视城进行的许多人都认为：横店影视城是举办会奖旅游条件很不错的地方，很有特色！汇聚（中国）会议产业联盟副理事长兼秘书长的沙建国、杭州盛博会务有限公司总经理秦梅、杭州嘉恒商务会展有限公司总经理陈恩等，都相当看好横店影视城会奖旅游市场的发展，他们都已跟横店影视城旅游营销分公司结成战略合作伙伴，在会奖旅游市场上共同扬帆远航。

值得关注的是，横店影视城正在倾力打造“休闲横店”项目，未来的横店休闲度假色彩将更加浓郁，而这正是会奖旅游产业的重要一环。

会奖旅游，风月无边。

第二辑

四季恋歌

横店春季恋歌

熬过了料峭的严寒，甩掉了臃肿的冬装，我们终于迎来了清新盈动的春天。

没有谁会不热爱春天的陌上花开，芬芳遍地；没有谁会拒绝春天的轻歌曼舞，柳吐新绿；没有谁会反感春天的激情与活力，让整个世界都萌动在淡淡的馨香里。

春天来了，出门旅行的季节也开启了。

就让我们走进蓝色天空下的横店影视城，徜徉于春天的气息中，感受着春风的和煦与轻柔，听鸟雀在各个景区里呢喃，闻花草在各个景区中散发着幽香。如此的怡然情趣和欢愉，都净化在横店的旖旎中，沉浸在一幅幅精美的画图里。

是的，让我们走进横店影视城，去倾听花开的声音，去领略绿意的从容。广州街·香港街的樱花，是那样的绚烂；明清宫苑的草地，又绽开了碧翠的情韵。清明上河图中的烟柳渚，迷蒙着雨燕的倩影；梦幻谷里的芭蕉，也抽出了硕大的新叶。假如你登上华夏文化园的三教塔，不难发现春天之吻早已贴满横店大地；假如你信步于屏岩洞府的游步道，更能轻易地采撷到春天的笑靥。

即使是在明清民居博览城，你也能看到青石板上走来的一群花季少女，春雨滋润着她们的脸庞，打湿她们美丽的裙衣，尤其那一阵绵柔的软语，诠释着这个年龄段千古不变的韵律。即使是在以粗犷的线条和刚毅伟岸的形象见长的国防科技园，你也能发现冻土已经化为了春泥，让我们请朗朗乾坤悉心照看并加以善待这静好的岁月山河。

信仰的厚度，来源于对生活的执着。时间带不走的，是人们对美好和幸福的向往。且让我们随着春风走进横店大智禅寺，为自己、为家人、为朋友、为同道鸣钟祈福，让悠远淳厚的钟声与我们内心虔诚的愿望共鸣。当然，在春光里走进秦王宫，与“讨伐乱逆，威动四极”的秦始皇来一场心灵的对话，也是很有意义的事情。当我们迈上九十九级台阶，进入气势逼人的四海归一殿后，面对着青铜巨柱和金碧龙椅，想象着拥有了皇权固然如登上了泰山之巅，但是甘心只做一介小民，其实能拥有更多的幸福。至少小民可以自由地在原野驰骋，可以尽情尽兴地享受春天的美妙。

最是一年春好处，相信在浙中大地上这个叫作横店影视城的地方，你也许就是别人眼中柳似烟翠的盎然景致；你在一个个景区里舒展出来的如梦似幻般的性情，浸染出一道道的涟漪，将给多少人的眸子漫上明丽的光辉……

迎着新泥与绿茵而去

仿佛一夜之间，春天说来就来了。

春天说来就来了，来自神州各地的游客们兴高采烈地走进了横店影视城，他们在清明上河图景区穿起了古装，玩一回穿越时空；在明清宫苑景区放飞彩色的风筝，寻找童年的记忆；在广州街景区欣赏金黄的迎春花，拍摄下花朵娇羞的表情；在梦幻谷景区里听古筝、扬琴与二胡们的合奏，让一曲曲优雅的骊歌滋润着心田。

也有不少游客徜徉于明清民居博览城内，在那些诉说着千百年故事的深宅大院中沉思，也有不少游客结伴行走在华夏文化园里，在瑶台胜境如诗如画的意境中品读江山。当然，还有不少游客在横店的万盛兴、珠江渔村酒楼里，喝着横店当地特有的“石洞酒”，吃着新鲜脆嫩的马兰头、香椿、水芹、马齿苋等山野菜，咀嚼着这难以忘怀的春天的味道。即便是在尽显雄伟巍峨的秦王宫景区里，也有不少细心的游客从宽阔如草原的绿地上，欣然采撷到了属于自己的惊喜：“啊？这不是胡葱吗？哦，还有蒲公英呢，刚长出来的！”

游客们的欢喜是自然流露出来的，那跃上嘴角和眉梢间的快乐不需要刻意做出。我想说，今年这个春天其实与历史上的春天并无太多的差异，空气依然清洌甘醇，阳光略微有些发烫，春风还夹带着几丝倦意，所有的鹅黄粉绿嫩红淡紫浅蓝，都各就各位在各自的角落里轻轻地绽放。

还记得五代十国的吴越国君钱镠吗？他是个横刀立马、成就天下的乱世英雄，也是一个令人感叹的把感情看得很重的君子。吴王妃每年寒食节必归临安，可是这一年春天却未如期归来，直到莺声渐老春色将尽，西湖堤岸早已是樱花嫣红杨柳如烟了。于是，钱镠提笔写信给王妃："陌上花开，可缓缓归矣。"告诉她：田间小路上的花开了，你可以一边赏花，一边慢慢地回来了啊。如此委婉而深情的嘱咐，既令人感慨万分，更成为春天踏青出游的最美丽的理由。

是的，钱镠的这句话所漫出的放慢脚步、舒缓心情、从容欣赏的真情和韵致，实在太感人了。有道是"多少事，从来急"，或者"一万年太久，只争朝夕"，我们总是听惯了快点快点再快点、向前向前再向前的召唤，我们的脚步总是匆匆又匆匆，结果总是浮躁急躁又焦躁。我们似乎已变成了烤鱼烤鸭和烤肉，一遍遍地被翻来覆去，躁动不已，时间的飞逝中夹杂着深切感到幸福越来越少、越来越远的焦虑，忘记了生活的真正目的，与许许多多本来可以随手得到的快乐失之交臂。我们越来越习惯了在水泥或沥青筑成的宽阔马路覆盖住温热的有灵性的泥土，而高楼大厦则更是肆无忌惮地阻隔了富有人性尺度和传统情调的田野风景。那些无处不在的竞争、无孔不入的网络以及对财富追逐的渴望，悄悄地改变了我们的旅游习惯。"活得一天比一天累！"现代人在日益繁多的条条框框和束缚中，身心的疲惫日甚一日。

我们真的太需要出游踏青了，太需要拿出一点时间去呼吸清新的空气。当我们眼望年年如燕的轻柳，仿佛永远不会老去，我们的心情会大好起来，这其实也是一种养生之道啊。那在淡淡的暖意里闲庭信步，完全能够加速身体渣滓的散退，使气血生发运转，活力呈现。人的一生会相逢许多季节，遭遇许多变故，这是无法完全避免的。但是，我们完全可以适当放慢脚步，站稳脚跟，把目光投向远方啊。在烂漫春光里踏青，是细细体味生命寓言的美好实践，是必须自我演绎的清丽小品。

“你来了，所以你快乐!”那么多的游客在春和景明的横店影视城里，发现并体验到了通向生活之美的途径。让我们在春天的芬芳气息和悠远意境中，感受一个个鸟声如洗的清晨。“一年之计在于春”，且让我们脚下的鞋子迎着新泥与绿茵而去吧!

清明不应悲情　横店快乐踏青

“燕子来时春社，梨花落后清明。”农历冬至后第108天，是我国民间节日生活中最重要的节日之一——清明节。从时间上来说，大致是农历三月的前半月。按照我们今天使用的公历，清明节在每年4月5日前后，正是梨花飘落后的季节。

清明节是扫墓祭祖的重要日子，节气上大地回春，花红柳绿，因此也是郊游踏青的日子。清明节郊游嬉戏的习惯，早在唐宋时期已经形成。与踏青郊游相对应，古代还逐渐形成了荡秋千、拔河、扑蝶、采百草、放风筝、蹴鞠、打马球、插柳、植树等节日习俗。祭祖扫墓和踏青游玩，构成后世清明节并行不悖的两个组成部分。因此可以说，清明节并不是一个悲情的节日。

扫墓是一种庄严的仪式，借以表达我们对先人的感谢和敬意。然而，清明时节，天气回暖，到处弥漫着勃勃生机，沐浴着和善的暖人春光，人们似乎更应该顺应天时，认真地享受这大自然的惠予。在春天的节日里做适合于春天的事，这才是清明时节各种户外活动最根本最原始的意义。人若不通此理，无异暴殄天物。

横店影视城清明上河图景区每年都举办踏青节活动，其实就是对清明节内涵的最准确的理解、最生动的诠释。清明的本质就是一个春天的节日。清明的和美欢乐景象，从唐代一直延续到明代。到了清代末世，清明节的繁荣盛状逐渐式微。1935年清明节，面对日本帝国主义的侵略，国民党率各界民众公祭黄陵，发出了中华民族“复兴之大谊”的呼声，遂将清明节确立为“民族扫墓节”。于是，文学家们舍弃了那些充满欢乐情调的清明诗词，单单拣出一首忧伤悲愤的“清明时节雨纷纷”反复咀嚼，要的就是那种“路上行人欲断魂”的催情效果。杜牧的《清明》就是这样被经典化了。

时间的悲喜全由文化赋予，节日观念与节日风俗的历史变迁，折射着几千年来中国文化心理的嬗变。“芳草拾翠暮忘归，秀野踏青来不定。”现在我们该回归清明节的本义了。2015年，横店影视城清明上河图景区举办的第六届踏青节，活动内容丰富多彩，“新汴梁百戏”、“邂逅梁山好汉”、“东阳道情”、“童玩游戏PK”等活动均能给游客带来快乐。即使只是悠闲的散步，景区里的明媚春光也会让人心旷神怡。当然，《汴梁一梦》、《游龙戏凤》的表演更会给予你美的享受，而这样的踏青方式，如此的欢乐景象，本来就应该成为清明文化的主流色彩。

“梨花风起正清明，游子寻春半出城。日暮笙歌收拾去，万株杨柳属流莺。”让我们吟诵着宋代诗人吴惟信的诗作《苏堤清明即事》，去横店影视城快乐踏青吧。

五月繁花似锦，横店秀色动人

一年中最好的季节来了，“身未动，心已远”恐怕是许多人的共同状态。这样的时刻，若不出游，或许太愧对大自然的馈赠。那么，让我们去横店影视城，尽情采撷和享受快乐吧！五月繁花似锦，我们不要亏待自己。

“去拉斯维加斯太远，去横店影视城很近。”是的，不是每个人都能轻易地飞赴重洋去美国拉斯维加斯，观看那里精彩绝伦的演艺秀。而要看演艺秀，每个人都可以在浙中腹地的横店影视城大饱眼福。横店影视城各个景区里，每天都上演各种演艺秀，它们与所在景区的历史文化相融合，让你恍若梦回千年，不知今夕是何年。

秦王宫景区里的《始王迎宾》、《英雄比剑》、《梦回秦汉》，让你对始皇帝、对英雄有了全新的认识，而《龙帝惊临》则让你在“黑暗骑乘”的惊悚中获得回味无穷的快感。明清宫苑景区里的《八旗马战》威风凛凛，《清宫秘戏》揭示出了影视拍摄的许多奥秘。大型实景电影歌舞秀《紫禁大典》，以紫禁城三大盛典——正旦大典、万寿大典、开国大典为历史背景，气势恢宏，堪称华美。广州街·香港街景区的《怒海争风》，警察与海盗的水上搏击惊心动魄，水上摩托驾驶者高超非凡的技巧令人叹为观止。在维多利亚剧场，游客们一定会被《大话飞鸿》的雷人表演逗得笑口颜开，平时再怎么拘谨的人也会绽露笑颜。清明上河图景区的《汴梁一梦》演绎的是大型古彩戏法，笔者已看过多次，强烈推荐!《游龙戏凤》节目讲述的是宋徽宗与李师师的旷世奇缘，同样不能错过。这个节目的演出剧场外形宛如北京天坛祈年殿，演出前后可以这座建筑物为背景拍照留念。

值得推介的还有华夏文化园景区的《神往华夏》和明清民居博览城景区的《金粉恋歌》节目，前者以优美的古老神话为题材，俊男靓女的舞蹈表演让人赏心悦目；后者则融历史上的几个经典爱情故事为一体，让人心生涟漪。

当然，最震撼的演艺当属梦幻谷景区的两场大型演艺秀了，一个是《梦幻太极》，一个是《暴雨山洪》。《梦幻太极》是全球最大的火山实景演出，被评为“中国最具国际影响力的十大旅游演出”之一，现已连演几千场，场场爆满，最不可思议的是创下过一晚演出 9 场的纪录，观众超过 4 万人。《暴雨山洪》除了令人惊讶的山洪狂泻之外，古老神秘的傩舞表演也是很有看点的。此外，梦幻谷景区内的“江南遗韵”音乐厅，是喜爱中国传统音乐艺术的人十分理想的去处。在白墙灰瓦的深宅大院里聆听古乐，真是一番享受啊。

对于富有表演天赋或者想释放表演欲望的游客来说，去横店影视城拍一部自己主演的微电影，不仅很有意思，而且完全可行。有几十个剧本可供挑选，也可自创剧本，在专业导演、化装师、服装师、灯光师、摄像师、剪辑师的帮助下，让自己的明星梦变成现实。

横店影视城就是这样，宛如一轴铺展开来的巨大画幅，每个走进画幅里的人不经意间都成了流动的风景。

在麦浪的音符中露营狂欢

2014 年 8 月初在横店影视城明清宫苑景区举行的“七夕皇宫帐篷露营”活动，让参加过的 13000 多人开怀之余颇觉意犹未尽，也让不少听闻但未参加过的人心里痒痒的。为了让更多的游客体验皇宫露营狂欢的疯狂与尽兴，随后不久的 10 月初，横店影视城携手浙江广电集团音乐调频动听 968、民生 996，在明清宫苑景区隆重举行横店麦浪音乐节，更是让参加过的游客津津乐道。在户外参加盛大的音乐会，扎营于绿草地，喝啤酒，吃烧烤，打牌跳舞唱歌，数星星，迎日出，这样的玩法怎不令人心潮澎湃？

带着帐篷进皇宫

作为国家 5A 级旅游景区的横店影视城明清宫苑景区，有安全充足的水源，有保安守夜巡逻，独特的皇宫露营为人们少了些许麻烦，提供了诸多便利，而颇受宾客青睐。

当然，皇宫里虽然有帐篷租，无可否认，自行带工具，准备各种露营用品会更有感觉。“工欲善其事，必先利其器。”野外露营的最重要工作，当然是备足行头。而备足行头的关键，又在于重点考虑“住”，即要确保帐篷在空旷的野外能够提供私密空间。帐篷的种类很多，有单人帐篷、双人帐篷、三人帐篷、树屋帐篷、木乃伊式睡袋、信封式睡袋。还有一种速开帐篷，据说仅需两秒钟就能自动快开，特别适合懒人们享用。有了帐篷，还要准备睡垫等物品。自充式防潮垫、泡沫防潮垫、防潮地席等，通通带全。另外，枕头可以携带或者为图省事，就只用衣服或者泡沫垫来代替，吊床可以增加露营小情趣。

露营装备的齐全，会让露营者信心满满，也的确方便更多。冲锋衣、户外手电筒、头灯、急救包、太阳能充电板、折叠椅等，都各有用处。要想更齐全，有些人甚至还携带配备了炉具、水袋、套锅、户外水壶、钢杯等。

露营下的美妙心境

这年头，似乎人人都患了程度不一的精神焦虑症，哪里还能享受自然的清静？然而，带着帐篷，远离城市，在皇宫的草地扎营，跟随着音乐节动感的节奏起舞，与成千上万的游人一起，悠闲地在帐篷里仰望星空，别有一番风味。

在现代都市，这种起源于游牧和狩猎的生活方式，已经被赋予了完全不一样的意义。累觉不爱的都市人厌倦了喧嚣，渴望回归与自然共生的生活方式，而露营恰恰就能在某个周末或者假期把单调乏味的生活变得轻松美好。

事实上，露营也让每个人都回到了最自我简单的生活状态。在皇宫帐篷露营、麦浪音乐节活动中，我们看到了汉子们背着重重的行囊，负责搭建帐篷；妹子们收拾好铺盖，负责生火做饭；孩子们天真地在明清宫苑景区偌大的草地上寻找着每一点新奇。

一觉睡到自然醒。清晨起床，呼吸着新鲜空气，听小鸟动听地歌唱，最心爱的人在身旁，而小宠物狗懒懒地伏在脚边，生活充满了新动力。如此美妙的瞬间，谁会轻易地忘却？

露营之外还有许多快乐

一次让人念念不忘的露营，不是随着日出而被轻慢结束。横店明清宫苑景区里的旅游演艺节目《紫禁大典》、《八旗马战》、《清宫秘戏》让游客乐此不疲，而景区中轴线上的建筑，如承天门、午门、太和门、太和殿等，让人发思古之幽情，深深沉醉其中。与明清宫苑一墙之隔的广州街·香港街景区，《怒海争风》、《大话飞鸿》精彩连连。还有《魔幻风情》里的大型魔术表演，既神奇又唯美梦幻。景区里的“街舞秀”，很多游客和演员们一起手舞足蹈，尽情狂欢，为此番露营体验增加一份美好。

中秋佳节夜，相约梦幻谷

一年的日子如一条长长的河流，缓缓地流淌着。每一个季节，如同河流上不同的河段。自春徂夏，经秋涉冬，便似河水自上游到中游再至下游，次第流淌不息。

现在，时光之水将要流淌到中秋节这个码头上了。天气凉暖适宜，那些成熟的草木、植物、果实的好闻的气息，已在大地各处氤氲飘荡。因为中秋节这个独特的民俗节日，农历八月十五这个日子不再是物理意义上单调、枯燥的数字，而变得生动而又温暖，充满了情感和韵致。

唐代诗人刘禹锡的诗作《八月十五夜玩月》里说："天将今夜月，一遍洗寰瀛，暑退九霄净，秋澄万景清。"在如此的氛围中，与家人一起在横店影视城梦幻谷景区共度中秋佳节，该是一个诗意盎然的选择。

天空晴朗高远，空气清冽干爽，令人心思沉静笃定。横店影视城梦幻谷景区里，《江南遗韵》的阵阵弦乐拨动着人们的心弦，《梦幻太极》的"和"文化演绎令人遐想联翩，《暴雨山洪》的祈福傩舞寄予了人们美好的心愿。如果你不想在这月圆之夜去玩节奏迅猛、十分刺激的游乐项目，那么，不妨乘上摩天轮，在悠悠转动的巨轮上仰望天空，品读月夜里的曼妙，遥想更美好的未来。

当然，梦幻谷景区水世界也会为你带来如水一样的柔情蜜意，即便是随兴散步，也将使你的心情舒展开来，宛如缓缓荡漾的涟漪。相视一笑，莫逆于心。谁说团圆一定要以传统的方式在餐桌上把酒言欢？一定要以吃月饼的方式表达中秋的诉求？近些年来，越来越多的人从不同的地域来到横店影视城梦幻谷景区，欢度中秋佳节。我想。正是无数的人以这样的方式会合在梦幻谷，使得他们的中秋之夜丰富多彩，绚丽美妙。千万颗灵魂在梦幻谷中跳动，涌动着一股强大的生命力量，承传而又发展着中秋文化的血脉，贡献出一份富有时尚特色的过节方式。

畅游横店　乐享金秋

盛夏徐徐落幕，秋天悄然启程。人体感觉最舒适的日子当属风和日丽又少雨的秋季，在这样的季节里不去旅游，实在愧对大自然的恩典。

位于浙江中部的东阳市横店影视城，早已精心备下了金秋旅游盛宴，静待八方游客远道而来尽情品尝。

缤纷演艺　风情万种

演艺是横店影视城的名片和王牌。22 个大型旅游演艺节目，充满了影视文化特色。《梦幻太极》、《暴雨山洪》分别被评为 2011 年和 2013 年“中国最具国际影响力的十大旅游演出”之一，堪称横店影视城标志性演艺节目。这两个节目与《江南遗韵》节目一样，都在梦幻谷景区内每晚激情上演，最多时一个晚上连演 9 场，观众达到 4.3 万人，其盛况不难想象。明清民居博览城景区的《秦淮八艳》、《金粉恋歌》，广州街景区的《怒海争风》、《大话飞鸿》，清明上河图景区的《汴梁一梦》、《游龙戏凤》，秦王宫景区《英雄比剑》、《梦回秦汉》，明清宫苑景区的《八旗马战》、《紫禁大典》，华夏文化园景区的《神往华夏》等节目，均各有千秋，值得观赏。

最重要的是，不少节目演出过程中，游客可以参与互动，譬如在《大话飞鸿》中，游客可以登场加入迎亲队伍；在《清宫秘戏》中，游客可以扮演一回“空中飞人”；在《暴雨山洪》中，游客可以疯狂泼水。当然，最让人开心的莫过于《龙帝惊临》了！坐在4D轨道车里穿越黑暗中的万丈峡谷，与追求长生不老的秦始皇对话，与凶猛无比的巨龙厮杀，那是一种怎样的体验啊？难怪有一位游客耗时一个上午，连续排了9次长队，连着看了9遍《龙帝惊临》。

剧组扎堆　明星云集

随着酷暑的远去，天气凉爽下来，赴横店拍摄的影视剧组也由此增多。此前横店就曾创下过一天有46个剧组同时在拍的骄人纪录，而从杭州萧山国际机场赴横店的直通大巴车，每天多达6个班次，乘客大部分是剧组的演员。“我不在横店，就在去横店的路上”，早已成为明星们的生活写照。

李国立导演的电视剧《秦时明月》，鞠觉亮导演的《新萧十一郎》，高希希导演的《马上天下》，周敏、杨海艇导演的电视剧《游击英雄》等，都在横店热拍。于震、陆毅、何润东、叶璇、朱泳腾、薛佳凝、郭珍霓、韩雪、赵丽颖、陈妍希、杨蓉、刘庭羽等众多明星，每天都活跃在横店影视城各景区的拍摄现场。如果你运气好，你甚至就能在横店贵宾楼、国贸大厦、丰景嘉丽大酒店、影星酒店、旅游大厦的电梯里，与明星们面对面。在那么狭小的空间里，你与明星几乎是零距离啊。而在国贸大厦篮球馆里，你还有机会看到一些影星在与横店影视城员工一起打篮球。

美食荟萃　唇齿留香

味蕾深处是故乡，唇齿留香风土情。横店是东阳的经济重镇，饮食文化上也体现出了浓郁的东阳特色。横店影视城旗下的各家酒店、餐厅的大厨们，都是烹制东阳地方美食的高手。游客来到横店，如果不品尝东阳美食，就对东阳地方文化风俗缺少了一次体验。东阳沃面、东阳麻糍、东阳糖烊、东阳索粉、东阳饧梅、东阳瓦罐鸡、东阳烤豆腐等，都是响当当的东阳传统美食。当然，雪舫蒋火腿更是闻名天下的金华火腿中的极品。上卢馄饨、千祥羊肉也在横店的街头巷尾中能轻易地吃到。

得益于开放包容性强的横店，还是全国各地风味美食的汇集地。在横店，你甚至能吃到新疆大盘鸡，经营东北菜、杭帮菜、川菜、湘菜、粤菜、赣菜的餐馆甚多。夜幕降临，明清民居博览城大门前的广场上，人头攒动，浓香扑鼻，这里就是声名鹊起的“横国夜市”，不少影视明星都会在收工后到这里喝啤酒、吃烧烤。这里，笔者底气十足地为游客们负责任地推荐几个来横店旅游必吃的菜：珠江渔村的“煎鱼脸”，贵宾楼的“外婆饼”，花木山庄的“秘制知了”，旅游大厦的“养颜竹燕窝”，丰景嘉丽大酒店的“红烧狮子头”，国贸大厦的“人生（参）得意”。如果你喜欢吃海鲜，那么，影星酒店的海鲜楼一定是你在横店吃海鲜的最好选择了。这家海鲜楼的食材正宗，全是当天从海边运到的新鲜海产品，“珠海青蟹”、“黄三烧雪菜”、“白灼黄金螺”尤为值得推荐。

活动丰富　自在畅游

“每次都有新发现”，是多次游过横店后的不少游客的共同感受。2014年秋季的横店影视城更是花团锦簇，色彩斑斓。在明清宫苑景区举办的麦浪音乐节，在国贸会堂举办的国际武术交流会，在清明上河图景区举办的金秋菊花节，在秦王宫景区举办的汉服婚礼服装秀，在国防科技园景区举办的东阳市小康型老年体育示范村文体交流会，在大智禅寺景区举办的庙会，在华夏文化园景区举办的全国钓鱼大赛等活动，将让游客的心为之触动。横店影视城还推出了皇宫广场舞大赛，来自全国各地众多可爱的大妈们，在横店尽情展示她们的风采。此外，连湖北省武汉市的“我要上春晚”选秀活动也放在横店举行决赛。

在横店旅游，有一个特别的活动千万不要错过，即在明清宫苑景区“明星梦工场”里拍一部DV。从几十部剧本中挑一部，从几千套戏服里挑一套（很多戏服是大牌明星穿过的），自己演主角，被一大堆导演、摄像、化装、服装、剪辑、场务人员伺候着，那种感觉肯定不会差。回去后播放出来，心里美美的：“和明星比，我的演技也不赖啊！”

横店旅游十大爱情地标

人说，人生应该至少有两次冲动：一次是奋不顾身的爱情，一次是说走就走的旅行。带着爱情去旅行，是对旅行的冲动，还是对爱情的憧憬？心中的那个梦何以成真？

广州街·香港街
浪漫指数：☆☆☆☆☆
爱情关键词：婚纱摄影

提到横店影视城，必然要提到广州街·香港街，它是横店影视城的发祥地，数百部中外影视作品就诞生在这里。这里是浙中地区最大的婚纱摄影基地，迄今为止在这里拍过婚纱照的新人已经超过了6万对！据一些婚纱影楼的业主透露，他们的客户，也就是那些拍婚纱照的新人，在广州街·香港街拍过婚纱照后，几乎就没有离婚分手了的。绿草如茵，鲜花盛开，西洋建筑，尖顶教堂，皇后码头，“珠江”碧水，一袭优雅的纯白色纱裙，一支回味绵长的客家山歌“哎呀嘞”。风从身边吹过，倾心相爱的人就在身边，这样的境遇是怎样难得的美好？

清明上河图

浪漫指数：☆☆☆☆☆

爱情关键词：古装、穿越

“一朝步入画中，仿佛梦回千年。”与相爱的人穿上清明上河图景区提供的宋代服饰，在景区里溜达，那感觉实在太美妙了！从滚滚红尘中穿越，来到汴京城里看繁华市井，心里涌上的新奇与激动，恐怕不是几个词语所能轻易地形容。孙羊正店、勾栏瓦肆、豪华樊楼、大宋坊、李师师绣楼、烟柳渚的垂柳、金祥湖畔的美人靠、令人赞叹的《游龙戏凤》演艺秀……如此良辰美景，怎不令人怦然心动？

梦幻谷

浪漫指数：☆☆☆☆☆

爱情关键词：风情万种

给梦幻谷5颗星号的浪漫指数，有点委屈了它，实际上它应该获得“超五星”级别。正如同一位网友指出的那样：“不带恋人去梦幻谷玩是可耻的！”在梦幻谷，当夜幕降临，随着摩天轮的缓缓上升与星空慢慢靠近，渴望爱情的心情也变得鲜艳明快起来。如同人生百味，摩天轮的每一个座舱里都演绎着不同的爱情故事。梦幻谷自建成开园以来，已有8年时间，自诞生之日起便极具爱情色彩。许多恋人在这里升华了感情，拥有了刻骨铭心的幸福。当然，也有不少单身人士在这个灯光迷离、风情万种的地方，遇到了生命中的另一半。夜幕下的梦幻谷，连空气都弥漫着暧昧的气息，再加上阿周那锤、怖军战车、翻天覆地等极具刺激的游乐项目，水世界里清凉戏水的狂欢，以及《梦幻太极》中的火山爆发与《暴雨山洪》里的一泻千里，还有《江南遗韵》里的缠绵悱恻，使梦幻谷成为名副其实的爱情天堂。去梦幻谷吧！不必带上多少银子和心计，只需带上一颗心就能遇见很多无限的可能。信不信由你。

秦王宫

浪漫指数：☆☆☆☆

爱情关键词：龙帝惊临

秦王宫本来是一个充满阳刚之美的景区，气势磅礴，震撼心灵，那九十九级台阶以及在其之上的四海归一殿，演绎的是帝王的霸气。然而，就是这样一个貌似男权世界的地方，却深受许多女孩子的喜欢——全因为《龙帝惊临》。《龙帝惊临》是个高科技的游乐体验项目，采用国际先进的4D轨道骑乘技术，再现了美国好莱坞电影巨片《木乃伊3》的经典故事情节，而这部影片正是在秦王宫拍摄而成。身临其境，你不可能表现得太矜持了，你一定会随着故事情节的推进而尖叫欢呼，浪漫由此滋生，缘分就在当中。

明清宫苑

浪漫指数：☆☆☆☆

爱情关键词：双人自行车、微电影

在占地1500亩之巨的紫禁城里，骑着双人自行车，优哉游哉，从《金枝欲孽》、《满城尽带黄金甲》、《宫》、《步步惊心》、《甄嬛传》等影视大片的风景与故事里穿行，难道不是饶有趣味的事情？两个人从开始蹬起双人自行车的踏板那一刻起，一路走过御路、长安街、承天门、午门、太和门、太和殿广场、乾清门、交泰殿、坤宁宫、神武门、御花园……不说下去了，如此甜蜜的情景，早已成为别人眼中羡慕的风景了。明清宫苑景区里还有专门拍摄微电影的机构，叫作“明星梦工场”，恋人们可以在专业导演、服装师、化装师、摄影师的帮助下，拍一部自己主演的影片，留作幸福的纪念。

明清民居博览城

浪漫指数：☆☆☆☆☆

爱情关键词：金粉恋歌、秦淮八艳

这里有120余幢明清时期的建筑，每幢老房子里都有值得怀想的爱情故事。这里有许多展览，大型的如圆明园的巨大模型，小的则有包括木雕、竹编、奇石、摄影艺术等展厅。这里有桃花源，这里有秦淮河、夫子庙，甚至有福建土楼。最重要的是，这里有千古绝唱的《金粉恋歌》，这里有唯美感人的《秦淮八艳》！与相爱的人来到了横店影视城，不去看这精致华美的爱情故事，是匪夷所思的。

华夏文化园

浪漫指数：☆☆☆☆

爱情关键词：园林、银杏树

瑶台胜境的美景、鱼乐苑的玩趣、三教塔的高耸入云、植物园的鸟语花香、文化广场的华夏文明轨迹、塔林区的曲径通幽，这些地方都为浪漫埋下了伏笔。置身于此，远离闹市的喧嚣，只谈爱情的柔软与绵长。建议恋人们手牵着手在植物园里的银杏树下，许愿祈福。银杏树的别称是爱情树，它是被玉帝打入凡间的勇敢追求爱情的两位仙子的化身呢。

屏岩洞府

浪漫指数：☆☆☆

爱情关键词：索道缆车、山谷风光

对屏岩洞府给出3颗星号的浪漫指数，其实有点儿委屈了这个景区。想想看：两个人乘坐索道缆车上山，本身就是件挺惬意的事。在满目青翠的山谷中，喝高山养生茶，听布谷鸟的欢快鸣叫，看竹林在风中摇曳，这样的屏岩洞府才叫作催生浪漫的温床啊。当然，下了山后，一起去横店大智禅寺鸣钟击鼓，在氤氲香气中祈愿早日结束爱情长跑，正式步入婚姻殿堂，也是可以有的计划啊。

国贸会堂

浪漫指数：☆☆☆☆☆

爱情关键词：婚礼、红地毯

如果说恋爱过程是一部大片，那么剧情的高潮应该是婚礼了。国贸会堂就是经常隆重上演大片美好结局的地方，它以高端、大气奢华、精美、现代的时尚元素，印证了“金华第一厅”的当之无愧。新人们在激荡心旌的婚礼进行曲中踏上长长的红地毯后，众多亲朋好友与八方嘉宾的真切祝福如期而至，掌声、鲜花、香槟与令人沉醉的喜庆音乐，构成了一首爱情交响诗。

度假村

浪漫指数：☆☆☆☆

爱情关键词：静谧、散步

不是所有的人都喜欢热闹的地方。传说横店度假村是爱情村，不少恋人都愿意来这里散步，在梅苑、荷庄之间的小路中闲逛，流连于绿柳中的浓荫里，闻着微风中淡淡的桂花香。安静，不张扬，内敛却意味深长。放松身心地走在度假村里，你会明白爱情就是需要这样的自由和舒适，就是需要这样的简单和纯真。就像一首歌里所唱的那样："我能想到的最浪漫的事，就是和你一起慢慢变老。"也许度假村的静谧和清幽，就是爱情本来的模样。

《紫禁大典》：历史的诗意与失意

在旅游演艺市场上风生水起、屡有绝响的横店影视城，以堪称大手笔的新作再次牵引了人们的目光。大型实景电影歌舞秀《紫禁大典》在明清宫苑景区震撼推出后，各方人士好评如潮，普遍认为它是继获得“中国最具国际影响力的十大旅游演出”殊荣的《梦幻太极》之后，横店影视城旅游演艺提高品位、再上台阶、追求精品的又一令人惊喜之作。

《紫禁大典》总投资达5000余万元之巨，再次印证了横店影视城开发旅游演艺产品的一贯思路：要么不做，要么做绝！浙江横店影视城有限公司董事长兼总经理殷旭先生倾情策划了《紫禁大典》，在他看来，有了《紫禁大典》后，明清宫苑景区的历史文化内涵将变得更加丰富，游客徜徉于这座占地面积达1500亩的浩大宫殿建筑群里，内心的感受也将因《紫禁大典》中展现出的那一轴轴历史风云长卷和奇谲瑰丽的演出而状如起伏的波澜，难以静如止水。

在首演现场，神情虽显疲惫但仍然兴奋的导演王布伟告诉笔者：“《紫禁大典》是以紫禁城为背景，讲述了从紫禁城建成后，一直到新中国成立，这580多年里紫禁城所历经的风霜雨雪。整场演出以明代的正旦大典、清代的万寿大典和1949年10月1日的开国大典三大历史事件为核心，运用电影、歌舞以及各种最新的高科技手段，表现了紫禁城的历史变迁和王朝兴替。”他透露，在创作过程中，追求历史的真实是他们创作班子成员共同的愿望，因而在各种表现细节上都进行了仔细认真的研究，即使是小到一句台词、一个唱段、一段画外音、一件道具，都有可靠的历史依据，绝不戏说，以免误导观众。

演出中，有不少极其感人的元素让人印象至深，如宫廷乐队用编钟演奏宫廷礼乐“中和韶乐”；众多儒生盛世修撰巨著《永乐大典》；万国来朝中的花团锦簇般的舞蹈表演；阿拉伯魔碗里神奇地钻出了那么多位波斯女郎；极富江南特色的采茶舞曲；巨大的五星红旗从剧场后排传递开来，经过数千名观众的头顶，最终传递到舞台中央。此时此刻，随着《五星红旗迎风飘扬》庄严激昂的旋律声响起，全场观众心潮如激浪、热血在沸腾！至此，残阳下的溥仪皇帝离别紫禁城时的凄凉背影成为永远的历史符号，而由劳动人民的勤劳智慧建造出来的伟大宫殿紫禁城，在历经了数百年的皇权经营及辛亥革命后30多年的战乱，终于真正回归到了劳动人民的怀抱。这才是紫禁城的非凡意义所在啊！

从明成祖朱棣，到清乾隆，再到晚清的末代皇帝溥仪，他们与紫禁城的勾连竟是如此的令人感慨万千！旧的结束与新的开始，总是引起人们的关注。超越学理，从更深的层次来讲，这应源于我们内心深处的时空感如何塑造了对历史的想象。想象历史，想象历史深处“他们”的诗意与失意，从某种程度上说，也正是要浇灌我们自己所处时代的块垒。相比于明代的盛世，晚清意味着一个体系规整的社会制度走向了末路和衰败。举目于现代历史，我们不难发现，人们对于衰败的信念，与复兴国家的信念是同一枚硬币的两面。晚清的衰败是由一种向未来敞开的荒芜感建立起来的。晚清是一个下降的动作，一种低头的姿态，而新中国则是抬起头来，看着前方。晚清是一个王朝的尾声，新中国则是一个美丽的开篇。在这里，历史的人们和现在的研究者，都在营造着诗意与失意。诗意与失意，是他们的，也是我们的；是他们的需要与创造，也是我们的需要与创造。在全球化时代、在E时代的今天，实现中华民族的伟大复兴，让终结的历史因为我们今天的奋发图强而有了崭新的开始，这不就是在构建壮丽的诗意吗？

感谢横店影视城艺术团的百余位演职人员，正是他们的倾情演绎，让我们在他们成功复制的历史场景中，凝眸向远方，重新思索起了人生的责任。

在凄美和优雅中
怀想她们的绝世风韵

多次去过南京，也数次去过南京的秦淮河，在那条被誉为中国历史上脂粉气最浓郁的河畔，有太多的诗词歌赋流传。那里是历史上著名的风流渊薮，那新月朦胧，晚风振衣，画舫灯船毕集，河房帘动，红裳翠袖伴着笙歌夜夜不绝的奢靡情景，已成烟云飘逝而去了。那桨声灯影中“秦淮八艳”的绝世美体也不复存在。斜阳之下，穿过贡院街，过了魁光阁，走下文德桥，大石坝街媚香楼里，哪里还有李香君的身影呢？

可是，我在距离南京500多公里的横店影视城明清民居博览城景区里，居然看见了“复活”的李香君们！2013年6月15日，雨后初霁，横店影视城艺术团倾情打造的大型室内园林式歌舞戏曲秀《秦淮八艳》华美首演。这场绮丽至极的视听盛宴，将江南之美、红颜之美、经典之美淋漓尽致地精彩展现，令人疑惑是否梦回秦淮？

在《秦淮八艳》一个小时的演出中，李香君、马湘兰、柳如是、董小宛、卞玉京、顾横波、寇白门、陈圆圆均一一惊艳出场。她们才貌双全，玉洁冰清，为世所仰望，而且都有着一身传奇式的经历。从明末到清初，在山河破碎民族危亡的时刻，她们虽为烟花女子，却能够深明大义，不爱钱，不要名，不怕死，软硬不吃，甚至不惜将自己的花容月貌刚烈勇敢地付出，表现出令人动容的崇高民族气节。侠肝义胆的李香君，风骨嶒峻的柳如是，聪明灵秀的董小宛，倾国名姬的陈圆圆，侠骨芳心的顾横波，长斋绣佛的卞玉京，风流女侠寇白门，才艺绝佳的马湘兰，她们的美丽聪慧与气节，征服了一代代人。孔尚任的一部《桃花扇》，让个体的李香君流芳百世，其实也是对艳艳风尘中的“秦淮八艳”的集体颂扬。越过迷离的乱世风烟，我们不难看到她们在与命运的苦苦挣扎中，心灵是那样的美丽和纯洁。在生活的路上，她们深一脚浅一脚地奔走着，锦绣华服包裹的是一颗不被人知的寻找真爱的心！姣好面容在灯红酒绿、纸醉金迷中绽现的是生动灿烂的笑颜，灯烛吹灭后谁能看到暗夜里她们脸上流下的一行行清泪？

如今，秦淮依在，佳人已去，而“秦淮八艳”的故事以一种令人叹服的实景表演形式，艺术地娓娓讲述出来，我觉得横店影视城艺术团的演职人员们，已不仅仅是艺术地再现历史了，而是对粉黛英雄致以历史的尊重，表达无尽的追思和深情的缅怀。置身于梦幻般的剧场空间，作为观众的我们仿佛在众香深处，隐隐体验到了几许佳人们当年所企慕的诗意人生。只是，香梦被风轻拂，已成千古幽叹。让我们珍惜当下，祈望岁月静好，以千牌万韵、清词丽句抒写出我们梦里的锦绣江山。

缕缕香魂 绵绵情思

盛夏的一天，来自全国各地的400多位旅行社总经理相聚在横店明清民居博览城景区内，兴致勃勃地观看了横店影视城艺术团倾情奉献的大型室内园林式歌舞秀《秦淮八艳》，对这台形式与内容俱佳的节目评价甚高，普遍认为达到了中国旅游演艺的一流水准，值得向广大游客倾力推介。江苏省多家旅行社总经理更是赞赏有加，说："我们在今天的南京夫子庙一带根本看不到秦淮八艳的影子，没想到秦淮八艳们却在横店'复活'了。"

一台《秦淮八艳》，勾起了多少人绵绵情思！秦淮河是南京古老文明的摇篮，南京的母亲河，这里素为"六朝烟月之区，金粉荟萃之所"，更兼十代繁华之地，被称为"中国第一历史文化之河"。秦淮河，更以秦淮八艳的故事闻名于世。

所谓"秦淮八艳"，即明末清初南京秦淮河上的八个南曲名妓，故又称"金陵八艳"。计有柳如是、顾横波、马湘兰、陈圆圆、寇白门、卞玉京、李香君、董小宛。她们美艳逼人，声名远播；多才多艺，能诗会画；忠于爱情，坚贞不屈；气节不俗，胜于须眉。这里单说她们的气节，秦淮八艳除了马湘兰外，其他人都经历了由明到清的改朝换代的大动乱，表现出了高于许多官宦士子的气节，令七尺丈夫汗颜。

“佳句杯中游，歌舞自风流，如是风光不知愁。一曲新词一壶酒，浮光掠影过，花间袖。”这是对柳如是的吟诵。清兵入关，眼看就要打到南京城了。钱谦益的爱妾柳如是力劝钱以身殉国，钱同意了，并大张旗鼓地对外声明后，率家人故旧载酒常熟尚湖，声言欲效法屈原，投水自尽。可是从日上三竿一直磨蹭到夕阳西下，钱谦益也不愿投湖自尽。柳如是见状，奋身跳水，不惜一死，被人救起。此后，她多次变卖家财，资助抗清武装，传为佳话。

“十里烟雨重重，灯花逐水流，盛庭华筵依旧，琵琶声色悠悠，香扇桃花绣，新辞一阕为君奏。”李香君美名远扬，得益于剧作家孔尚任的《桃花扇》。该剧虽有艺术加工，但剧情却大事不虚。李香君爱慕侯方域的一表人才，更欣赏他的气节道义，并鼓励他与权臣阮大铖划清界限，退还阮大铖的馈赠，支持侯方域去投奔史可法的抗清斗争。为此，李香君洗尽铅华，闭门谢客，等候侯方域归来。为了抗拒高官田仰的逼娶，她不惜跳楼以死明志，血溅桃花扇。后来，她为逃避清军，一路颠沛，终于病倒，并留下遗言说：“公子当为大明守节，勿事异族，妾于九泉之下铭记公子厚爱。”

“小楼醉春红，乱世宛如梦。一缕香魂，半生零落。琴声乱，未成曲调，先诉情浓。”这里说的是最令人感动的董小宛。董小宛聪明灵秀，神姿艳发，窈窕婵娟，为秦淮旧院第一流人物，又称“针神曲圣”。她与明复社四公子之一的冒襄（字辟疆）相爱后，克服种种困难，终于嫁于冒襄为妾。后来，因为躲避清军，冒襄全家财产被洗劫一空。贫困如洗，董小宛仍不离不弃，想方设法勉力支撑家计，殚精竭虑，积累成疾，最终贫病而死，年仅28岁。

“江湖名远扬，眉楼玉生香，侠骨柔肠艳冠八方。待君归，金玉满堂，鸳鸯成双。”顾横波，又名顾眉生，通晓文史，工于诗词，才貌双绝，有“南曲第一”之称。她嫁给了“江左三大家”之一的龚鼎孳。明清交替，龚鼎孳说要殉国，顾横波就拿来绳子。不过，谁也没有想到，龚鼎孳只是嘴上说说，并不肯真的自缢而死，反而对别人说是顾横波不让他死，把顾横波气得三日无半句话。

“青山白云幽幽，相思曲不休，今朝红尘看透。朱门车马匆匆，再登金陵楼，黄粱一梦情难留。”寇白门虽然传奇色彩不浓，但也恪守了其应有的气节操守。她嫁给了权贵朱国弼，夫贵妻荣，令人羡慕，但在朱国弼降清后，她就毅然离开了朱家，过自己自由的日子。

“落笔行云走，文史古今通，歌绝画栏，百花动。浮华转瞬空，青灯素裳亦惊鸿。”才华横溢的卞玉京，在清军占领了金陵后，耻操旧业，不再抛头露面。她原本钟情才子吴梅村，意欲嫁他，后来，吴梅村降清出仕，卞玉京蔑视其为人，从此不再与他相见。再后来，卞玉京出家当了道士，持课诵经，戒律甚严。

“佳人翘盼首，翠阁下帘钩，霓裳水袖妙歌喉。花好月圆宫墙柳，舞绝秦淮岸，醉王侯。”陈圆圆是秦淮八艳中名气最大、坎坷最多、影响最远的一位。作为一个被卖来卖去的弱女子，陈圆圆很难主宰自己的命运。然而，在动荡漂泊中，陈圆圆力求洁身自好，不愿助纣为虐，同流合污，获得了大家的广泛同情。吴三桂尽管“冲冠一怒为红颜”，但陈圆圆最终察觉出了吴三桂欲谋杀她的企图，遂削发为尼，从此在五华山华国寺长斋绣佛，后来自沉于寺外的莲花寺，死后被葬于池侧，令人叹息。

秦淮八艳已化作了一缕缕香魂，在岁月的烟云中飘逸远去。今天，我们通过横店影视城艺术团的演员们精湛的表演，仿佛触摸到了秦淮河畔她们飘飘如飞的衣袂，似乎聆听到了她们哀婉幽怨的心曲。历史难以复制，八艳不会醒来，当下的我们唯有以赤热的情怀去拥抱生活，才能使生命绽放出光彩。

在横店触摸古典时空的爱情

横店明清民居博览城景区里，每天都上演两台节目，一个是《秦淮八艳》，一个是《金粉恋歌》。《秦淮八艳》是新推出的，而《金粉恋歌》则已上演数年了，观众口碑甚佳。

《金粉恋歌》其实是一台戏曲歌舞秀，节目以唐伯虎与秋香结婚需要寻找五对证婚人为故事的主线，邀请了许仙与白娘子、冯素珍与李兆廷、梁山伯与祝英台、刘兰芝与焦仲卿、董永与七仙女一起参加婚礼，把中国古典爱情中几个脍炙人口的故事，以传统戏曲演唱并加上欢乐互动的演绎方式，向观众们生动有趣地展示出来。所以，每一场演出都受到欢迎，演出过程中观众们多次情不自禁鼓掌，演出结束后许多人还恋恋不舍地将目光投向深宅大院内的绚丽舞台。

我已看过多次《金粉恋歌》了，也曾经多次向游客朋友推荐过这个节目。我对他们说，这个节目的男女演员都很俊美，特别是演白娘子、七仙女和祝英台的演员妩媚清丽，简直可以说倾倒众生。《千年等一回》是《金粉恋歌》中的唱词，它原本是电视连续剧《新白娘子传奇》里的主题曲。新曲旋律优美，回味悠长，激荡起观众心海中的波澜。任你怎么评说，都是一个令人感慨不已的感动。《金粉恋歌》演出至此，其美艳与欢愉在这一刻如莲绽放！观众们眼前幻化的是曼妙的人物，有流转的眼波，有清丽的歌喉，有袅娜的身姿，有无限的春光。恍惚间，时光倒流，当唱腔升腾在空中时，已似烟花般璀璨惊艳了，那就是人们常说的余音绕梁啊。

中国的戏曲艺术真是具有无限曼妙的美好，那醉意沉沉的陶冶，浸溺其中，必是不知今夕是何年呢。《金粉恋歌》，这一由横店影视城艺术团浓情奉献的旅游演艺佳作，让多少来自天南地北的观众，在横店一座白墙黛瓦的院落里触摸到了古典时空的爱情，这样的纯粹和简单，这样的美好和浪漫，这样的温馨和愉悦。

要不，我们就在《金粉恋歌》的温润和激情中，借唐伯虎和秋香、许仙和白娘子们的魂魄，来安置我们缠绵悱恻的爱的梦想？

看马战，话八旗

横店影视城明清宫苑景区演武场里，每天上午、下午都会有《八旗马战》的表演，甚为精彩。

《八旗马战》说的是1673年，南方三个藩王吴三桂、耿精忠、尚可喜请旨撤藩，意欲叛乱。不过，司马昭之心，路人皆知。康熙皇帝趁三藩王进京之际，在演武场上与他们进行了一场明为比武，实为震慑的较量。

演武场正台，在“虎贲扬威”四个金色大字横匾下，年轻的康熙皇帝端坐在龙椅上，神色威严。黄色旗帜遍插演武场四周，八个瞭望亭向人们传递着康熙皇帝借八旗骑兵操练之际，威慑吴三桂使其知难而退莫再谋反的信息。随着16名八旗勇士的依次出场，游客们看到他们一个个骑着高头骏马，英姿勃发，他们有的手持长枪、双锤，有的手握偃月刀、狼牙棒，飞身跃马间好似流星划过，横撑马背时像扛住泰山，那高超的马技与骁勇的气势让游客们看到了御林军的不凡风采。值得一提的是，在这些骑手中，还有一位女将，令人惊愕而又佩服。

游客们所坐的观众席，被分成了一个个区域，分别命名为正蓝旗、厢黄旗、正黄旗、正白旗等八旗。有些坐在正蓝旗、正黄旗里的游客，觉得很有自豪感，似乎那些厢黄旗、厢白旗的地位不如自己高。这其实是一种误解。

1596年前，清太祖努尔哈赤的军队就已用不同颜色的军旗作标志了，并以黄、白、红、蓝四种颜色的旗帜为军队编制标志。1601年（明万历二十九年），努尔哈赤正式创立了“八旗”这种满洲的社会组织形式，初建时设立四旗：黄旗、白旗、红旗、蓝旗。1615年，努尔哈赤的地域扩大了，于是在原有四旗的基础上再增设四旗，为了区别，在原来四种颜色的旗帜上按照规定镶上有色条边，黄、白、蓝三色旗帜镶红边，红色旗帜镶白边。原来的黄旗叫整黄旗，镶上边的叫镶黄旗。从建旗顺序来说，带“镶”的旗资格最老。

在满洲初期实行的是军事民主，八旗并无高低之分。后来，清世祖福临为了加强对八旗的控制，对八旗的顺序进行了调整，由皇帝控制的镶黄、整黄、整白称为上三旗；由诸王、贝勒统辖的整红、镶红、整蓝、镶蓝、镶白五旗，称为下五旗。不过，虽然有“上”、“下”之名，却并不是高下之分，八旗仍是平等的。后来，为了汉字书写方便，渐渐地把“整”字写成了“正”字，“镶”字写成了“厢”字，人们从汉字的“正”、“厢”上误解各旗的高低之分也就从此产生了，直至今天。

魂兮，傩舞！

去过横店影视城梦幻谷景区的游客，基本上都看过《暴雨山洪》，而看过这个节目的游客，都对节目中的傩舞留下了深刻的印象。

《暴雨山洪》是一个集声、光、电、影视特技、舞蹈艺术于一体，融古老、原始、神秘、宗教、自然于一身的大型实景演艺节目。怪异神秘的傩舞求雨仪式，暴雨如注、山洪如兽的灾难场景，气势逼人，无法淡定！电闪雷鸣中，巨大的洪水从山上滚滚倾泻下来，农舍猪圈悉数被洪水裹袭殆尽，令人目瞪口呆、惊诧不已！节目对洪灾的演绎让人紧张得透不过气来，而傩舞的表演更是可圈可点。

傩，植根于中国本土的古老的宗教信仰，源起于先民一种以面具为神灵、以驱鬼逐疫为功事，寄寓迎祥纳吉之意的宗教仪式。早在《论语》中就有“乡人傩，朝服而立于阼阶（迎接）”的记载。《汉书》、《乐府杂录》、《东京梦华录》等也详细记述了汉、唐、宋三代宫廷里上演“大傩”的场景，铺排的阵容，肃穆的氛围，处处透着庄重与隆重。地处吴之头、楚之尾的江西，受到崇奉鬼神、巫觋之风盛行的吴地与楚地风俗影响，成为傩舞繁衍壮大的优渥土壤。傩祭风俗渗透到乡野的各个角落，代代相传，繁衍不息，并形成赣地所独有的仪礼与程式，世称“赣傩”。

每到特定时段，在江西跌宕起伏的山峦间，在偶尔舒展的平原地，在江绕溪牵的村庄里，在粗细曲折的田畴上，就奔跑着一群群狂欢的队伍，他们以虔诚的信仰、庄重的仪式、奔腾的脚步和激荡的心，与震天的鞭炮锣鼓声、与灿亮的烟火一起，渲染出一种既乡土又恢宏、既整饬又狂野、既喜庆又肃穆的景象。

傩舞仪式是有特定时间限制的，一般是农历正月初一到十六，包括“起傩、演傩、搜摊、圆傩”四个环节。程式一环紧接一环，环环相续。正月初一“起傩”之后，傩班开始四处巡回，正月十六回村“搜傩”。一个傩班，在新年里，走村串户，用古老原始的宗教仪式，舞动着傩的身影，唱起祝愿的歌曲，为村民祈福驱疫，渲染着山村春的意象，迎接吉祥的到来。此等激情，如此壮观场景，令人激奋澎湃。可以说，傩是一种民间的力量宗教仪式，它神秘、神圣，它又粗犷、威武。它给小山村乡民们带来美好生活憧憬，给山村带来严格庄重的秩序。这是汉民族文化的沉淀、延续，是文脉传承的桥梁。江西抚州市南丰县的舞傩，已被列入首批国家级非物质文化遗产名录，而横店影视城艺术团演出的《暴雨山洪》，其中的傩舞就借鉴了南丰乡傩的艺术精髓。

傩舞是农耕文明最淳朴厚重的心愿。难怪乎在南丰的乡村里，舞傩时家家户户都彻夜不眠，都在客厅摆上供品，待傩班来驱疫祈福，任爆竹无忌炸响，他们在呼唤春天的到来，期盼新年的丰收安康。他们在对傩具的膜拜中，表达着对天与地，对那些神秘而无法全然洞悉的力量的敬畏，传递着心底的祝福与祈愿。我曾陪同几位欧洲的记者在横店影视城梦幻谷景区，观看《暴雨山洪》的演出。他们对节目中的傩舞赞叹不已，甚至还跟随着音乐、鼓点的节奏手舞足蹈起来。

是啊，那虔诚而隆重的狂欢，那让心灵激荡的傩舞，既是对大自然的呐喊，更是对美好未来的呼唤，这不正是每一个热爱生活的人共同的企盼吗?

魂兮，傩舞!

横店，入戏太深

看了《秦淮八艳》、《紫禁大典》、《大话飞鸿》、《梦幻太极》、《金粉恋歌》等演艺节目后，许多观众都发自内心地感慨道："横店影视城艺术团的演员，入戏太深了！"

这是对演员们的最诚挚的赞扬。

表演艺术的魅力在于，即使是相同的唱腔、相同的人物造型，不同的演员来表演，观戏的感受完全不一样。丰富性构成了表演艺术的美学特征，观众坐在剧场里要听和要看的是舞台上这个演员用声音和动作传递的情感信息、处理人物的认知能力、构筑的戏剧力量。在实践中，往往即便是同一个演员，在不同的身体状况和精神状态下的表演也会产生差异。这种差异形成了某种意义上的观看乐趣和审美期待。所以，对自己有要求的演员，在日常生活中，一要练功，二要练心。

难能可贵的是，横店影视城艺术团不少演员长期以来既练功，又练心。

在明清民居博览城内演出的《秦淮八艳》，是横店影视城今年新推出的大型室内园林式歌舞戏曲秀，既唯美又梦幻。这台节目的第三章是《人面桃花》，饰演李香君的曼妙女子是横店影视城艺术团的年轻演员杜鹃。只见在LED大屏上出现一幅极具写意的水墨画，而杜鹃则在水墨画中的水波里翩翩起舞，宛如美丽的精灵快乐地游动，把李香君的美舒展得淋漓尽致。

观众们并不知道，杜鹃在舞台上演李香君时，是看不到自己身后的LED画面的，也根本不可能去看那幅水墨画的图案。她完全是凭着平时排练时的记忆，十分准确地在圆晕中心起舞，只要有一点误差就会影响了画面的美感。LED里的水墨画与杜鹃的表演，已经达到了水乳交融的境界，令全场观众深深陶醉。有谁知道，为了展现出李香君的美丽，杜鹃付出了多少汗水？

是的，唱、念、做、打，手、眼、身、法、步，这是寒窗学艺“四功五法”招招式式精研细磨，目的就是把本事带在身上。练功不易，练心更难。优秀的演员之所以优秀，就是因为其用心去演。观众们夸奖演员“入戏太深”，表明演员已经深入戏中人物的精神轨道，不只是演人物，而是已经活在人物里。这是表演艺术的特殊境界。优秀的演员都希望自己能够随时能够“入戏”，将自己的气与角色的气顺利对接。就像被观众们肯定的杜鹃，她如果没有对李香君这个人物倾注了深深的理解和爱，没有对李香君的精神内核真切感受和体验，即使舞蹈功夫再好，出神入化也难。由此可见，人品虽不直接等于戏品，但是相由心生、艺随人心，演员戏外之修为，是艺术格调形成的必要条件。

《秦淮八艳》的演出有42分钟，不算太长，也不算短，但偌大的剧场内始终没有出现喧哗，每位观众都沉浸在十里秦淮的故事情境中，心随着演员们的一举手一投足而跳动。饰演董小宛的演员王豪萍忍着胃痛上场，观众们从她脸上看到的不是痛苦，而是迷人的如花笑靥。饰演陈圆圆的演员周莉，她身上穿的红色长袍重达6公斤！可是，观众们眼中的她在舞台上却是将红袍舞动得如飘飞的霞云。戏里有乾坤，糊弄观众就是对艺术的不敬。从

《秦淮八艳》、《梦幻太极》、《暴雨山洪》、《江南遗韵》、《游龙戏凤》等节目中演员们的“入戏太深”，不难理解横店影视城这些年来在中国旅游演艺上的崛起和突破，也不难理解为什么连续数年游客人次1000多万了。

原来，整个横店影视城都“入戏”很深了。

在横店品读传统建筑之美

许多游客都有这样共同的感受：徜徉于横店影视城，不知不觉间已经品读到了中华传统建筑的神韵。无论是在秦王宫、清明上河图、明清宫苑、大智禅寺，还是在广州街·香港街、华夏文化园、明清民居博览城、梦幻谷，甚至是在红军长征博览城、国防科技园等景区里，那些呈现不同历史、文化、民族特征的建筑，无不闪耀着中华文明古国的光辉和震撼心灵的神韵。可以说，横店影视城里不少气势非凡、巧夺天工的建筑，既是东阳建筑之乡的精妙体现，也是中华民族历史文化的无声律令。

我国民族众多，地域气候地理因素复杂，这种特殊的背景造就了我国传统建筑异彩纷呈、风格多样、内涵丰富的特色。走在横店影视城里，游客们看到了气度不凡、云蒸霞蔚的宫廷建筑和皇家园林，也看到了小桥流水、曲径通幽的私宅园林，以及各种充满艺术魅力、地域特点、宗教背景、民族风情的民宅建筑，体现了我国传统建筑丰富的文化内涵。难怪中外影视制作机构会不远千万里奔赴横店影视城，在这里拍摄下 1400 多部影视作品了。多次来横店拍戏的著名女导演胡玫就曾公开对记者们表示："如果没有横店，就不会有我拍的《雍正王朝》和《汉武大帝》，也不会有我拍的《望族》。"

“天人合一”是古代哲人的思想要素之一，说的是顺应自然、师法自然、神权天授，在天人合一、物我一体、阴阳平衡的传统文化理念影响下，形成了汉代的古朴、唐代的恢宏、宋代的精巧、元代的豪放、明清的规范化与程式化的特点，也分化出了北方的淳厚、江南的秀丽、蜀中的朴雅、塞外的雄浑、云贵高原的绚丽多彩等地域性特点，而注重建筑物、自然、人三者之间的和谐统一是其精髓。横店影视城明清宫苑景区里的太和殿，表征了天地祥瑞，寓意人与自然的和谐。游客可以从太和殿的建构，感悟出其所蕴含的伦理教化功能。

其实，不只是明清宫苑、秦王宫、清明上河图景区的建筑群，在其他景区的建筑里，譬如华夏文化园景区，都可以发现那些建筑物体现出了“君临万民”、“衣食父母”的官本位政治伦理。因此，游客们就比较容易理解皇家宫廷为什么总是“雕栏玉砌”了。

私家园林建筑呢？私家园林建筑往往弥漫着士大夫阶层典雅淡泊的风韵、品位和意趣。它们强调意境，轻灵秀美，隐逸气息相当浓郁，浸透着祈望淡泊宁静、飘逸脱俗的生活价值观。横店明清民居博览城内的不少私家园林建筑，无论是山水铺陈、花树栽种，还是窗梁雕琢、楼阁题名，都显得内敛含蓄、不事张扬。门洞之后，院中有院，屋中有屋，这种低调谨慎的意识与心态，犹如底蕴深厚的乱世佳人，经风经雨却宠辱不惊。

由美国好莱坞环球电影公司投资、著名导演罗布·科恩执导的电影《木乃伊3》，拍摄于横店影视城。罗布·科恩曾经执导过电影《极限特工》、《速度与激情》等，当他置身于横店影视城秦王宫景区时，面对气势逼人的四海归一殿，不禁发出了惊叹：“太不可思议了！”他对整个秦王宫建筑的营建如此颇具匠心啧啧称赞。的确，中国传统建筑的营建极其讲究。一般传统建筑的形式特征，多以群体组合的形式构成丰富的空间序列，而单体建筑造型则有严格的规格和程式。特别是木结构的梁架组合形式，形成体量巨大的斜坡屋顶，而正脊和翘梁飞檐的柔美曲线，成为中国建筑最突出的美学特征。罗布·科恩在横店拍摄《木乃伊3》期间，不仅临时修改了拍摄计划，尽可能多地将秦王宫景区的建筑画面摄入进去，也在横店影视城高管人员的陪同下参观了明清宫苑、明清民居博览城、大智禅寺景区的建筑，表达了今后还想再来横店拍片的愿望。

“唐宋八大家”之一的欧阳修，是北宋的文学家、史学家，其创作的《醉翁亭记》是千古传诵的名作。在这篇文采飞扬、脍炙人口的作品中，欧阳修吟出了“峰回路转，有亭翼然临于泉上者”的名句，而“翼然临于泉上”的飘逸，正是对传统建筑中上翘飞檐的绝妙写照。加上传统建筑的室内空间处理灵活多变，常用板壁、隔扇、帐幔、屏风、博古架隔为大小不一、富有变化的空间，产生出迂回、含蓄的空间意象。尤其显示出其政治伦理价值的是，注重建筑构件，诸如牌坊、照壁、门楼等的色彩、规格与装饰彩绘的表现性，并以此标示等级和功能的差异。由此也不难理解，为什么全国大部分历史题材影视作品会选择在横店影视城拍摄了，因为这里为影视艺术家们呈现并提供了太多活化的历史。

走进横店影视城，穿越时空，流连忘返于建筑文化森林中的一片片茂林修竹，把自己的心灵沉浸到闲适、恬淡的优雅情境里，将会获得一种诗意的感受。在什么都日益“快餐化”的当下，我们是不是很有必要让心灵也如欧阳修先生那样：“翼然临于泉上”呢？

旖旎梦境在古园

江南地区的古典园林多如繁星，横店影视城各个景区里也有许多精致优美的古典园林，清明上河图、华夏文化园、明清民居博览城等景区中的古典园林都颇值游览，有的还甚为耐看，甚至越看越喜欢。

不过，去古园是需要一种好心情的，恰如人读一部好书、观赏一出好戏前的凝神屏息，而不是像去吃快餐那样。这种好心情的得来靠的是“闲”。何来闲？不算计别人，不算计金钱，甚至也不算计自身命运便有闲。“闲”来心情，便可叫作闲情逸致。有闲情逸致方能与古园相会相对。

此外，去古园还需要一个好时机。这种好时机的得来全靠“避”。避开红男绿女，避开节日假日，避开一切宜于出游的日子。清冷萧瑟，说不定还要穿雨鞋、打雨伞。这，也许就是你去古园的好时机。懂得避，才能与古园相知相应。

江南地区的许多园子都是避世之地。大显赫、大富贵，或是大失意、大烦恼的人，追求一种大解脱，便造一个大园子，把自己关起来，称作隐居。许多人往往想不到在市肆俚坊中，竟然会有学术大师杂居其间。也有许多人想象不出在喧嚣市井中，居然也隐匿着奇丽深邃的三亩小园。而那窄窄深深的小巷，犹如时间隧道一般令人敛神敛意，幽深如千幛百纬般的园林隐于其中，怎不让人向往！

粉墙黛瓦封闭着古人的梦境：种田、养蚕、捕鱼、织布……而梦终归是梦。许多园子的景物都是为入梦而安排的，譬如，尺水勺波以梦江湖大海，拳石掌峰以梦万仞高山，即使是小如一张八仙桌的绿地也是为了梦见广袤无垠的大草原而留的。正因如此，游人置身于这般景象而疑入梦境也就无可非议。

我曾探访过很多园子，对横店影视城各景区的园子更是熟悉。不过，很少去关心园子的名称，也不常读粉墙素壁间镶嵌的书条石与碑刻。我总觉得做梦是不需要谁来揭示和指点的。为一些生奥古僻的字而把自己憋出一身急汗，从而失去了梦的悠闲迷糊的魅力，岂不是很没意思？我也读过很多关于江南园林的文章，但是却不太喜欢那些描写得过于细致入微的文章。那些精雕细镂的文章，我反而感到累赘烦人。江南的古典园林是充满写意的，我们欣赏它们也得以写意的方式。如若定格其中，或许就会捉襟见肘，或许就会离题万里。我在陪同北方来的一位客人游览清明上河图景区时，他对景区里的曲桥复廊大为赞赏。尽管走起路来步子略有歪斜，可这正是曲桥复廊的用意所在：就是不要让你正规地行路。当你倚定一根廊柱、斜靠一把木椅时，你就会入梦。不必闭眼，不必顾忌别人的目光，有微风吹过那就叫作和谐，欣然入梦。如果不知身在何处，那就是梦已深沉了。摆脱了心之役、形之羁后的彻底放松，就是梦的最佳境界。

造园者是值得钦敬的，他们把人与自然的和谐体现在园子里的一砖一瓦、一草一木，寄予了丰满的理想。我想，造园者其实是以此种方式实现对大自然的一种最终皈依。对于今天的游人来说，徜徉于这样的景观世界，再坚硬的心也该多少会有些柔软起来吧！

“你来了，所以你快乐！”横店人对远方游人的呼唤是如此的充满温情——谁都知道，快乐总是与美梦相伴相随的。如若不信，那就到风光旖旎的园子里走一走吧。

景泰蓝，一首绝妙的诗

不少游客在横店影视城所属的明清民居博览城游览时，惊奇地发现在众多的珍贵文物展品中，有北京著名的传统工艺品景泰蓝。

景泰蓝的得名，是因其在明朝景泰年间盛行，制作技艺比较成熟，使用的珐琅釉多以蓝色为主，故而得名“景泰蓝”。但这一工艺并非始于明朝景泰年间（1450—1457 年），其历史渊源可追溯到元朝或更远的时间。

关于“铜胎掐丝珐琅”的起源问题，至今尚难定论。我国现存最早的一件珐琅工艺品是珍藏在日本正仓院的唐代银胎金掐丝珐琅镜。但是，唐代以后三四百年间的珐琅制品未曾有见。我国最早记录金属胎珐琅制品的文献仅见于明初洪武二十一年（1388 年）曹昭所著《格古要论》。书中所记载的“大食窑器”亦通常所称的“铜胎掐丝珐琅”制品，已被很多学者所共识。据此，中国元代后期已出现掐丝制品，应是顺理成章的事情。“大食”是宋、元时期中国对西亚阿拉伯地区的称谓。有关专家根据史料分析，铜胎掐丝珐琅大约于 13 世纪末由阿拉伯国家传入中国。传入之初，被称作“大食窑器”、“鬼国窑器”和“佛郎嵌”。

“他山之石，可以攻玉。”即使这种以金属为胎填敷珐琅釉料烧制而成的作品是舶来品，但在中华民族博大精深的艺术土壤上，也很快就融汇了中华民族的传统风格，成为中国工艺美术史上一颗璀璨的明珠。

“景泰蓝”这个称谓，最先见于清宫造办处档案中清雍正六年（1728年）《各作成做活计清档》的记载。见于实物，以明宣德年间（1426—1435年）为最多。景泰年间，工艺得到了更大的发展。宫廷内的御用监（皇家厂坊）设有制作景泰蓝的作坊（《日下旧闻考》）。明代景泰蓝的造型大都为器皿，多数为历代陶瓷及青铜器的传统造型。其装饰纹样以大明莲为主，也有少数串联花卉和青铜器纹样变形的装饰，其色彩以二蓝（湖蓝）为主色调，配以少量红、白、绿、黄等色，色调统一、讲究，装饰得体。装饰了铜后，造型更加优美，粗细结合，重点突出。景泰蓝工艺成熟于明朝，以其绚丽多彩、富有民族气息的艺术风格而闻名于世。

到了清代，掐丝珐琅工艺的发展进入高峰期，景泰蓝制品在皇宫内处处可见。小到床上使用的帐钩，大到屏风，甚至高与楼齐的佛塔，以及日用品、桌椅、床榻、酒具、砚、匣、笔架、建筑装饰、宗教用品等，无所不备。这个时期所采用的物质材料分上、中、下三等，上等者金胎金丝，中等者银胎银丝，下等者就为其他原料了。景泰蓝也从帝王之家，飞入民间的百姓之家。

景泰蓝生产工艺是一门综合艺术，是美术、工艺、雕刻、镶嵌、冶金、玻璃熔炼等技术知识的结晶。它制作工艺精细复杂，需要经过十几道工序才能完成，主要有设计、制胎、掐丝、点蓝、烧蓝、磨活、镀金等工艺。特别值得一提的是掐丝，它是一种绝妙的艺术，也是景泰蓝制作工艺中难度很大、不易掌握的一道工序，也最富有诗意。掐丝工人用镊子将柔软而富有韧性的扁铜丝按照图纸掐出美丽而形状各异的花纹、图案，然后蘸着白芨（一种有黏合效果的中药），一根丝一根丝地嵌在铜胎上，组成景泰蓝产品的基本图案，就像绘画中的线描，但它不是用笔勾线，而是用丝表现。一个光秃秃的紫铜胎经过艺人们“心运其灵，手熟其巧”的加工，使亭台楼阁、山水人物、四季花开、百鸟朝凤、龙腾虎跃、苍劲松鹤跃然纸上，俨然一幅没有上色的画卷，真是神工巧匠！

巧夺天工的景泰蓝艺术品，吸引了许多游客的目光。有一位游客在游览明清民居博览城时，感慨地说：“景泰蓝真是出身高贵的传统工艺，为我们中华民族带来了骄傲！”

在华夏文化园感受姓氏文化的魅力

去过横店影视城华夏文化园景区的游客，都知道那里有一条长达220米的历史长廊。在那条历史长廊里，有74副名人书写的烫金对联，有122组介绍我国56个民族及3000多个姓氏的石碑，有732位历史文化名人的画像，可以说这条历史长廊名副其实。当然，极易引发游客兴趣的还数石碑上对姓氏的文字介绍了，许多游客都在石碑前流连，寻找着自己的姓氏介绍。他们或惊喜不已，或恍然大悟，对自己或他人的姓氏有了进一步的认识与感悟。这，就是文化与旅游的结合了。

姓氏是文明的曙光，是血缘的标志，是婚姻的纽带，是部族的开端，是国家的根基。姓氏出现最早的民族是中华民族，中华民族的共同祖先是炎黄二帝，而炎黄子孙繁衍出11000余姓氏。他们跨地域、跨国界，甚至渗入异族而形成新的民族。中华民族为人类文明的发展作出了重大贡献，是世界上历史悠久的民族之一，也是世界上优秀的民族之一。

中华民族的姓氏，起源于上万年前人们对风、云、雷等自然物的崇拜，所以女娲、伏羲为风姓，神农之后为雷姓，黄帝以云为官，其后即有云姓，女娲之后且有直接以女为姓者，“书契作则文字著，婚姻正则人伦叙。”母系社会的姓都为女旁，如姜、姬、姒、姚等。进入父系社会，便有改女旁为人旁的，如改姒为似，妊为任，姺为侁、先等。在母系氏族社会，其子女只知其生母而不知其生父，盖当时还残留群婚制及一妻多夫与一夫多妻并存的现象，因此，“姓”字由女生合成，无疑是个会意符号。

中国的姓氏，实际上是国家之根系，它盘根错节，根系相连，追根溯源，大多是炎黄的子孙，中国人的血管中大多流淌着炎黄的血。历史上少数民族改汉姓的不用说，即使是没改姓的一些少数民族，由于几千年的民族融合、通婚，在他们的血液中也带有炎黄的基因。常言道，同姓同宗的500年前是一家，不同姓不同宗的5000年前是一家。为什么说中国人之间的关系血浓于水，因为中国人大部分是血亲啊！他们之间的认同感、亲和性、一家亲是世界上任何一个民族都无法比拟的。

横店影视城华夏文化园景区的历史长廊石碑上，介绍的姓氏有3000多个，而实际上我国古今各民族以汉字记录的姓氏共有11969个，此外还有异译、异体字姓氏3136个。在中华姓氏中，常见的大多是单字的，双字的复姓也有不少，但是您听说过9个字的姓氏吗？9个字的姓氏确实有，无须怀疑。那些稀有的姓氏，成因主要为少数民族姓氏衍生而来，或与民间传说有关。比如“第五”姓，一种说法是，据传荆轲刺秦王时，随行有五位勇士，荆轲刺秦失败后，五位勇士逃跑，为了躲避秦人的追杀，他们隐去了自己的名字，分别改姓为“第一”、“第二”、“第三”、“第四”、“第五”。还有一种说法是，刘邦称帝后，曾把战国时齐国的后裔迁徙到现在的湖北房县一带定居。因齐国田姓贵族人氏太多了，所以刘邦便下令把田姓改掉，以数字区别，分为“第一”“第二”一直到“第八”。

中华伏羲文化研究会华夏姓氏源流研究中心于2013年4月公布了当今中国最新版“百家姓”排行榜。按照人口多少，最新版“百家姓”前三位顺序是：王、李、张，三姓人群约占全国总人口的21%。自宋朝以来，李、王、张一直是中国人口最多的三大姓氏，排序经常在伯仲之间。有意思的是，浙江是金、毛等姓氏的第一大省。

徜徉于华夏文化园景区的历史长廊，面对着镌刻了中华各个姓氏介绍的石碑，游客们心中自然会产生出涟漪。“不忘祖德，不舍亲谊。”当初在筹建华夏文化园时，横店集团创始人、横店四共委主席徐文荣就明确提出要在历史长廊里竖起弘扬中华姓氏文化的石碑，目的就是要通过姓氏这一纽带，凝聚国人力量，让广大游客受到爱国、爱乡、爱家的熏陶，为中华民族的全面复兴而努力。

误读的历史与瑰丽的传奇

电影《荆轲刺秦王》、《英雄》、《功夫之王》、《画皮》、《木乃伊3》、《王的盛宴》、《通天帝国》，电视剧《汉武大帝》、《美人心计》、《倾世皇妃》等，这些影视作品均在横店影视城秦王宫景区成功拍摄。观众们从张丰毅、王志文、李连杰、成龙、周迅、刘德华、林心如、巩俐、梁朝伟、张曼玉、章子怡、陈宝国、焦晃等影视明星的倾情表演中知道了秦王宫，进而转化成旅游行为，从不同的地方走进横店，实地感受和体验秦王宫的霸气，遥想两千多年前的历史风云。

而在秦王宫景区里每天都推出的演艺节目《英雄比剑》、《梦回秦汉》、《始皇登基》及4D轨道车项目等，更是以令人惊叹的精彩，与秦王宫一统天下的王者之气互为交融。游客们置身于气势磅礴的四海归一殿中，心潮起伏，浪卷千涛，眼前似乎浮现出当年秦始皇在富丽堂皇的宫殿里宴舞欢乐的盛世景象。在这些游客当中，有的人发出深重的叹息："唉，要是当年项羽没有火烧阿房宫就好了！"

这是人们对历史的误读。

现在游客们在横店影视城里所看到的秦王宫，是横店集团与历史学家、影视美术设计师及建筑专家联手打造出来的，依据的是咸阳宫一号遗址复原图，也就是秦始皇生前所住的房子，但不是传说中的阿房宫，真正的阿房宫并没有建成过。

《史记·秦始皇本纪》记载，阿房宫是从秦始皇三十五年（公元前212年）开始修建的，而三十七年（公元前210年）七月秦始皇突然病死在出巡途中。为了尽快安葬秦始皇，秦二世不得不停止阿房宫工程，将修建阿房宫的人力全部调去抢修骊山陵墓。至此，阿房宫工程就是有始无终的“烂尾楼”了，秦二世在公元前207年八月就自杀身亡。

《阿房宫赋》这篇文章的作者是杜牧，他是唐代的文学家。在他的这篇传世名作中，对阿房宫的华丽极致作出了生动传神的描述，好像他真的去参观过了一样。项羽有没有烧过秦始皇的房子？肯定烧过，但烧的不是阿房宫，而是咸阳宫殿。项羽起义之后，一路带兵杀到咸阳，杀掉了当时已经投降的秦王子婴。然后，他看着豪华的秦宫殿，越看越气，于是对部下发号施令：把它烧了！

项羽烧掉的是秦始皇的老房子，而阿房宫当时仍在建，它与骊山陵墓在秦代是并驾齐驱的两大建筑工程。骊山陵墓工程动工在前，阿房宫工程开工在后。司马迁说，阿房宫从开工到停工，一共用了4年的时间。请注意，司马迁说的是“停工”，而不是“完工”，指的是工程停了下来而不是已经竣工交付使用了。2007年，中国社会科学院考古研究所联合发布了关于阿房宫遗址的考古结果，核心结论是：一是阿房宫根本没有建成；二是项羽没有烧毁过当时尚在建的阿房宫。阿房宫当时只是建了一座前殿，随后就不了了之。文学作品和历史典籍中那些宏大宫室场景的描写，勾勒的只是该座宫殿的设计蓝图而已。在连绵不断的传承中，一些史书的作者放下了还原历史真实的重任，对这座宫殿予以驰骋的想象，使阿房宫走向了奇想的神妙之路，文学、艺术也借阿房宫这个重磅题材显示出了强大的繁衍能力。

传奇仍在继续，而真相也已出笼。在考古发掘报告中明确指出，秦阿房宫不存在“势压三百里”的宫殿群，没有发现秦代的瓦当、柱础石、壁柱、明柱、廊道、散水和排水设施等，前殿只完成了夯土台基及三面墙。倒是横店影视城秦王宫景区的宏伟建筑群，可以给今天的人们提供关于两千多年前秦始皇居住之所之无比恢宏的想象。对于一些游客来说，秦王宫景区好玩，这就够了。

在明清宫苑游走

横店影视城明清宫苑景区是以北京紫禁城为原型，遵循明清时期宫殿建筑手法建造起来的巨大建筑群。穿行于这座占地面积1500 亩的宫殿，怎不令人感慨历史风云的变幻？

走进大明门，沿着御路直行，穿过承天门，深红色宫门上镶着金黄色的门钉。通过狭长而略显黯淡的走廊，再穿过一扇大门，便来到了极富传奇色彩的皇宫。这最后穿过的大门，即为太和门，在明代是早朝地，过去称为“御门听政”，大臣们就是在这里向皇帝汇报最新的国情动态，并向皇帝面呈奏折。

遥想当年，皇帝们坐在龙椅上，俯视下面的文武大臣，心中肯定是骄傲得意的。皇帝有锦绣江山，有至高权力，有荣华富贵，有海量臣民。历史记住了每一位皇帝，他们也付出了每天劳累执掌江山的代价，而名垂千古与遗臭万年终究总在一念之间，就在太和殿的龙椅上，承载过多少人的命运，见证过几度浮沉。

太和殿，亦即人们常说的金銮宝殿，明清两代共有 24 位皇帝在太和殿登基执政。太和殿后的中和殿、保和殿，都是皇帝的休息之所，而后面的乾清门一开，里面就是后宫。后宫内除了各种宫殿外，还有一个古朴典雅的御花园，电视连续剧《甄嬛传》里大量镜头便是摄自此处。作为皇家花园，这里有四季不败之花，冬夏常青之草，小桥流水、亭台楼阁之美构成人间仙境。堆秀山上有一座“望景亭”，除了皇帝之外，其余男人概不得进入。金秋时节，皇帝总爱带着他的后妃们登上这座亭子，远眺美景，心旷神怡。御花园因为精致之美，吸引了众多影视剧组前往拍摄，如《金枝欲孽》、《宫》、《步步惊心》等。

一位游客说：“在这种环境下，人很容易产生一种皇帝心理。”而“皇帝心理”是什么呢？恐怕只有真正当过皇帝的人最有发言权。其实，所谓皇帝心理，就是一种自极心理，认为自己已达极点，已到顶峰，自己就是天下第一，就会目空一切。当这种自极膨胀过度后，悲剧便因此诞生了。由此可见，皇帝心理千万要不得。即使是现在信息发达，互联网如此方便，以一人之目、一目之瞥，终难尽千物之情、万物之态。

现在，我们无法穿透历史层层迷雾还原它原本的面目，也无法穿越回到那个久远的年代去领略它的雄浑。那些曾经发生在偌大皇宫里，令我们雀跃的、骄傲的往事，抑或是令我们所不齿的事件，都随着那些离开的人深深地葬在厚厚的宫墙内了。作为游客，我们只能是走马观花般地望一眼经过岁月打磨的、流淌的痕迹，依稀看到它雄壮的曾经，想象着当年的种种故事，感悟着为人处世、修身养性的一番道理……

无语的皇宫

横店影视城秦王宫、明清宫苑景区这两座规模宏大、气势逼人的建筑群，“谋杀”了许多摄影者的镜头，也理所当然地成为许多反映宫廷气象、描绘历史风云的影视作品的绝佳拍摄场景，如《荆轲刺秦王》、《英雄》、《鸿门宴》、《朱元璋》、《大明王朝1566》、《建元风云》等。而游客们置身于秦王宫内的四海归一殿、明清宫苑中的太和殿之际，面对金碧辉煌的龙椅，往往感慨道：“做皇帝真好啊！”

中国的皇帝权力巨大，荣耀无比，实际上他们是中国历史上最不幸的一群人。有一位历史学家在游览横店影视城时，就向当地的陪同者讲述了以下的事实。

首先，在封建社会中，皇帝的平均寿命最短，健康状态最差。据统计，历代皇帝有确切生卒年月可考者共有209人，他们平均寿命仅为39.2岁。其次，皇帝群体中非正常死亡比率高。中国历代王朝，包括江山一统的大王朝和偏安一隅的小王朝，一共有帝王611人。其中，正常死亡的，也就是死于疾病或者衰老的339人；不得善终的，也就是非正常死亡的272人。非正常死亡率为44%，远高于其他社会群体。最后，皇帝这个群体的整体生命质量较差，生存压力巨大，有近1/4的帝王传记中，记录有人格异常、心理变态甚至精神分裂的表现。

譬如说，南北朝时期宋朝的第五位皇帝，前废帝刘子业，极为荒淫残暴。他讨厌功臣刘义恭，就砍掉刘义恭的肢体，剖开他的肚子，挑取他的眼睛，用蜜汁腌渍，谓之“鬼目粽”。前废帝如此，后废帝有过之而无不及。后废帝刘昱凶暴异常，外出游玩，遇到挡路者，无论是人是畜，都命侍从格杀勿论，这使得都城建康大白天都家家户户大门紧闭，道路绝迹。北魏道武帝拓跋珪患了躁郁症，常常数日不食，或者数夜不睡。他上朝时喜怒无常，追思朝臣旧恶前怨，大加杀害。见到大臣脸色有异，或呼吸不调，或言辞失措，就大叫而起，亲自殴打击死在大殿之上，尸体就一字排开摆放在天安殿前。

北齐后主高纬爱当乞丐，齐废帝、东昏侯萧宝卷捕老鼠、睡懒觉、驱百姓，明代万历皇帝20年不上朝，洪武皇帝滥杀功臣，嘉靖皇帝偏执，天启皇帝沉溺于干木匠活，如此等等。这些骇人听闻的事都曾在皇帝身上真实地发生过。臣仆们见到皇帝都山呼万岁，可有哪个皇帝活得到百岁以上呢？紫禁城内的太和殿，明清两代共有24位皇帝在此登基执政，他们当中寿命长的也没几人，尽管都在生前追求长生不老。

倒是凝聚了劳动人民的智慧和汗水的巍峨宫殿，仍静默无声地屹立于大地之上，见证着岁月的变迁，迎送着日出和日落。

我愿重回汉唐

蒹葭苍苍，白露为霜，
广袖飘飘，今在何方？
几经沧桑，几度彷徨，
衣裾渺渺，终成绝响。
我愿重回汉唐，再奏角徵宫商，
着我汉家衣裳，兴我礼仪之邦。
我愿重回汉唐，再谱盛世华章，
何惧道阻且长，看我华夏儿郎！

我相信不管过了多久，我依然会记得这一天，2013 年 11 月 9 日，横店影视城秦王宫。

我会记得这一天的秦王宫上空，天是出奇的蓝，蓝得让我几乎难以置信，蓝得让我心里涌上许多的感动。我会记得那天籁般的韶音雅乐，我会记得阳光下庄重的祭文，我会记得四海归一殿前那个硕大无比的“汉”字，我会记得广场上盛大华美的 T 台表演。我会记得并深深珍爱那场不可多得的美的盛宴，而她的美又是如此的无与伦比。

自以为经受了岁月的磨砺，心已变得坚硬。可是，一场中华礼乐大会暨汉服文化艺术展，轻易地就让我的心柔软了起来。我既惊诧于有那么多的人从神州各地赶来，甚至还有不少来自于马来西亚、泰国、印度尼西亚、韩国的人飞越万重山水而至，又欣慰于有近万名游客能够伫立于广场，用目光收获起殊为难得的美丽果实。

这显然是一场中华礼乐文明的盛大祭礼，是一次对中华儒家文化的热切呼唤。那么多的人，无论是男士还是女子，在这样的时刻白衣胜雪，不染纤尘。

他们都穿着汉服，男的雍容儒雅，女的秀美飘逸。《左传正义·定公十年》说："中国有礼仪之大，故称夏；有服章之美，谓之华。"汉服，就是汉族的民族服装，而不是指汉朝的服装。在今天，我相信每一个喜欢穿汉服的人，都有一颗热爱优美传统文化的心。

我们不得不承认，中国自古崇尚的雍容大度、仪态万方，早就湮没在繁华都市的浮躁中了。"玉楼金阙慵归去，且插梅花醉洛阳。"如此寄情山水的人哪里去了？把无聊当有趣的现象，竟然日甚一日！曾经令全天下人折服的汉文化，受到了怎样令人痛心疾首的侵袭啊！

汉文化的载体，岂止于汉服？那充满智慧的儒家经典，那饱含深情的诗词歌赋，那陶冶性情的琴棋书画，那叹为观止的建筑园林，无一不是博大精深、动人心魄。那些承载了荣耀、辉煌、豪情、骄傲的古典文化符号，还能绵绵不绝地流传下去吗？

她们来了。

在气势逼人的秦王宫、气象万千的华夏文化园里，她们穿着汉服，尽情欣赏并采撷着横店影视城的美。

而她们本身又是一种如何惊艳的美！那是汉宫飞燕的倾城一

舞，长袖如水荡漾，轻盈的长裙飘逸着如花的心事，诉说着自在的美好。无论是在秦王宫九十九级台阶两侧的东、西长廊，还是在华夏文化园鱼乐苑的湖水之畔，她们那抹亮丽的色彩、娟丽娉婷的衣衫，都有着欲说还休的默契。

从她们身边，轻轻地走过。

我看到繁花万朵，尽数落在她们长长的裙摆上。她们衣袂带风，那一身汉服写着的是似水流年。风吹过，她们的身影如真似幻，千年的倾城之美就在那一瞬间延续。这是我向往的情境，这是我梦里真正的华夏，这曼妙灵动的流线所勾勒出的就是我的祖国！

经福建汉服天下协会会长郑炜先生的介绍，我知道了那天引领近千人合唱《重回汉唐》的，原来是我深为敬仰并且登门拜访过的著名诗人舒婷的弟弟。那浩然雄浑的气势，在辽阔的天空中久久回荡。

烟柳渚里说柳

走进横店影视城清明上河图景区，看到最多的植物就是柳树。风吹柳动，丝丝飞扬，总让人有说不出的美妙。游客们在这个风景宜人的景区里，春看柳花飞舞，夏观绿柳垂条。正午之际，绿廊之下，三五个人闲话，男人们讲宋徽宗与李师师，女人们家长里短，一坐便是数个辰光。

景区里的烟柳渚，更是赏柳的极佳之地。这里的柳，缈若绿云，如画如锦，美不胜收，堪称怡心怡情赏心悦目之事。没有哪个游客不喜欢这诗情画意的氛围，不喜欢这绿柳如烟的俊美。

在烟柳渚，经常会遇到不同口音的外地游客。他们三五成群，或者更众，大批地从金祥湖边走过，一边走，一边看，一边品评，你看，这柳树多美，人们在此中，如在画里。一路走来，大家尽是欢喜和雀跃，很自然地就喜欢上了这个恬静清雅的地方。

说到柳树，我认为它既有着男人的风骨，又有着女人的优雅和柔美，看似柔弱，其实甚为坚强，任其狂风肆虐，却不为所动，依然能够在风中舞出最惊心动魄的美丽。风去了，它依然是树，根深扎于大地，枝叶依然招展。它不但坚持，还有顽强的生命力，水分充沛的时候自然长势良好，即便是天气干旱时也能生机勃勃，不理睬死神的呼唤。

走进清明上河图景区，迎接游客的是柳；走出时，目送游客的还是柳。那成行的绿柳，宛如景区的仪仗队，又像景区的东道主，它以它的深情传递着景区的风范，既坚忍不拔，又风姿绰约，让人怜爱不已而又心生眷恋。难怪不少影视明星在清明上河图景区拍戏时，总爱在烟柳渚里小憩，成龙还将个别不文明的游客扔弃在地上的瓜皮果核一一捡起，放入垃圾桶。难怪许多春游、秋游的孩子，特别喜欢在景区的柳林里嬉戏，放飞童年的梦想。

清明上河图景区，因为柳姿翩翩而风情万种，也因为棵棵绿柳而巍然入画。而在柳荫的背后，却是一个个辛劳的景区员工，他们热情憨厚质朴坚强，经营着美丽的景区，经营着自己的内心，为中外游客奉献优质的服务，送出欢乐和祝福。可以说，正是青青柳色让员工们的工作和生活充满情趣，诗意盎然。

广州街游思

时值春天，电视连续剧《乱世烟雨》在横店影视城广州街景区热拍，斯琴高娃、郭鹏、章婷婷、范雨林等实力演员合力演绎民国时代的生死虐恋，感人至深。

说起来，《乱世烟雨》已是在横店影视城广州街景区拍摄的第N部民国剧了，此前在该景区已拍过包括《民国往事》、《倾城之恋》、《纸醉金迷》、《旗袍》、《潜伏》等在内的数百部民国剧。除了这部《乱世烟雨》，还有一批民国剧也进入筹备阶段，并陆续在横店开机。另外，广州街景区和红军长征博览城景区内正在扩建一批民国时代风格的建筑，建成后为各个剧组提供大量适合拍摄民国剧的场景。

为什么民国剧在市场上很受观众的欢迎？答案得从那个时代的特点去寻找。

民国是一个动荡的乱世，不断的政治变局，不断的内外战争，将国人的正常生活一次次打断。然而，无论多么残酷的战争也折不断平常人过平常生活的意愿，民国生活在许多过来人的记忆里常常是温暖、亲切的，哪怕物质匮乏、迁徙流离的生活，他们也一样过得有滋有味，而且内心总是有一种不可遏制的念头，要寻求更好的生活，不光是物质的，还有精神的。这样的民国生活当然是值得追忆的。

历史既是帝王将相、伟人枭雄、政客名流们书写的，更是由平凡的人们自己的生活书写的。每个人都是这张大网上的一个节点，每个节点都不是可有可无的，在造物主眼里都看为宝贵，而且不可替代。那些单纯由大人物书写的历史是残缺的、不完整的，也是冷冰冰的，缺少生活的质感，这就需要普通人的记录来填补。民国时代背景的电影和电视剧的创作拍摄者们非常明白这个道理，因而他们的影视作品往往带着生命的体温，将民国时代的面目力求还原得真实而又生动，让今天的观众依稀找到民国生活的感觉。

很多观众喜欢看民国剧，我也不例外。如果把民国时代比喻为一泓泉水，那水汩汩淌出，流过尘世，无论时代的风浪如何颠簸不定，无论不可抗的外部环境怎样几经变迁，都挡不住生命中那些暖暖的回忆。《人间四月天》、《乱世飘萍》、《香粉世家》、《大染坊》、《紫玉金砂》、《血色残阳》、《女子戏班》、《绣娘兰馨》、《女人花》、《中国往事》、《来不及说我爱你》、《谁知女人心》、《还君明珠》，等等，这些在横店影视城广州街景区拍摄的民国剧，带着我们回到那个时代，回到那些平平常常的生活场景。那些场景并不满是春天般的诱人，但那里有永存的温暖细节，有任何外在力量都夺不去的生活。

正因如此，每每我走在横店影视城广州街景区的石板路上，看到那些青砖灰瓦的老房子，看到那白墙上攀爬着的绿色藤蔓，看到那些老爷车、油纸伞、邮筒、茶馆、煤油灯、“万金油”招贴画，看到那些沉醉在剧情中的赵薇、周迅、秦汉、陈宝国、陈数、宋佳等明星，听到“香烟、洋火、桂花糖”的沿街叫卖声以及“卖报，卖报，今天有大新闻”的声音时，我就会有一种冲动。这样的时刻，我也想穿上一身长袍马褂，沿着骑楼向前走，至于目的地是一家裱画铺呢还是一个小酒馆并不重要。我知道，民国生活的诱人处，从来都不是物质的丰盈，不是十字街头的灯光璀璨，不是舞厅留声机传出的《夜来香》，而是普通人在日常的物质生活和精神生活中体现出来的一颗平常心，是对生活本身始终如一的肯定。

在摩天轮上感受大美横店

横店影视城梦幻谷景区的“喜马天轮”，堪称鸟瞰横店的最佳场所。每天都有众多的游客坐上“喜马天轮”，在悠缓的往上转动的空间俯瞰横店的无边景色。

“喜马天轮”其实就是人们常说的摩天轮，是一种大型转轮状的机械建筑设施，上面挂在轮边缘的是供乘客乘搭的座舱。乘客坐在摩天轮内慢慢地往上转动，可以从高空中俯瞰四周景象。

把梦幻谷景区内的摩天轮比喻为“横店之眼”，应该说非常贴切。用“横店之眼”看今日横店，你会感到横店这块土地美得是那样的婀娜多姿，那样的绚丽缤纷，那样的开阔大气，那样的如诗如画！

摩天轮下，梦幻谷里的活色生香、秦王宫中的磅礴大气、清明上河图里的秀美迷人、花木山庄中的悠闲恬静，宛如一幅巨大的画轴，铺展开了灿烂的色彩和丰富的图案。摩天轮下，古老的八面山旁崛起的现代化小城市，将高科技工业与现代影视文化旅游产业完美结合所创造出来的传奇，赋予“横店”两字厚重的意蕴，令人回味绵长。摩天轮下，一座座挺拔的高楼与一幢幢小巧玲珑的别墅相映成趣，一排排现代化厂房与一条条玉带般舞动的道路互为辉映，而“梦上海”、横店通用机场等新项目工程则像一枚枚正在成长的果实，她们正吸收着天地日月的精华，快乐地摇曳着日渐丰满的舞姿。摩天轮下，昔日贫瘠的土地早已换了新颜，“抬头望见八面山，一日三餐薄粥汤，有女不嫁横店郎”的苦涩歌谣随风远去了，“和美幸福”成为今日横店的代名词。摩天轮下，创业者们豪情澎湃，谁也不能低估他们的能量，他们不仅努力地改变自己的命运，而且烛照后人续写明日的辉煌。

朋友们，去横店影视城梦幻谷景区乘坐那高耸入云的摩天轮吧！摩天轮上的每个盒子里，都装满了快乐和幸福。当你转到最高处时，你的快乐和幸福也达到了最高点。如果你身边坐的是你年迈的父母，你一定要握住他们的手，传递一种孝的力量；如果你身边坐的是你的恋人，你一定要吻一下你恋人的额头，表达一种彼此意会的情意；如果你身边坐的是你的孩子，你一定要让孩子极目远方，去寻找天际线上的美，去构筑自己心中人生的坐标。

是的，我们之所以要去横店梦幻谷里的摩天轮，就是因为那里有高耸入云的快乐和幸福，有最浪漫的飞翔，以及可以触摸得到的柔柔的爱。

屏岩洞府，道教仙境

盛夏时节，东阳市横店的屏岩洞府景区成了不少游客喜爱的消暑好去处。在外地游客当中，有相当多的是来自于繁华喧嚣的上海市。这也难怪，在高楼林立的大都市中，人们普遍感到压抑，一旦置身于绿意葱茏的屏岩洞府景区，整个身心自然就得以松弛舒展了。

说起屏岩洞府，其实有很多人都曾经在影视作品中看到过，《杨门女将》、《宝莲灯》、《大清御史》、《九岁县太爷》、《大宋提刑官》、《风筝奇缘》、《八岁龙爷闹东京》等，都在这个险峻秀美的景区取景拍摄过。我印象很深的抗日题材电视剧《黑玫瑰》，就在屏岩洞府里拍摄了不少戏份，看着荧屏上的日本鬼子被身手不凡的女子别动队干掉，坠下深岩大壑，心里就乐：干得好！

屏岩洞府以奇峰异洞、奇山怪石而著称，素有“江南第一洞天”之美誉。有人说，屏岩洞府千般景，第一当数斤丝涧。后岩山上的斤丝涧上，自岩顶下到山脚，硬生生地绽裂开一道纵深陡直的石缝，宽仅一米，深不可测，是鬼斧神工劈开的一道天堑。出于好奇，有人用一斤蚕丝系上石块入洞下垂，怎么也探不到底，怀疑此涧直通地心，于是取名叫作“斤丝涧”。放眼整个屏岩洞府，峭壁含云，洞穴吞雾，平底落坑，陡壁圆环。真是移步换景，别有洞天。

景区内的千年古道、百步云梯、天师殿、玉皇殿、钟鼓楼、胡公殿、神话长廊、黄大仙宫、龙圆洞、仙岩宫、四海龙王殿、土地庙、千佛塔等景区都各有看点，也值得流连。天师殿是供奉我国道教第一代祖师张道陵的场所。仙岩宫是一座悬空建筑，供奉的是三位道教最高仙尊，即玉清元始天尊、上清灵宝天尊、太清道德天尊。道教是中国人独创的精神产品，虽然由来已久，与信奉黄、老学说的道家有着不可分割的渊源关系，但正式成为一门宗教却是在东汉时期，第一代天师张道陵在江西龙虎山炼丹传道始。创建天师道，世袭相传长达60多代，迄今绵延近两千年。它既是我国创建最早的道教，又是影响最大的宗教组织。其教义盛传东南亚，远播欧美。在山丹水绿、灵性十足的环境里静心沉思，感悟道理，或许可以让我们放弃很多杂念，回归到生命的本真上来。屏岩洞府碧水丹山秀其外，道教文化美其中，不愧为道教仙境。

在屏岩洞府的龙圆洞里，摆放了很多张木桌竹椅，游客们在此吃道家养生菜，饮养生酒，喝养生茶，面对广袤的林海，怎不心旷神怡？

博物馆：一生中
最重要的文化体验

由横店集团董事长兼总裁徐永安先生倡导的横店影视城博物馆，眼下正在积极筹建之中，这是一个令人兴奋的富有影视文化特色的博物馆建筑系列计划，首座博物馆“中国电影放映机博物馆”的建设已取得突破性进展，已从全国各地征集到了一万多件藏品，策展工作正在开展，2015 年夏天将在横店影视城广州街景区内向中外游客开放。

在旅游过程中，参观当地的各种博物馆，无疑能丰富旅途生活，为旅行增加美好的回忆。事实上，在世界各地，很多游客都很喜欢在旅游行程中安排进去参观博物馆的内容。走进博物馆，在一件件记载着历史、文化的展品面前，可以闭目憧憬画面里人们的生活场景，想象自己在那时会如何生活、如何思想，这种神奇的审美体验和立体的感官刺激，对展品上或深或浅的痕迹以及直观的丰富的色彩所产生的感悟，都是书籍、画册、网络图片无法给予的。不难想象，当横店影视城建设的“中国电影放映机博物馆”建成开放后，游客走进其中，面对着那些世界各国的电影放映机及与电影有关的各种展品，一定会对电影艺术有更直接的认识和感悟。

一生中最重要的文化体验

著名铜雕艺术家朱炳仁曾经在一首诗里写道："我愿意说，博物馆是一座桥，后面是昨天，前头是明天，桥上走的是今天。今天挤进博物馆，是为了结识昨天，当然，今天最好的朋友是昨天。明天在桥的正前方，那里阳光灿烂。"

我们始终难忘2010年上海世博会惊人的排队长龙。排七八个小时的队，只为参观一个展览——这种热情举世震惊。这个场景也成了一种警示：在物质渐渐富足之后，人们对精神文化的追求水涨船高，国人精神层面的如饥似渴与公共文化产品供给的相对贫乏形成反差。

有位英国学者说，博物馆是绝大多数人一生中最重要的文化体验。在博物馆里，人们的记忆因为丰富的藏品而鲜活了起来。参观者怀揣着敬畏之心，向大师敬礼，对文化鞠躬。越来越多的父母牵着孩子的小手进入博物馆，安静地走进历史，希冀下一代能探骊得珠，传承文化薪火。可以说，博物馆是个激活记忆与创造力的地方。记忆，是对过去的继承和保存；创造力，是指我们今天如何从文化遗产中，找到能够有所创造的启发性灵感。从这个角度来讲，博物馆所推动的实际上是社会的变革。

因此，当你在横店影视城所建的"中国电影放映机博物馆"里，面对着"老古董"似的100多年前的电影机，很自然的会心潮起伏，思索着从最早的幻灯片、无声电影，再到有声的黑白电影，再到彩色电影和宽银幕电影，再到今天的数字电影，联想到电影的百余年发展历程，其实恰好印证了人类现代文明的进步，电影原来与我们的生活有如此的关联，而未来的电影更值得我们期待和憧憬。

民办博物馆方兴未艾

根据国家文物局 2013 年度博物馆年检备案的数据，截至 2013 年底，全国共有博物馆 4165 家，比 2012 年度增加了 299 家，全年接待观众数量超过 6 亿人次，继续保持了高速增长态势，表明各地政府、社会和民间支持和参与博物馆建设发展的热情日益高涨。

值得注意的是，从博物馆举办主体看，国有博物馆 3345 家，非国有博物馆 811 家，非国有博物馆 2013 年增加了 164 家，增速同比达到 19.4%。这标志着我国民办博物馆发展步入快车道。

许多民办博物馆很有特色，个性鲜明，受到观众们的欢迎和喜爱。如上海的“中国藏筷馆”、四川的“抗战博物馆——中国老兵手印广场”、浙江台州的“国华珠算博物馆”、广东深圳的“钢琴博物馆”、江苏徐州的“中国炎黄圣旨博物馆”、陕西西安的“大唐西市博物馆”、山东聊城的“悟思园古代婚俗陈列馆”、江苏苏州的“古代灯博物馆”、江西赣州的“博古堂”等民办博物馆。

企业家日益钟情收藏

同样值得关注的还有，随着收藏市场的快速发展，越来越多的企业家开始活跃在国内外的收藏市场中，并办起了富有特色的博物馆。上海证大投资集团董事长戴志康收藏了许多宋元明清字画和世界级的现代雕塑作品，建起了2万平方米的当代艺术馆。天津粤唯鲜集团总裁张连志是3家私人博物馆的馆长，最为著名的是天津赤峰道的“中国古瓷博物馆”，它是一座“瓷房子”，其外在墙面是用汝、哥、钧、定、官窑等珍贵古瓷片装饰而成。山西华宇集团董事长赵华山的收藏品以张大千、徐悲鸿、傅抱石等近现代名家书画为主，被誉为“国内张大千作品收藏第一人”，在山西太原建有“华宇美术馆”。

可以说，民营资本的大量进入和企业家的热情高涨，我国博物馆的发展进入了一个新的历史时期，这对中华民族的伟大复兴将有不可低估的意义。横店影视城创办一系列富有影视文化特色的博物馆，体现出了民营企业的社会责任担当和文化自觉。我们由衷希望能有更多的人乐意走进博物馆，镜鉴古今，拥抱历史，畅想未来。

电影放映机博物馆呼之欲出

2014 年 5 月 18 日，是第 38 个“国际博物馆日”。这一年“国际博物馆日”的主题是：“博物馆藏品架起沟通的桥梁”。

“博物馆”一词，源于希腊文“缪斯庵”，原意为“祭祀缪斯的地方”。缪斯是希腊神话中掌管科学与艺术的 9 位神女的通称，她们分别掌管着历史、天文、史诗、情诗、抒情诗、悲剧、喜剧、圣歌和舞蹈，代表着当时希腊人文活动的全部。

“国际博物馆日”是由国际博物馆协会发起并创立的。1977 年国际博物馆协会为促进全球博物馆事业的健康发展，吸引全社会公众对博物馆事业的了解、参与和关注，向全世界宣告 1977 年5 月 18 日为第一个国际博物馆日，并每年为国际博物馆日确定活动主题。

横店影视城是全球规模最大的影视拍摄基地，国家 5A 级旅游景区，对博物馆情有独钟。2013 年 4 月初，横店影视城成立了博物馆开发中心，首个博物馆“电影放映机博物馆”一系列筹建工作由此展开。工作人员们不辞辛苦，走南闯北，现已从浙江、江西、河南、山西、上海、北京等地收集到了数百件产自国内外的老电影放映机、看片器、拍摄器材、幻灯机、电影海报等珍贵藏品。许多藏品极其珍贵，不可多得，它们犹如一颗颗被尘封的明珠，即将被拂去岁月的尘埃，重新绽放出光华。作为每天都有数十个影视剧组繁忙拍摄的全球最大的影视基地，横店影视城将影视道具、明星戏服、影视剧本等纳入了藏品收集范围，这项颇具历史眼光、意义深远的工作现已全面启动。据了解，“电影放映机博物馆”将设立在横店影视城广州街景区内，设计与布展陈列工作正在积极运作之中，预计于2015年夏天向广大中外游客开放。

正如2014年“国际博物馆日”的主题，横店影视城“电影放映机博物馆”的藏品，将为游客们架起一座了解、认识、思考电影发展道路的理想的沟通桥梁。自从有了电影，它给人们生活带来了诸多变化，让人们的生活变得更加绚丽多彩。面对着一台台古老的电影放映机，相信大多数人的脚步都会放缓和停顿下来，心海里会涌起朵朵浪花。

收藏已逝的时光
激活久远的记忆

国家5A级旅游景区横店影视城在探索文化与旅游结合发展上，又迈出了新的步伐：在继续做大、做强、做精旅游演艺的同时，致力于博物馆的建设，力求使横店影视城的文化内涵更加深厚，为打造中国影视旅游第一品牌奠定坚实的基础。

横店集团董事长兼总裁徐永安从横店影视旅游产业的发展战略高度出发，提出了在进一步完善横店影视城的影视拍摄功能和旅游产品及服务的基础上，兴建一批具有鲜明特色的博物馆，让广大中外游客在游览横店影视城的同时，通过一座座博物馆来认识和感受博大精深、光耀千秋的中华历史文明。

这样的构想与倡导，显然将对横店影视城今后的更大发展及在市场地位的提升产生积极的影响。此前，横店集团已经在博物馆的建设上有过成功的尝试，如在横店明清民居博览城内就建有多座博物馆，分别是横店集团创业成就馆、陈长芬艺术馆、中国竹艺博物馆、东阳木雕博物馆、文荣奇石收藏馆、杜世禄书画捐赠馆、戴云辉济公艺术馆、奇石博物馆、石雕博物馆、花床馆、黄昌林根雕艺术馆等。此外，在国防科技园内建有新中国成立50周年阅兵馆、武器装备馆、空军装备馆、太空探索馆、人民防空展馆等。这些博物馆均普遍受到游客们的欢迎与好评，它们犹如一颗颗明珠，为横店影视城增添了许多亮色。

2013年4月初，横店影视城正式成立了博物馆开发中心，博物馆的建设进入了有序化、规范化、专业化的发展轨道。时任浙江横店影视城有限公司董事长兼总经理殷旭介绍说，横店影视城的博物馆建设将分步进行，首家建设的博物馆将是电影放映机博物馆，馆址设于广州街景区内，这也与横店影视城作为目前全球规模最大的影视拍摄基地的地位与特色相吻合。今后，横店影视城将建设若干个与影视文化有密切关联的专题博物馆，并在各个景区内建设与该景区历史文化背景相关的主题博物馆，如在秦王宫景区内建设秦代历史文化博物馆，在清明上河图景区内建设宋代历史文化博物馆，在明清宫苑景区内建设明清时期历史文化博物馆等。据了解，横店影视城电影放映机博物馆的藏品收集工作进展可喜，通过艰苦努力，收集到一大批产自国内外的老电影放映机、看片器及拍摄摄像器材等珍贵藏品。

横店影视城建设博物馆的举措在业界内外引起了关注，反响热烈。著名博物馆学专家、赣州市文物局原局长兼博物馆馆长韩振飞研究员说：“横店影视城建设一系列历史文化博物馆，体现出了企业的长远发展眼光和社会责任担当，这是非常值得充分肯定的！博物馆是让观众从过去的历史记忆中获得有益启示的地方，它收藏了过去，立足于今天，面向广阔的未来。我相信，这一系列博物馆建设起来后，横店影视城将在旅游市场上更加红火兴旺，更加受到中外游客的欢迎！”据韩振飞研究员介绍，只有200多年历史的美国，就有17000多座博物馆，而拥有五千年历史的我国，至2013年底，只有4000余家博物馆，平均每35万人才拥有一座博物馆，民办博物馆占全国博物馆总数的16.74%

（不含港澳台地区）。他认为，文化的发展关系到国家和社会整体文明程度的提升，而博物馆更是一个国家的文化精粹所在。让中华民族的智慧和艺术结晶聚集展示于博物馆内，横店影视城在旅游企业里走在了前列。

另据了解，不少旅行社及其他商家也很赞赏横店影视城建设博物馆，认为这将有利于游客在横店休闲度假，能让游客的脚步停留下来，乃至带动新的消费，延伸旅游产业链。

“休闲横店”与你相约来年

去过云南丽江、湖南凤凰的游客，对那里夜幕下的活色生香都难以忘怀。如今，横店影视城也在积极谋划，一个“休闲横店”的美丽项目有望在若干年后成为现实。

横店影视城是蜚声中外的国家5A级旅游景区、全球规模最大的影视拍摄基地，2014年游客量高达1375万人次，比2013年同期增长15%。此外，横店影视城已累计接待影视拍摄剧组1400余个，其中，2014年有178个剧组在横店拍摄了电影、电视连续剧。明星云集、旅游演艺争奇斗艳的横店影视城，成为极具眼球效应和旅游度假魅力的胜地。而从休闲娱乐的角度来说，尽管夜游梦幻谷景区是所有游客横店之旅的共同选择，在该景区里也确实收获得了许多快乐，释放出了生命的激情，仍有不少人感到意犹未尽。

根据横店小城市建设的需要，全力提升横店的休闲娱乐品位，打造国际化观光与休闲的梦幻之城、快乐之都，是“休闲横店”项目开发的主旨。为此，横店影视城决定将梦幻谷景区内的横店老街、江南水乡，以及花木山庄、华夏文化园、广州街·香港街、屏岩洞府、度假村部分别墅等良好的资源，按照休闲产业的要求，予以科学合理的规划，并对外公开招商。2014年6月，

“休闲横店”项目工作领导小组正式成立，各项工作已在开展之中。

今后，随着“休闲横店”项目开发的实施，游客在横店的旅游从内容到方式都将发生变化。在各个景区游玩之后，去横店老街品尝风味美食，去花木山庄垂钓烧烤，去屏岩洞府健身养生，去广州街·香港街酒吧K歌，去华夏文化园竞技搏击，去江南水乡的民宿过夜、去度假村别墅做SPA，等等，都将为游客的横店之旅带来许多舒适、惬意、畅快、欢乐的美妙体验。那种整个身心都放松了的感觉，无疑会成为美好的记忆。

吃，让旅途更美好

在中国，谈到旅游就不能不谈到吃。

中国地广人多，每个民族、每个地方都有自己自成体系的饮食方式与饮食习俗，吃法各不相同，内涵极其丰富，恐怕说上一千零一夜都难以尽述。仅横店影视城所在地的东阳市横店镇，大大小小的餐馆竟有百余家，可见吃的重要性有多大。吃不仅是游客在横店之旅中的重要内容，而且也影响着游客的心理、情感和行为，因此中国的饮食文化实在是耐人寻味。要弄清饮食文化的内涵，大家都觉得这实在是一项宏大得不得了的工程。总体来说，“精、美、情、礼、趣”这5个字，能够大致反映饮食活动中饮食品质、审美体验、情感活动和社会功能，它们既包含了独特的文化内涵，又反映了饮食与传统文化的密切联系。

关于精。精是对中华饮食文化内在品质的概括。孔子说：“食不厌精，脍不厌细。”反映了中华先民对饮食的精品意识，这种精品意识并不仅仅局限于宫廷王侯阶层，作为一种文化，它越来越广泛地渗透到民间饮食活动的各个方面。从选料烹调，到就餐环境，都体现一个“精”字。孙中山先生说过：“烹饪之术本乎文明而生，非深孕文明之种族，则辨味不精，辨味不精，则烹调之术不妙。中国烹饪之妙，亦足表明进化之深也。”把饮食文化的精妙同整个社会文明进步联系在一起了。

关于美。美体现了饮食文化的审美特质。中华饮食之所以能征服世界，贵在美，贵在通过饮食活动给人们带去的审美愉悦和精神享受。首先是味道美。《吕氏春秋·本味篇》说：“久而不弊，熟而不烂，甘而不哝，酸而不酷，咸而不减，辛而不烈，淡而不薄，肥而不腻。”其次是口感美。指的是菜肴的适口性。现在，人们对味道美的追求更加个性化，麻辣、咸甜和酸各有所好。最后，造型美。中国菜不仅凉菜讲究造型，热菜同样讲究。著名企业家、江苏法尔胜泓昇集团董事局主席周建松先生在游览横店影视城期间，在贵宾楼享用了他评价很高的晚餐。他对厨师长鲍建新说：“你做的菜太好吃了，造型也非常雅致，简直就是精美的工艺品呀！”林语堂先生曾经指出：“整个中国的烹调艺术是要靠配合的艺术。”

关于情。如今，人们吃饭已经不再是为了“果腹”，而是在饭桌上交流情感、沟通信息，达成合作，正所谓“醉翁之意不在酒”。“饮德食和，万邦同和”的哲学思想与具有民族特色的饮食方式，构成了中华饮食文化始终追求的“和为贵”的哲学境界。也正因如此，横店影视城旗下的贵宾楼、国贸大厦、影星酒店、旅游大厦、珠江渔村等餐厅的包厢常常被客人提前预订，尤其是珠江渔村的临水包厢更是备受欢迎。

关于礼。中国饮食讲究“礼”。这种“礼”的精神，始终贯穿于饮食活动过程中，构成了中国饮食文明的逻辑起点。传统的等级森严繁文缛节的礼节，已被亲切、文明、优雅的礼仪服务所代替。比如，当食客驾车至影星酒店海鲜楼时，安保人员会立即上前为食客引导停车位，身着一袭旗袍的迎宾员笑容可掬地带食客踏进餐厅电梯，令食客顿生宾至如归的感觉。

关于趣。围绕“趣”的主题而打造的餐厅越来越多，如雨后春笋。不同地域的文化理念，反差强烈的逆向经营风格，甚至不熟悉的边缘人群生活状态，都会成为创造“主题”餐厅的灵感。影星酒店突出了“电影文化”和“明星元素”，国贸大厦则彰显了财富文化主题，旅游大厦的餐厅每个包厢的名称都富有浓郁的诗情画意，新开业的丰景嘉丽大酒店洋溢着“世界风景文化”气息，令人心潮澎湃，梦幻谷景区里的万盛兴酒楼，则是一派会所风格，推开装饰雅致的包厢里的窗子，夜幕下的梦幻谷万种风情尽收眼底，再加上颇具创意的菜品，凡此种种，无不增添了妙趣，令食客们举杯畅饮、大快朵颐。

我们可以这么认为，精、美、情、礼、趣，构成了中华饮食文化的整体理念，如果说，精、美、趣，侧重的是饮食的形象和品质，那么，情和礼，侧重的则是饮食的习俗和社会功能。因此，只有“精”，才能“美”得完整；只有“美”，才能激发“情”的升华；只有“情”，才能形成适合风尚的“礼”；只有“礼”，才能让“趣”意味无穷。这样的吃，自然是文化的升华，亦为吃的上佳境界了。如果在旅途中有这样吃的经历，那么，旅途自然就美好愉快了。

胃解乡愁

在外漂泊的游子们，在特定的时候思念故乡的一切。这种牵肠挂肚的思念无时无刻不在游子心中萦绕，悠长绵远，难以排解。会在心灵深处形成淡淡的惆怅忧伤，会在深沉的梦境中浮现故乡熟悉而又亲切的景象。

这就是乡愁。

乡愁是对故乡的感情和思念，是对故乡眷恋的情感状态。对自己故乡的眷恋，是人们共同而永恒的情感。诗人说："故乡的面貌，却是一种模糊的怅惘，仿佛雾里的挥手别离。离别后，乡愁是一棵没有别离的树，永不老去。"余光中坦言："我慢慢意识到，我的乡愁应该是对包括地理、历史和文化在内的整个中国的眷恋。生于兹，长于兹，念兹在兹啊！"

贵州有一富家子弟，移民到了加拿大，仅仅两个月后，他就忍不住万里迢迢地乘飞机回来，只是为了吃一大碗辣辣的羊肉粉，以解乡味之馋，以缓思念之苦。著名作家邓友梅在接待来京重温城南旧事的林海音时，问这位背井离乡数十年的"小英子"，有什么事需要帮忙。"别的事没有，就想叫你领我去喝老北京的豆汁。"等豆汁端上来，林海音一口气喝了 6 碗！她说："这是我童年的梦啊！"这童年的梦和故乡的情，在每一个人心中都终生不散。

人是讲感情的，而人的胃也是有记忆的。食物是乡愁的原始载体，是味蕾上的故乡，是思念和爱的味道。多少漂泊、打拼在外地的东阳人，做梦都会梦见东阳饧梅、馒头焐肉、上卢馄饨、横店外婆饼、横锦水库的野生鱼。那些漂泊、打拼在外地的东阳游子，对东阳霉干菜、东阳索粉、东阳瓦罐鸡、东阳沃面、东阳麻糍的喜爱，已不是三言两语可以形容。如果不是怀抱一颗田园之心，就很难领略故乡美食独有的香味。人的味觉，从来都未能远离思考，也从来不会欺骗人的内心。我们可以从简单的、浓郁的、乡土的食物中，寻得一丝丝心灵的慰藉。这慰藉，是母亲做的菜的味道，是家园的守望。那些长存于我们心中的故乡的美食，带着灶火和泥土的天然的香味，住进我们的梦中，直到白发苍苍、年华老去，依旧挥之不去。那些从泥土中孕育出来的美食，因为带着泥土的芬芳，总是给我们以淳厚、质朴的回味与遐思。

今天是一个旅游的时代。旅游，从某种意义上来说，也是美食之旅。我们向往遥远的地方，我们穿过自己的故乡，到达一个个陌生的、奇异的、风情别具的地方，沉醉在新奇的体验当中。尽管如此，谁又能、谁又敢说他忘得了自己的故乡？谁能磨灭得了故乡美食深镌的记忆？那一箸、一瓢、一汤、一羹，从嘴里一直滋养到了心里，温暖着我们的心啊……

胃解乡愁。

时尚海鲜美食，影星走起！

横店既是一座中外剧组云集、明星大腕扎堆的影视名城，也是一座南北风味齐全、食客欣喜不已的美食之都。不过，尽管餐馆多如繁星，真要说起品尝海鲜美食的极佳去处，当推影星酒店的海鲜楼。

说起影星酒店，自然会想到它的影视文化主题。是的，这座酒店有太多的影视明星入住过，刘晓庆就曾经在该酒店的 9 楼套房里连续住了大半年。酒店的大堂、客房都洋溢着浓郁的影视文化气息，连餐厅里都有许多电影海报和明星照，包厢也都以电影片名冠名。著名澳门女明星，电影《谁说我们不会爱》、《大唐玄机图》的出品人李菲对影星酒店的餐饮赞不绝口，印象颇深。而说到影星酒店的海鲜美食，大多数在影星酒店吃过海鲜的人都会交口称誉。

影星酒店的总经理何承康过去是宁波餐饮界的名人，曾经在德国的中餐馆里为德国食客们倾情奉献过中国风味的佳肴，影星酒店的餐饮部经理张孝梅从事了 20 年的餐饮业，厨师长王向成对海鲜美食的烹饪制作有多年的研究心得，就连餐厅服务员曹蕾也是东阳市优秀星级饭店服务员，以这样的团队成员作为班底，影星酒店的餐饮获得良好的口碑也就不奇怪了。

其实，美食之所以是美食，食材的纯正和地道至关重要。影星酒店海鲜楼的海鲜，全部来自信誉优异的宁波市鹭发北海水产冻品贸易行，该贸易行每天上午9时30分前负责将刚从宁波运到的海鲜送到酒店餐厅。也就是说，最多一天之前尚且在蓝色大海里欢乐穿行的生猛海鲜，转眼间就在食客们的唇齿间留香了。

影星酒店海鲜楼的海鲜美食琳琅满目，美不胜收，以下这些菜谱堪称名菜：珠海青蟹、清蒸沙鳗、白灼黄金螺、盐水活皮虾、红烧带鱼、广式大头梅鱼、白灼血蛤、黄三烧雪菜。珠海青蟹的秘诀，在于厨师用独家秘制的调料，将青蟹腌制10小时以上，口感鲜香而又独特。清蒸沙鳗则是将沙鳗宰杀去血，漂洗干净，伴以料酒、生姜、小葱腌制15分钟，入笼大火蒸制，使得沙鳗鲜香细嫩，入口即化。白灼黄金螺与白灼血蛤一端上餐桌，就令食客们有了一种海风劲吹的感觉。原来，黄金螺来自于海洋深处，毫无污染，肉质脆嫩无比。而血蛤的好吃在于烹制时间的准确掌握，既不能长了，也不能短了，据说以3—4秒为佳，锅中的水沸腾后就要把血蛤倒入进去，煮3—4秒就赶紧捞出，这样才能保证肉质鲜嫩清香。

至于带鱼，可能大多数人不以为然。不过，影星酒店海鲜楼的带鱼，取自于东海深处的野生大带鱼，绝不是人工养殖的。与野生大带鱼一样来自东海的，还有黄花鱼。“黄三烧雪菜”这道菜，就是将东海的野生黄花鱼与正宗的宁波雪菜一起烧制的。有一位资深的食客，在品尝过这道菜的汤后，感到汤汁如牛奶，鲜美无比，连声称赞其鲜美是“喝了就忘不了！”。至于广式大头梅鱼，看起来鱼头大如身，但肉质口感却令人称奇，备受食客们的欢迎。

在吃肉怕长膘、怕毁灭身材的当下，海鲜美食日益受到大家的青睐。正因如此，横店闹市中心的影星酒店海鲜楼，越来越成为诸位食客的不二选择。

不是亲人，胜似亲人

2013年4月9日，30多位浙江省11个地市党报的老总编聚会横店影视城，喜看这个国家5A级旅游景区的新变化。

对于横店影视城，这些长年从事新闻工作的老总编们当然不会陌生，因为在他们担任浙江省各个地市党报总编辑时，就曾签发过不少宣传横店影视城的稿件。可是，这次他们来到横店后，发现横店影视城变得更漂亮大气了，影视拍摄剧组更多了，游客更是多如潮水，普遍感到今天的横店影视城真是欣欣向荣，如日中天。

在清明上河图景区，《汴梁一梦》的演出让这些老总编们如痴如醉。在梦幻谷景区，《暴雨山洪》和《梦幻太极》的震撼表演，给这些老总编们留下了深刻的印象。而大智禅寺景区在宗教文化与旅游体验相融合方面所作出的尝试，也得到了这些老总编们的肯定和赞许。《温州日报》的一位老总编说："我以前不太理解为什么我们温州市有那么多人会来横店影视城玩，现在我知道了！因为这里的旅游内容很丰富，而且很有特色。"舒老曾长期担任《杭州日报》的总编辑，他一直关注着横店影视城，在任职期间曾经签发过多篇报道横店影视城动态的稿件。他深有感慨地说："横店影视城虽然远离大城市，但能吸引来这么多游客，真不简单！我感觉横店的游客量比杭州宋城的还多！”细心的舒老还发现游客当中有一些外国人，说：“老外都愿意来，说明横店的旅游品牌的确有影响了。”他认为，横店影视城是全省人民的骄傲。

四星级酒店国贸大厦是这批老总编们的下榻之地。除了精心做好接待服务外，国贸大厦还派出员工全程跟随老总编们参观游览景区。国贸大厦李小燕对每一位年纪大的老总编都温馨地叮嘱道：“晚上去梦幻谷看演出时，您要记得多穿一件外套，小心着凉啊。”其声其情，宛如女儿对待父母，感人肺腑。而极富创新的美味佳肴，更是赢得了这些见多识广的老总编们的一致好评。《金华日报》原总编辑徐泽说：“我活了 80 岁了，有些别致的菜还是第一次见到。横店国贸大厦的餐饮水平，我看在整个金华市都能排上前几名。”

《衢州日报》的老总编汪锡华，长相与香港原特首董建华先生极其神似，大家趣称他为“汪特首”。4 月 10 日，汪老在依依不舍地离开横店之际，留下了一封情真意切的感谢信，道出了此行 30 多位老总编们的共同心声：

“住进国贸大厦胜如进家门，从中体味到你们‘服务至上、旅客为天’的企业理念。

“你们的服务是名副其实的一流服务，服务人员个个细心、耐心、诚心、热情、周到、暖心，让我从中感受到温馨、称心、舒心。一天时间，服务人员 4 次进门服务，问寒问暖问需求，你们做到送行李、送水果、送点心，给客人一种真正家的享受。这样的服务，胜过五星级宾馆。

“我们 11 个地市党报总编，住过四星、五星级宾馆，可服务这一点你们做得最好，尤其是一流的服务温暖了旅客的心。

“我个人认为，过去高级宾馆很少见到服务员，似乎服务员不与旅客见面，显得其‘高级’，其实中国人讲情，服务员上门体现一种亲情，拉近了与旅客的距离。这与西方国家不同，中国人讲究情谊。

“谢谢你们了，我们会再来享受你们亲人般的服务。”

带着梦想上路，诗歌伴我们远行

每每说起诗歌，我就会想起横店影视城举办过的谷雨诗会那些热烈的场景。那种至美的朗诵的声音，我以为是世上最美的声音。

我们虽然对诗歌有各种各样的定义，但有一点是可以肯定的：诗歌一定是黑暗中闪烁的那一点点光明。诗言志，歌咏言；不学诗，无以言。这些老祖宗的话让我们明白了诗歌是我们文学艺术之源，再过几天就要到来的端午节就是因伟大的爱国诗人屈原而设立的。说得通俗一些，一个诗人以他的死能让全国人民都放假一天，我们难道不该纪念并感谢这位诗人？而感谢的最好方式，除了吃粽子，是不是应该写一两首诗呢？至少应该读一读诗吧。大家都认为横店影视城是休闲之城、梦幻之城、快乐之都。这么美好的地方又怎么不应该是诗歌之城呢？

让我们写诗、读诗吧！让横店少一些戾气，多一些雨巷，多一些丁香花一样的姑娘。要是可能，也让我们的内心多一些感怀，多一些蓝天白云的互动，少一些功利，少一些粗暴的命令，少一些冷漠和无情。而从诗歌声音传播的角度来说，把诗歌写出来、读出来，把诗歌的声音传出去，在电波里，在人群中，在会场上，在手机上，在电脑的视频与音频上，这不也是大数据时代的一个特征吗?

欣慰的是，在我们横店影视城的员工队伍中，有不少人非常热爱诗歌。他们都是旅游服务行业的从业者，白天的工作都已很忙碌劳累了，有的人晚上也要工作，但出于对诗歌的热爱，既喜欢阅读还写下了许多诗歌。他们不是著名诗人，他们的诗歌也许比较稚嫩，但抒发了内心的真情，字里行间跳荡着对生活的热爱。这种热爱，其实已转化成了一种力量。激励着他们为实现企业的发展愿景而更加努力地工作，体现在日常工作中就是让游客获得愉快美好的旅游体验。横店影视城游客满意度今年一季度跃升为全省第一，在这项殊荣的背后，无疑有我们那些热爱诗歌艺术的员工的付出。

明清民居博览城景区的李伟丽，在《梦成现实，只因那句永远》中写道："就这样一晃十年，经历了拥有，经历了失去，送走了再也找不回来的时间。我曾问自己：永远到底有多远?"这是对时间的追问，也是对人生追求的思索。国防科技园景区的张丽红，在《这些年的时光》中，深深地感叹："这些年，时光洗去了我的稚嫩与无知，却也褪去了我少女般的红晕。我多想淡忘了这些年，可这些年的时光谁也无法删减。"感伤之后，她并没有消沉："接下来的日子，时光会继续往前推进，如同我们一如既往的脚步，永不停歇。"汽车运输公司的黄晓玲，在《想你的夜晚》中吐露出了一瓣心香："夜色阑珊，不知此时的你是否也在思念，如我一样，思念无法停息。此时的眼泪再也无法控制，顺着眼角滑到了嘴唇，咸咸的。你知道吗?那不是因为忧伤，而是因为想你，心中对你的想念时时撞击着我内心的深处。"酒店管理服务公司的叶金萍，在《昨天，今天，明天》中直抒胸臆："愿化作一滴水，徜徉在公司的浩瀚大海中；愿化作一只小鸟，翱翔在公司的湛蓝天空；愿化作一滴露珠，在公司的参天大树上有属于自己的光荣。”横店影视城有叶金萍这样对企业忠诚度很高的员工，堪称幸事，而这样的员工数量蔚为壮观。

特别值得一提的是，在横店影视城广州街·香港街景区里，有一个“诗人部落”。孔凯飞、孙佳欢、徐佳佳、马笑婷、蒋钰等，以及因故离开横店了的陈英飞，是这个“诗人部落”的中坚力量。他们在繁忙的工作之余，写下了许多诗歌，也在报刊上发表过一些。而无论能否公开发表，他们都坚持着写诗、读诗，这种坚持自然会升华为一种美好的情愫。2012 年 12 月的一天下午，东阳市作家协会在广州街·香港街景区里举行诗歌朗诵会，天气很冷，零星的雨雪不时飘洒下来，“诗人部落”的“首领”孔凯飞带着他的一群导游同事与诗人们共襄盛举，那火热的诗情驱走了冬日的寒意。荣获过“浙江省优秀导游”称号的黑龙江姑娘王欢欢在广州街·香港街景区工作多年了，也很喜欢写诗读诗，她把对诗歌艺术的热爱转化到为游客精诚服务上，许多游客都对她说：“听你的讲解，真是一种享受啊！”

我想，美好生活的内涵是不能缺少诗歌的。在人们眼里似乎遥不可及的诗歌，既没那么神秘，也并不遥远。当爱诗歌的人多起来后，我们居住的地方的生活品位和文化格调才会真正高起来。

带着梦想上路，让诗歌伴我们远行。

第三辑

明星情结

在那遥远的地方，没有想不开的事情

——影视明星话旅行减压

影视圈里的明星们，一年的大部分时间是在拍摄现场上度过的，繁忙的压力之下心中自然会有旅行的欲望。许多影视明星都认为，旅行就像是给生命充电，不然就会没有力量。

马睿在横店影视城拍摄的催泪大剧《如意》，播出后好评如潮。她饰演的朱秋月，命运多舛，牵动着众多观众的心。这个角色为爱而痴狂，犹如飞蛾扑火，可是由于没有爱对人，所以葬送了一生的幸福。拍这部剧，马睿从身体到心理都觉得累，特别想去放松。她喜欢去的地方是云南大理，苍山与洱海是她最乐意流连忘返的旅游目的地。她说，她特别喜欢在这种幽静的地方，过上一种自得其乐的慢生活。

长春电影制片厂的导演赵林山，执导过电影《铜雀台》，该片由周润发、刘亦菲、苏有朋、伊能静等担纲主演。说起这部影片，赵林山说完全是旅游带来的收获。他先后在河南安阳、四川成都、广东珠海等地旅游，《铜雀台》的剧本创作和导演构思就是在这一路上完成的，可以说是沿路上的美丽风光激发了他的创作灵感。赵林山透露，有一次在云南丽江旅游时，每天晚上他都去一个小酒吧喝啤酒，而另外一位女孩每次都是和他同一时间在那儿坐着，偶尔会相视一笑，他们就这么认识了，一直到现在都保持着愉快的交往。他说："我到现在都还记得她第一次对我的那个微笑。"

郭晓冬在横店影视城拍摄过电视剧《桃花扇传奇》、《红粉世家》、《风语》和电影《投名状》、《剑雨江湖》、《江山美人》等。他在拍戏之余，经常上网浏览旅游景区的图片，认为这也算是一种旅行方式。与马睿一样，他也觉得演员最好的放松方式就是去旅行，而且去生活节奏较慢的地方。他去过西藏，他认为这是一个让他再想多去几次的地方，太美了。

文章对于横店影视城太熟悉了，他主演的电影《西游·降魔篇》，电视剧《望族》、《锦衣卫》等，都是在横店拍的。连横店镇上有哪些风味独特的餐馆，他都能随口说出好几家。他的业余爱好是旅游、足球、游泳、音乐，经常会独自弹唱吉他，自得其乐。问起最向往的旅游目的地，他不假思索地答道："西班牙！当然是西班牙！做梦都想去。"

何晟铭对横店影视城一直心存感激，因为他演的电视剧《玫瑰江湖》、《美人心计》、《清宫绝恋》、《宫锁心玉》、《大丫鬟》、《宫锁珠帘》，以及电影《狄仁杰之通天帝国》、《遍地狼烟》、《少年四大名捕》，都是在横店影视城拍摄的。他的走红，的确与横店有关。接连不断的拍摄工作，让何晟铭经常感到身心疲惫，于是旅行自然成为他减压放松的最好方式。他从来不介意别人把他认出来，在旅途上也不喜欢戴鸭舌帽、戴墨镜，也不愿意大包小包地出门，而是越简单越好。他说："我最爱去的地方是森林和大海，在那遥远的地方，没有什么想不开的事情。"

与郭晓冬、何晟铭相比，程思寒更称得上是"老横店"了。

他在横店影视城拍的电影和电视剧，足足有30多部，其中，《西游·降魔篇》、《最后的格格》、《西游记（浙江版）》、《马永贞》、《天下粮仓》等，都获得了良好的市场反响。圆头圆脸的程思寒有很厉害的恐高症，凡是要去很高的山上拍摄的电视剧，他都有点发怵。不过，为了能让家人高兴，他也会战胜恐高症，与家人一起登山览胜。有一次，程思寒与家人一起游览云南昆明的石林，路过一座石桥，别人都是轻松地走进去的，可程思寒却紧张万分，不敢迈出半步。最后不得已，只好以趴在地上爬行的方式，过了这座石桥。还有一次，他去山东泰山，是被4位彪形大汉硬抬着上去的。问他被人抬上去的感觉好不好，他说："生不如死！"尽管有恐高症，程思寒仍爱旅行，只要不去高山就行。程思寒常年在横店拍戏，亲眼见证了横店影视城是如何崛起的，也见证了横店由一个影视拍摄基地到名声很大的旅游胜地的全过程。每次在横店拍戏时，只要有游客向他提出签名合影的要求，他都会热情答应。他说："人家大老远地来到横店旅游，我可不能扫人家的兴啊。"

明星们的旅游情结

不知不觉间，横店影视城已累计接待中外影视拍摄剧组1400多个了，19年的时光把横店雕刻成了一座星光熠熠的影视名城和休闲小镇。与众多的游客一样，在横店影视城拍戏的不少明星也喜欢旅游，他们把旅游当作了生活中不可缺少的内容。

陆川喜欢孤身一人去野外

以执导《寻枪》、《可可西里》、《南京！南京!》而出名的电影导演陆川，在横店影视城拍过大片《王的盛宴》。陆川最喜欢以“去野”的方式旅游，他说：“去野，就是最符合我的旅游理念的。我一直觉得，在野外的、原生态的东西，是最有震撼力的。我最喜欢去野，特别喜欢孤身一人去野外，没有任何人干扰我。我甚至认为真正的旅游就应该是一个人出门去那种陌生的荒郊野地，这才可能感悟生命。”他很推崇那种“民宿”，规模不大，条件不算好，但很纯朴，住在民宿心里特别亲切。

刘恺威最爱阳光下的海滩

刘恺威在横店影视城拍过多部电视剧，用他的话来说就是“对横店熟得不能再熟了”。在加拿大成长起来的刘恺威，酷爱旅游，认为不以工作为目的的旅游简直就是一件极大幸福的事情，谈到自己喜欢的旅游方式，他说：“对于旅游，我一向是随缘而定，如果刚好有一段充足的时间休息，我会考虑离开工作环境，或者是远离城市，去一个比较悠闲的地方，就算每天什么事都不做，只躺在沙滩上发发呆也很好。”他最喜欢阳光下的海滩，这种地方对他有太大的吸引力，要是能够安静下来在阳光下的海滩散步或晒日光浴，那真是美妙无比。他说他特别不喜欢在旅游过程中购物，大包小包的，太累了，会冲淡旅游的快乐。

陈祉希割舍不了丽江情

陈祉希曾经演过《幸福还有多远》等电视剧，后来改行做制片人、出品人，电影《边境风云》、《泰囧》的制片人和电视剧《异母兄弟》的出品人都是她。她很欣赏横店影视城把影视与旅游结合起来共同发展的做法，对横店影视城每年都推出新的旅游演艺产品相当赞赏。她认为，影视拍摄要带动当地旅游，光是有好的影视作品还不够，还应该让故事发生地与这座城市真正有关联，不能让人觉得这个故事可以发生在任何地方。她透露，目前正在着手制作一部《丽江之恋》，属于喜剧爱情片，之所以要制作这么一部影片，就是因为去云南旅游多次，对丽江有一种割舍不下的情结。

包小柏希望大家去远方

包小柏是一名台湾歌手、演员、唱片制作人和音乐评论家。包小柏很喜欢旅游，从 1993 年因为做生意的原因，到巴布亚新几内亚考察市场的经历，成为他最早的一次深度游，到 20 年前第一次出国旅游去美国，一个月时间游历了 33 个州。他的直观感受是“自然景色真的是没的说，但少了历史和文化，愈是久远的才愈是浓郁留香的。”不过，在包小柏看来，最神奇的旅游目的地不是在国外，而是在中国，因为中国有太久远深厚的历史和太丰富博大的文化。他参观西安兵马俑时，心里深深被震撼了，老半天惊讶得说不出话来。他希望大家到远方多走一走，那样会更容易获得深刻而又强烈的心灵感受，胸怀也会更加开阔起来，精神上也会有更多的快乐！

在路上才有不一样的人生感悟

——影视明星的旅游认知

张庭、邓超、黄觉，都是演艺事业蒸蒸日上的实力演员，他们对旅游的感情也是相当深厚。可以说，演艺与旅游构成了他们生活中的重要内容。

张庭：没有旅游的生活无法想象

出生于台湾彰化地区的大酒窝美女张庭，10 年前就来过横店影视城拍戏。这些年来，张庭在横店影视城接连拍过《少林七嵌》、《神捕》、《绝色双娇》、《穿越时空的爱恋》、《聚宝盆》、《火帅》、《满汉全席》等电视剧，“对横店熟得不能再熟，连在广州街景区上一个洗手间都会被游客围着要拍个合影。”她快言快语地笑着说自己与横店的缘分之深。

谈起旅游的话题，张庭说：“我的生活中要是没有旅游，简直无法想象！每年拍戏再忙，我都会安排时间去外面放松一下。”她最喜欢去海边，面对湛蓝的海水心情立马就欢快起来。她很喜欢打高尔夫球，而高尔夫球场周边的环境无一例外都是很美丽的。在横店拍戏时，她会与剧组的朋友一起去八面山上的高尔夫球场打球，出一身汗后感觉特别舒服。“你信不信？我的旅行箱里就有一套球杆！”她说，打高尔夫球其实就是跟大自然亲密接触。

邓超：旅游给刻板的生活换一种心情

邓超是江西南昌人。他在横店影视城拍过电影《狄仁杰之通天帝国》、《四大名捕》、《建党伟业》等。如果要说业余爱好，打篮球和旅游都是他最喜欢的。他在横店影视城拍电影时，经常与横店影视城的朋友们在国贸大厦篮球馆里打篮球。虽然已是国内一线影星，但在篮球场上他却从不“耍大牌”，对横店的球友相当尊敬和客气，甚至打完球后热情邀横店的球友吃饭喝酒，并悄悄地买单。

他对旅游的认识是：“给平日的刻板生活换了一种心情。”因为拍电影，邓超去过许多地方，甚至还出版了一部《超与超人》的书，记录了他的旅行经历。他不光喜欢打篮球，也喜欢攀岩、滑雪、蹦极，不惧冒险。谈到一些游客在旅游过程中的不文明行为，他就很反感和痛心：“中国是文明古国，是礼仪之邦，可是许多人在旅游时的表现很不像话。”他在横店拍《四大名捕》时，看到摄影棚外的影视产业实验区里，居然有人随意乱扔垃圾，他就很火，恨不得把那些人揪住。“旅游么，就应该与文明相伴啊。”

黄觉：在路上才会有不一样的人生感悟

黄觉出生于南国名城广西南宁。他在横店影视城拍过电影和电视剧《倾城之恋》、《建党伟业》、《长恨歌》、《迷局》等。由于经常在横店拍戏，他对横店的感情与日俱增。举一个例子：如果外地人写信给黄觉，只要信封上写明横店黄觉收，那么邮递员就能把信件送到黄觉手上。也正因如此，全国各地的黄觉粉丝们都知道了横店，甚至追黄觉追到横店的片场上。

黄觉拍戏喜欢在休息时用手机拍照。在横店影视城明清宫苑景区拍电视剧《倾城之恋》时，他的手机就把明清宫苑各个角度拍了个遍。与他演对手戏的女演员陈数问他为何拍个不停，他说：“你瞧那么多游客都来横店旅游，我们在景区拍戏，不也是相当于旅游吗？既然是旅游，怎么能不留下些好照片作纪念呢？”现在，黄觉的手机摄影水平已经很高了，以至于他发在微博上的照片，别人以为他是用很高级的相机拍下来的呢。黄觉希望朋友们多去旅游，认为一个人只有在路上，才会获得与在家里不一样的人生感悟，才会有更加积极向上的人生态度。

她们是明星，她们爱旅游

孟瑙：在海边没有什么心事不能放下

在中国女演员中，孟瑙是位个性独特的演员，被称为“东方梦露”、“东方艳后”。孟瑙是傣族人，出生于云南西双版纳，身材优美的她吸引了许多导演、制片人的目光，她主演的《艳舞女郎》、《隋炀帝传奇》、《反伪先锋》、《重案六组》、《南奥刑侦档案》等，给观众留下了深刻印象。

2014 年 7 月，孟瑙在横店影视城拍摄了电影《决战小朱庄》。横店影视城的变化之大、发展之快，让孟瑙颇感惊讶，她说：“我 2001 年来横店拍戏时，横店并不怎么繁华，想不到现在的横店影视城这么漂亮了，横店真是个了不起的地方，非常适合旅游。”她说演过的电影和电视剧大部分是在城市里拍的，所以她更向往去大自然的环境里放松心情，尤其是海边上。“面对一片蔚蓝色的海水，你还有什么放不下的心事呢？”许多人并不知道，虽然她饰演的角色大部分是性感尤物，也常常被称为“妖媚的坏女人”，但是许多导演和制片人却十分赞赏她的表演功力。她经常在拍戏之余潜心书画艺术的研究，结交了很多书画大师，从这些书画大师的作品中汲取了丰富的艺术素养。著名制片人刘建华在横店拍摄电影《决战小朱庄》时，称赞孟潞为“中国难得的一位走独特戏路而又酷爱中国传统书画艺术的优秀女演员”。

佟丽娅：最爱水草丰美的草原

佟丽娅是锡伯族，出生于新疆伊犁，也是一位“横店通”，因为她在横店影视城拍了太多电视剧了，如《怪侠一枝梅》、《宫锁心玉》、《天涯赤子心》、《烟雨斜阳》、《王的女人》等，还参加过横店影视城举办的明星见面会。

作为锡伯族形象大使，佟丽娅走到哪里都会主动宣传介绍锡伯族的历史与文化。她经常说：“我来自锡伯族，也是草原上的民族。”她一年里拍戏时间太多了，能够出门旅游的日子并不多，如果能去她就首选草原旅游，因为她太热爱那些水草丰美的绿地了，看见那些在茫茫草原上悠悠吃草的羊群，她就会想到自己的家乡新疆察布查尔县。

陈慧珊：横店梦幻谷江南水乡真美

10年前的2004年夏天，陈慧珊就来过横店影视城，拍电视连续剧《黄飞鸿与十三姨》。这位毕业于美国波士顿大学传播系的硕士，集美貌与才华于一身，成为香港无线电视台的台柱之一。她主演的《绝世好爸》、《妙手仁心》等，取得了极高的收视率。

陈慧珊是个热爱生活的人，特别喜欢旅游。她被美国政府聘任为旅游形象代言人。因为经常拍戏，她去过很多旅游名城，如佛罗伦萨、新加坡、曼谷等。在横店影视城拍《黄飞鸿与十三姨》期间，她很喜欢去梦幻谷景区玩，尤其是梦幻谷里的江南水乡，更是令她情有独钟。她经常在江南水乡的石板路上散步，坐在长廊上看夜幕下的红灯笼，看三三两两的游客来来去去，心里感到轻盈。导演通知她去开会讨论剧本的修改，她说："能不能就在这里讨论啊？这里风景多好啊！"

马宁：难忘杭州西山路杨公堤的绿色

提到女演员马宁，不能不提起她主演的电视剧《婆媳嫁到》。剧中，她饰演的语文老师郭曼欣木讷呆板，可现实生活中的她却是温婉甜美，举手投足之间尽显优雅。

出生于"风筝之都"潍坊，毕业于解放军艺术学院的马宁，在横店影视城拍过电视剧《华胥引》。这部剧在横店拍的时间很长，给马宁去杭州旅游带来了很多机会，一有空她就跑到杭州去玩。她说："没想到从横店可以直接坐车去杭州，而且一天有很多趟车，这么方便！"说起杭州印象，马宁就充满了好感："杭州并不是那种快节奏的城市，没有那种压迫感、紧张感。杭州的美食太好吃了，西湖醋鱼、宋嫂鱼羹、东坡肉、龙井虾仁我都吃了，还有桂花蜜藕、西湖藕粉也吃过。杭州的水就像白开水，很纯净，不像丽江的水那么性感而又艳丽。杭州的西山路、杨公堤简直太美了！在绿荫下行走，整个心灵都是翠绿翠绿的。"

袁咏仪：要像当地土著一样生活

袁咏仪于1990年获得香港小姐冠军及最上镜小姐，从此出道，曾经数次摘下香港金像奖桂冠。袁咏仪在横店影视城拍过多部电视剧，如《新楚留香》、《齐天大圣孙悟空》、《南少林三十六房》、《乱世艳阳天》等。2014年，她又重返横店，拍了孔笙导演的电视剧《琅琊榜》。

她是一个性格开朗的人，所以特别喜欢旅游。她说："我不拍戏有空闲的时候，就很喜欢去度假旅游，到一个海岛或者小镇，住在那里，放松地感受当地的一切。真正要去旅游，就要与工作分开，到一个和平时生活完全不一样的地方，像当地土著一样生活，完全享受独属于你的假期。"她透露在外地旅游时，她特别享受与家人在一起自由闲逛的时光，也不会去顾及减肥什么的，看见当地的美食就买来吃，甚至会跑到人气爆棚的大排档，与当地市民坐在一起吃蛤蜊和小龙虾，其乐融融。有的青岛市民激动地发微博说："我跟袁咏仪面对面坐在一起喝啤酒、吃蛤蜊了！"

走走停停的感觉真好

——影视明星话旅游

横店影视城已累计接待 1400 多部影视作品的拍摄，有太多的影视明星在横店留下了影视表演艺术的追求痕迹。他们当中的不少人除了酷爱表演艺术外，也非常喜欢旅游。可以说，旅行经历为他们的生活增添了斑斓的色彩。

国家一级演员六小龄童，1982 年因在大型神话电视连续剧《西游记》中主演孙悟空一角，而被广大电视观众熟知并喜爱，也因此荣获了众多电视奖项。他认为，《西游记》既是一部伟大的中国古典文学名著，也是一部与旅游有关的杰作。书中的“西游文化”的正能量，应该传承和弘扬。为此，他怀揣着对“西游文化”的满腔热情，到国内 200 多所大学和 300 多所中小学进行宣讲，还漂洋过海深入东南地区的大学宣讲，受到师生们的欢迎。

香港演员温兆伦在横店影视城拍过电视剧《牛郎织女》、《大宋才子黄庭坚》、《丐侠传奇》等。他去过很多地方，最难忘的是泸沽湖。最让他感叹的是泸沽湖的水，清澈、干净，几米以下的湖底看得清清楚楚。他说：“我走过了那么多的地方，越来越感到自己是渺小的。我想要开阔自己的眼界，希望在自己的有生之年能够去到更多的地方，在活着的时候，知道这个世界上更多我未知的事情，去感受我所未感受过的，去融入当地文化。越是神秘的地方，我越想去！”

说到张子健，自然就会想到他在电视剧《神探狄仁杰》中饰演的李元芳。这部电视剧是在横店影视城拍摄的，其中很多场景就在清明上河图景区，剧中的经典台词“元芳，你怎么看”广为流行。张子健在横店拍戏期间，父母专门来横店看望儿子，张子健就抽空陪伴父母游玩横店影视城各个景区。他多次表示，自己最大的愿望就是带父母去周游世界。他说：“我现在有条件了，就尽量安排父母去世界各地旅游，比如肯尼亚、南非这些以前很难去到的地方。我甚至想过到新西兰买一处农场，让父母到那里安享晚年。”

在横店影视城拍过《女医·明妃传》、《芈月传》、《建党伟业》、《黎明前的暗战》等的黄轩，对旅游情有独钟，2013 年担任了加拿大安大略旅游推广大使。黄轩从小就喜欢旅游，他说：“每到一个不同的地方，就会有不同的心境和不一样的感受，旅游的确是一种很好的放松身心的方式。”他最喜欢在路上的感觉：“走走停停，顿顿挫挫，新鲜与未知总能调动起生命的动力，逐渐你就会发现世界才不是想象中的那么片面。旅行就是短暂的蹉跎，不经意间站在这里，旅途中的这种不经意，确实让人欣喜不已。”他透露现在很想去的地方：不丹。

苏青演的角色，大部分是在横店影视城拍的，如电影《狄仁杰之通天帝国》，电视剧《美人心计》、《乱世佳人》、《倾城雪》、《大汉情缘之云中歌》、《金玉瑶》、《王的女人》、《烽火佳人》等。尽管是湘妹子，但苏青的性格却并不火辣劲爆，而是温柔如水，言谈举止都尽显随性与亲和。谈到旅游的话题，苏青说：“我从没想给旅游强加什么意义，只想让自己充分放松，呼吸新鲜空气，却没想到这个过程中收获了很多。”她在旅游过程中，很喜欢看当地的博物馆、美术馆、歌剧院，感受当地的文化气息。在横店影视城拍戏之余，她借休息机会，把离横店不远的乌镇、苏州、杭州等地逛了一遍。拍戏结束离开横店后，又去了欧洲的法国、意大利、瑞士、摩纳哥等国家。她说：“我对文化底蕴深厚的地方的喜爱，超过了自然风光，看博物馆之类的文化场馆，对我的影视表演也有启发。”

景甜目前在影视圈里人气正旺，星途顺畅。她在横店影视城拍摄的电影《战国》，饰演女主人公田夕，与孙红雷、吴镇宇、金喜善、中井贵一等中外明星合作。2014 年，景甜在横店主演了于正的古装剧《班淑传奇》和《大玉儿传奇》。她喜欢通过运动和旅行来放松自己，每次运动完出一身酣畅淋漓的汗，感觉非常舒服。她认为每一次旅行都是人生的一次经验，可以体会不同地域的风土人情，可以了解很多书本电视上了解不到的东西。这和演戏一样，可以从不同角度看待生活，用眼睛去看，用心去体会。这种放松身心的旅行，是很珍贵的回忆，是一种自在的生活。她每年都有旅行的计划，而且经常陪伴父母去旅行。她说：“我的经验是，旅行一定要选择好的酒店，只有休息得好，才能尽兴地玩。”

不老男神何润东的篮球情结

2014 年 11 月 30 日下午，冷冷的冬雨让人感觉到了抵挡不住的寒意。不过，这真不算什么事，令许多人兴奋不已的是微信朋友圈都被何润东刷屏！何润东和张勋杰等一大帮台湾的朋友们，把“金华旅游·横店影视城杯 Peter 游族篮球赛”带到了崭新的充满现代气息的金华市体育中心，吸引了近 4000 名粉丝前往一睹偶像在银幕荧屏之外和球场之上的迷人风采。

何润东领衔的 Peter 游族篮球队 B 队，与台北老熊篮球队进行了一场酣畅淋漓的对决。虽然最终以 60 比 63 失利，但比赛过程却堪称精彩。特别是何润东在场上的出色表现，让喜爱他的众多粉丝们热血沸腾。这场比赛的第一节，何润东就投进一个 3 分球和一个 2 分球，抢下 3 个篮板，还有 2 个盖帽。第三节，他又因先后摘下 2 个篮板而引爆全场的欢呼声。而在双方紧张对抗场面十分激烈的第四节，何润东又动若脱兔般突破上篮造成对手犯规，赢得了宝贵的罚球机会。在比赛终场前，何润东的最后一投遗憾未进，引来粉丝们的一声叹息，但随后仍报以潮水般的掌声。

而在此前的 11 月 28 日晚横店国贸大厦篮球馆里，Peter 游族 B 队与横店集团普洛康裕队的比赛，以 51 比 42 力克对手，何润东是最大功臣。此役，何润东一人独得 24 分，其中有 3 个远投 3 分球。全场他奉献了 5 次盖帽，有两次急停跳均相继命中，如此骄人成绩当然会让粉丝们狂呼“东西南北中，最爱何润东!”。横店影视城艺术团的篮球宝贝们说：“他打球的样子实在太帅了!”

农历的 2015 年是羊年，何润东将年满 40。可就是在这样的年龄，他依然把一部部青春偶像剧演得让收视率直往上蹿，而且在篮球场上满场飞奔，谁能否定他是真正的不老男神?

何润东主演的很多电影和电视剧，都是在横店影视城里拍摄的，如《风云雄霸天下》、《四大名捕》、《中华小当家》、《少年杨家将》、《陆小凤传奇》、《遍地狼烟》等。最新的一部作品是在横店影视城刚封镜的《马上天下》，由著名导演高希希执导。因为长年累月在横店拍戏，何润东自称是个“横店人”，而他在拍戏之余的时间，基本上是在篮球场上度过。你若是请何润东吃饭，他不会轻易答应赴宴，可是你若是说我们今天去打打球吧，没准他可能就心动了。对何润东知根知底的人气女星叶璇，太知道何润东心里的篮球情结之深，多次亲自上阵变身为性感撩人的篮球宝贝，为何润东加油助威。《马上天下》在横店拍摄期间，因为工期紧张，有一阵子白天晚上连轴转，忙得连睡觉时间都被压缩。许久没进球场打球了的何润东，这个时候他心里那个痒啊，简直难以形容。

他与横店影视城不少热爱篮球运动的人都结成了好朋友，如横店影视城团总支书记张峰、横店影视城制景装修公司总经理赵永清等。而横店影视城近 5000 名员工，没有谁不知道何润东的，都说他戏演得好，球也打得棒。

笔者多次同何润东一起打篮球，因此对他有了几乎零距离的观察。球场上，他球风凛冽，奋力厮杀，毫不手软，既能穿针引线有效地组织起进攻，又能在内线和外线全面开花，还时不时地来个单手上篮甚至扣篮。球场下，他毫无大牌样子，不需要助理为他端水递毛巾，常常主动给队友们送上矿泉水，还嘱咐他们赛前要做好热身运动，注意保护膝关节。对于粉丝们签名合影的请求，他总是热情回应。11 月 28 日晚，Peter 游族 B 队与横店集团普洛康裕队比赛开打之前，在横店国贸大厦篮球馆里，一位从宁波市赶到比赛现场的女孩幸运地获得了与何润东合影的机会。这位娇羞可人的女孩激动地说："他竟然真的跟我合影了，我真的爱死他了！"

这次"金华旅游·横店影视城杯 Peter 游族篮球邀请赛"的成功举办，让何润东对浙中大地的美丽山水和热情善良的市民更加充满了好感。11 月 30 日晚，他与金华市旅游局局长朱红、横店影视城总经理朱国忠等领导达成一个美丽约定：2015 年春色最浓鲜花怒放的 5 月份，共同举办一场众多明星参加的公益篮球赛，以象征着生命激情和运动快乐的篮球为纽带，让更多的人走进金华，走进东阳，走进横店影视城。为此，他当场要求 Peter 游族篮球队的全体队员更加刻苦地练球，争取拿到冠军，并将赢球奖金捐献给那些生活有困难的人。

球场风生水起　运动快乐无比

至2014年底，全球规模最大的影视拍摄基地横店影视城，已接待了1400多部中外影视作品的拍摄。这样的纪录，已经遥遥领先于国内所有影视拍摄基地。而且，纪录还在不断被刷新。

“我不在横店，就在去横店的路上！”这是众多影视明星工作与生活的真实常态。在许多影视明星中，喜爱打篮球的不在少数。得益于工作的关系，笔者与一些明星同场切磋球技的机会远远大于横店影视城的“城外人士”。现在，我就采撷一束花絮，与大家分享笔者跟明星打球的快乐。

何润东：我们还是打球去吧！

可以肯定的是，在横店影视城拍过戏的明星中，对篮球最为热爱的，当数何润东！在横店拍《三国演义》时，何润东饰演吕布，陈好饰演貂蝉，两人在剧中情意绵绵、难舍难分。这一天黄昏时，剧组收工，我也结束了现场采访，陈好一边收拾东西，一边对我和何润东说：“一会我们去珠江渔村（广州街景区旁的餐厅）吃饭吧！”谁知何润东疑似不解风情，转过身对我说：“曾哥，我们还是打球去吧。”把大美人陈好气得脸色甚为难看。陈好也许不知道，打篮球才是何润东夜晚的主题。

比起陈好，叶璇就太理解何润东的业余爱好了。电视剧《马上天下》在横店拍摄时，何润东只要有空，就往横店国贸大厦篮球馆跑，我与他的同场过招也正是在这个球馆上演。叶璇带着剧组的女演员们奔赴球馆，她甚至亲自上阵变身为性感撩人的篮球宝贝，为何润东加油助威。有了这样的激励，何润东怎么不会血脉贲张？这场球，他赢了，我们这边输了。

不过，何润东也有满腹遗憾的时候。一天晚上，我们横店影视城篮球队与何润东领衔的剧组篮球队对决，我与我们的队长张峰，以及球队中的几员猛将赵永清、田大华、张傲联合作战，内线与外线火力全开，抢篮板与包夹、挡拆、盖帽频频奏效，硬是拿下了这场比赛。最开心的是，赛后何润东拍着我的肩膀，幽幽地说：“唉，我们没防住你，让你投了好多个 3 分球。”

当然，帅气阳光的何润东，沮丧的时候总是极为短暂的。对于篮球的热爱，足以抵消其他的不快。2014 年 11 月下旬的一个晚上，尽管天气寒凉，可是一场球打下来挥汗如雨的何润东，依旧激情澎湃。只见他令旗一挥：“走，我们喝酒去！”一班人马从横店国贸大厦篮球馆转场至“横国夜市”大排档，打起了“加时赛”。这个晚上何润东喝了多少？整整 4 瓶红酒！从晚上 10 点多，一直喝到凌晨 2 点。

邓超：我们是老乡，肯定赢他们！

邓超在横店影视城拍过《四大名捕》、《画壁》、《倚天屠龙记》、《建党伟业》等多部电影和电视剧。对于横店，用他的话来说就是一句：“熟得不能再熟！”

他最喜欢的运动项目是篮球。在中央戏剧学院读书时，他就和师兄弟们组成了一个叫作“剧人队”的篮球队，不时约出来打比赛。在横店拍戏之余，经常与相熟的圈内朋友切磋球技。夫人孙俪在横店拍电视剧《芈月传》期间，邓超专程来横店探班。那些日子里，一到晚上，他就来到横店国贸大厦篮球馆，同我们一起打球。分队时，我与他分在一个队，他笑呵呵地说：“我们是老乡，老乡在一个队，肯定赢他们！”有了邓超老乡的鼓励，我也就放开来打了。而在比赛过程中，他多次助攻给我，让我远投命中。这或许是沾了老乡的光？

邓超走到哪里都是人气很旺，在横店更不例外，球场上也是。他打球时，观众把球馆挤得满满的，女粉丝们的尖叫声几乎掀翻球馆的顶棚。比赛结束，邓超放下明星架子，热情地为粉丝们签名并合影，让那些粉丝们欣喜若狂。好不容易清静下来后，我们打趣地对他说：“上半夜你跟我们打球，下半夜该陪夫人去，否则还叫什么探班啊？”

蒋劲夫：咱们再打一节！

说到蒋劲夫，自然要说到他演的电影《分手合约》和电视剧《秦时明月》、《步步惊情》、《轩辕剑之天之痕》等。不过，我对他印象最深的，还是他在球场上的出色表现。

《秦时明月》在横店影视城拍了整整 5 个月，这期间蒋劲夫跟我们打了很多场球。他不仅自己打满全场，而且把剧组的陆毅、秦俊杰、孙艺洲、曲哲明、王春元等演员都请到球场，轮番上阵。蒋劲夫打球时，剧组的女演员胡冰卿、陈妍希、金晨、龚蓓苾等都到场为他助威。球场上，我深刻领教了他的厉害，特别是他的急速转身上篮如行云流水，令人赏心悦目。他的体力极好，好几次比赛打完后，尽管已是大汗淋漓，仍意犹未尽，又跟我们再打了一节。

彭于晏是蒋劲夫的好友，一个重要的原因是两人都酷爱篮球。在横店影视城拍电视剧《风中奇缘》时，我们一起打球，他就说过："要是蒋劲夫在就更好了。"可见他们之间感情的真挚。与彭于晏一样，我在跟巫迪文打球时，巫迪文也夸过蒋劲夫的球打得好。巫迪文在横店拍电视剧《雅典娜女神》时，我们打球时成为对手，他所在的那一队赢了我们这边。不过，在巫迪文出手投篮时，身高不占优势的我硬是成功地拦截下了他已投出手的那个球，而且没有犯规。

因为赢了你，所以《偏偏喜欢你》

不是每次跟明星打球都有非常快乐的记忆。譬如说，2015 年 1 月 22 日晚，电视剧《偏偏喜欢你》剧组跟我们打的那场比赛结束后，一个晚上我都闷闷不乐。

由于赛前有预告，报纸、电台、手机短信和微信的传播，使得这场比赛观众爆满。尤其是听说贾乃亮、黄宗泽、陈乔恩、郑爽等明星也会来，更是引爆了全场气氛。但是，贾乃亮、黄宗泽、陈乔恩并没有现出真身，郑爽、刘汝恬、汪洋、王秀竹等美女演员倒是早早来到横店国贸大厦篮球馆，为本剧组的帅哥球员们使劲地抛电眼助威。在此之前，我们也跟该剧组的男演员们打过球，感觉一般。谁知这天晚上，他们全都兴奋激昂，以凌厉的搏杀力克我们。张云龙、李子峰、谭俊彦、郑龙、赵久毅、高伟光、许绍雄、徐麟丰、陈良平等男演员轮番披挂上阵，个个得分。是夜，我在微信里写道："输球了，输给《偏偏喜欢你》的剧组球队了，无话可说，不找理由。粉丝们倒是开心，因为他们喜欢的明星们赢球了，开心就好！"一夜辗转难眠。

两天之后，也就是1月24日，我们再次与《偏偏喜欢你》剧组球队交手，双方还是原班人马，但比赛结果却来了个天地大挪移。我在微信里记录下了这场球赛："因为大比分赢了你，所以《偏偏喜欢你》！不好意思，今晚投进了7个3分球，为我们队获胜有所贡献，顺便冲淡了你们前天晚上赢我们的喜悦。"我们队的一位球友总结他们输球的原因是，这场比赛没有众多美女粉丝为他们捧场，而我们拿下他们则是因为草根阶层有无穷的正能量。哈哈。

其实，明星也是人，他们同样有普通人的喜怒哀乐。球场明星们的表现，是明星自我性情的真实流露。热爱篮球的明星，其实是对生命的热爱，而热爱篮球的明星压根不会跟"吸毒"之类的负面新闻沾边。张丰毅2014年夏天在横店影视城与范冰冰合作拍《武媚娘传奇》时，经常在拍戏间隙跟我们打篮球，他对我说："我心里很鄙视那些经常泡吧、吸毒、赌博的演员，你是公众人物，就要比别人多承担责任。我是不会轻易去赴夜场的，但跟朋友们一起打打球这个可以有。"

运动快乐！

不要再叫她“小宋佳”

临行前，剧组现场制片一再嘱咐我说：“到酒店大堂后，见面时，千万别再叫她‘小宋佳’啊！”

尊重采访对象是我的职业素养，我当然理解剧组现场制片的意思，更理解宋佳这些年来的打拼委实不易。2012 年，对于宋佳来说，的确称得上丰收年：问鼎了“白玉兰”视后宝座，金鹰节上又斩获了两项大奖。这三座沉甸甸的奖杯，对于她来说既是一种无声的安慰，也是一种有力的证明，因为她实在是被“小宋佳”的标签压抑得太久了。

“我已年过 30 了，不赶紧努力点，那怎么行?”宋佳与我们寒暄过后，就坦诚地表白。这些年里，她演的电影和电视剧大部分是在横店影视城拍摄的，如电影《大内密探灵灵狗》、《遍地狼烟》，电视剧《一生为奴》、《天地民心》、《逆水寒》、《中国往事》、《红日》等。她拍戏时的投入程度，一直被剧组人员牢记。演《中国往事》时，导演张黎看她如此疲惫，曾建议她适当删几场戏，她听了后着急嚷道：“减戏？我累不死的!”与《中国往事》一样，《一生为奴》在横店影视城拍摄时，与宋佳搭档的陈宝国也对宋佳为了拍好戏废寝忘食而感动，对她说：“别硬撑着了，拍这部剧你说不累，我可不信!”段奕宏与宋佳在横店合作拍电视剧《圣天门口》时，对她为了表演艺术而豁出去了的拼劲钦敬不已。有一场戏，段奕宏把她的头发用力一扯，扯得她脸形有些变了。可是，宋佳也不心慈手软，狠劲地几脚把大男人段奕宏踢倒在地，老半天爬不起来。这场戏拍得十分过瘾，现场的人员看得几乎呆住了。

宋佳说："这些年里我演的每一个角色，都是我的命根子。无论是鲜儿、姜大雁，还是顾秋妍、萧红，无论是含黛格格、黎青，还是郑玉楠、慈安，等等，她们都已成为我生命的重要组成部分。演她们时，我就觉得是演我自己。既然是演我自己，我怎么可能不投入地去演呢？我不会去骗别人，更不会去骗自己啊！"她认为，一个演员必须有很强烈的职业荣誉感，因为这是演员的价值所在。她说："我太渴望有好的剧本、好的角色能够让我非常投入地演绎，哪怕演起来会很痛苦、很辛苦，但却是很值得的！"

电影《谁说我们不会爱》走俏台词犀利很走心

2014 年情人节加元宵节“双节”同庆，再加上一个周末，使得电影市场的“情人节档期”比往年显得更加有活力。都市时尚爱情电影《谁说我们不会爱》自 2 月 14 日情人节上映后一直处于热门话题榜单之上，情人节当天票房过 1500 万元的好成绩一直持续到了接下来的周末，最终首周创造了 2500 万元票房的骄人成绩。

首周斩获 2500 万　定位精准开启国产商业片新模式

2014 年情人节档期，几部同类型的爱情片扎堆上映，《谁说我们不会爱》在情人节当日上映，上座率领先同档影片，因此能在同档脱颖而出，首周获得了 2500 万元的票房，表现十分出色。同时，影片获得的口碑和好评更加振奋人心，《谁说我们不会爱》主打 80、90 后，表现 80、90 后爱情的时候十分大胆犀利，但整个过程又充满笑点，观影效果极佳。

近年国产爱情片成为市场主流，《谁说我们不会爱》讲述了 80、90 后绚丽迷人的爱情世界，4 段爱情 8 种爱情态度，瞄准当下都市青年，以真实鲜活的镜头，将80、90后的爱情状态犀利地表现出来，被称为80、90后的爱情工具书。据了解，此片受到了众多90后学生群体的热捧，在寒假的尾声，该片也成了许多学生朋友们寒假聚会的中心话题。

台词毒舌犀利很走心　引发80、90后剧烈情感共鸣

各地影院反映，《谁说我们不会爱》引发了强烈反响。影片放映时，放映厅里时不时就传来阵阵大笑，影片结束以后，许多情侣还在激烈地讨论剧情。许多影迷称幽默犀利的台词是本片的一大亮点，更有人看完电影回到家中就在微博上贴出了《谁说我们不会爱》的经典台词，比如“梦想，谁没有过？可姐一做梦就掉沟里，只好戒了！”“在这个男人越来越娘的社会里，逼得女人就得更爷们儿，拼爹拼房？不如拼力气！”犀利台词极速传播开来，也引起了网上热烈讨论，影片喜剧元素获得了广泛认同。

但犀利毒舌台词背后，很多80、90后观众更被杜淳、颖儿等人的情感故事感动，片中杜淳饰演的爱摆谱的“北京青年”与颖儿饰演的“清新小森女”的爱情，陈廷嘉“单身妈爱情不打折”，拜金女“爱情不镀金”等情感话题都在互联网上急速升温。

都市爱情时尚电影《谁说我们不会爱》由深圳世纪领军影业投资有限公司出品，出品人李菲、制片人芦涛、监制及导演刘宝贤倾情联袂打造，当红偶像杜淳、颖儿、陈廷嘉、海鸣威、高健、王妍、于宇昂、汪洋等主演。

古装剧重迎艳阳天

正当许多人热议横店影视城为“抗日根据地”的时候，处于舆论中心的横店影视城却悄然转身，以大量古装剧的热拍现象告诉公众：抗日剧横扫天下正在成为过去，古装剧的春天去而复返。

拥有十分丰富的拍摄场景的横店影视城，自然成为各个古装剧拍摄的理想之地。一位导演说：“全国各地可以拍古装剧的地方很多，但都有很多缺陷，像横店这样场景齐全、配套服务又很完善的影视城少之又少，我们不来这儿拍那不是犯傻了？”

横店影视城各个景区里剧组云集，穿着各式古装的演员在片场上倾情演绎着一幕幕精彩的历史故事。在横店影视城汇鑫义道具租赁公司仓库内，笔者看到不少剧组在精心挑选道具，如帽筒、龙椅、雕花床、刀枪剑戟等，毫无疑问是用于古装剧拍摄的。古装剧拍得多了，对群众演员的需求也多了起来。来自河南的一位小伙子说：“我这段时间演了很多次大臣，昨天还有一个剧组来找过我，他们想让我演锦衣卫，而2013年我大部分时间演的是日本鬼子兵。”

横店片场上传递出来的信息表明，古装剧回暖已是不争的事实，反映了影视拍摄的题材日渐丰富和多元。而从电视台的播出情况来看，古装剧的收视率也普遍较好，如《楚汉传奇》、《大秦帝国2》、《隋唐演义》、《甄嬛传》、《活佛济公》、《天涯明月刀》、《白发魔女传》、《上错花轿嫁对郎》等，它们基本上是在横店拍摄的。看来，对历史进行新的解读和演绎的古装剧，还是受到观众欢迎的。当然，观众们更希望看到真正优质、堪称精品的古装剧，而不是胡编乱造、糟蹋历史的烂剧破片。

李云亮倾情执导《龙器》

经过近四个月的火热拍摄，李云亮导演的电视剧《龙器》终于封镜。

李云亮在横店影视城执导过多部电视剧，如《农民代表》、《武昌首义》、《镜海风云》、《狼烟遍地》等，对横店影视城的拍摄场景非常熟悉，也对横店的一草一木有着深厚的感情。以至于每天晚上收工后，剧组的同事邀他去吃饭，哪怕只是一家不起眼的小餐馆，他都知道在什么位置。有一次，他正在清明上河图景区门口等一个朋友，一位外地游客欲乘黄包车去秦王宫玩，黄包车夫开价 20 元。李云亮导演随即上前劝游客说："你坐横店影视城的旅游公交车吧！才一块钱!"游客听了他的话就登上了旅游公交车，才几分钟就到了秦王宫。

这部《龙器》对于李云亮导演来说，拍得太辛苦了，当然，剧组的演职人员都跟着他受累，因为正好经历了整个夏季。对于北方来的演员，最难受的并不是气温，而是潮湿闷热。不过，《龙器》毕竟是一部剧情引人入胜的悬疑大剧，演员们表演起来一旦入戏，就把酷暑带来的身体不适忘掉了。

《龙器》的小说原著作者笑颜，是一位东北女作家，创作过《藏地传奇》、《圣枪》、《摸金奇录》等作品，而她的本职工作却是专业注册会计师。李云亮对《龙器》的故事情节非常喜欢。剧中的“龙器”是一方传国玉玺。为了这件国宝，秦家、叶家、金家都付出了惨重的代价。可以说，《龙器》上演了几代人的国仇家恨、民族大义、生离死别、儿女情长。

剧中的大掌柜房户生由姚卓君饰演，他在演这个重要角色的同时，还在横店影视城参加电视剧《封神英雄榜2》的拍摄，饰演大将军黄飞虎。丁子玲饰演《龙器》中的孤儿，剧中的她既是忠厚朴实的女仆，又是被生活所迫而步入歧途的女杀手。靳东饰演剧中秦玄策，在此之前他刚在横店影视城结束了电视连续剧《琅琊榜》的拍摄。孙宁饰演剧中的女主角陆雨涵，她非常喜欢这个角色，既有女性的温柔，又有内心的执着刚毅。这些年来，孙宁在横店影视城演过许多电视剧，如《玉帝传奇》、《龙票》、《京华烟云》、《同年同月同日生》、《风语》等，被誉为“少奶专业户”。回想起2002年首次来横店拍戏时的情景，对比现在横店的繁华景象，孙宁不禁感慨良多：“横店变化太大了！简直成了影视圈人的集合地！每天都有几十个剧组在拍戏，走到哪儿都碰上了熟人和好友，这在北京都不可能。”

《新京华烟云》，三大亮点抓人眼球

《京华烟云》曾经于2005年在横店影视城拍摄，播出后取得了良好的收视率。2013年8月，《新京华烟云》再度翻拍，拍摄地点还是在横店影视城。与以前的版本相比，这一次由丁仰国、沈怡执导的40集《新京华烟云》，三大亮点令人耳目一新。

首先是演员阵容新。李晟出演姚木兰，是两位王牌导演的一个大胆决定。他们一致认为，今天的李晟演技日益成熟，完全有能力挑起饰演姚木兰这个角色的重担。高梓淇饰演孔立夫，阚清子饰演姚莫愁，李曼饰演牛素云。这几位演员青春洋溢，很对如今80后、90后观众的胃口。此外，韩国男星李承炫饰演剧中的男一号曾新亚，也是一大亮点。笔者在横店影视城明清宫苑景区拍摄现场看到，李承炫演绎起曾新亚这个留洋归国青年的角色得心应手，中文水平也还过得去。拍戏间隙，他一边喝水，一边对笔者乐呵呵地说："我喝的是横店影视城专用的矿泉水哦，娃哈哈！"其发音吐字居然无懈可击。

其次是老戏骨助阵。秦汉、郑则仕、徐敏、姜黎黎、傅艺伟、徐幸等老戏骨加盟《新京华烟云》，既为新人们助阵，又使该剧的演艺水平有了强大的保证。秦汉等老戏骨的强大气场，也极大地鼓舞了李晟、李曼、高梓淇等年轻演员。新老演员的合力，使得整个剧组拍摄进展一直比较顺利。当然，秦汉等老戏骨的出现，也吸引了不少游客趋前近观。

最后是李玲玉亮相横店。李玲玉是大家熟悉并喜爱的“甜歌皇后”，她的歌声红遍大江南北。这次，李玲玉经过再三考虑之后，决定接受剧组的盛情邀请，出演剧中的姚夫人，即秦汉饰演的姚思远的妻子。笔者在片场发现，李玲玉的姚夫人扮相堪称华美高贵，极具典雅，与李玲玉本人的气质相当吻合。当被问到能与秦汉一起演夫妻时，她优雅地笑着回答道：“很荣幸啦！他可是很多女性的梦中男人呢。”

横店民国街受热捧

《京华烟云》、《京城四少》、《胭脂雪》、《凤穿牡丹》、《倾城之恋》、《旗袍，旗袍》、《纸醉金迷》、《徽娘宛心》……提起这些民国剧，大家都不会感到陌生，它们在当年的电视剧市场十分火爆。而赵雅芝、刘雪华、李小冉、俞小凡、朱茵、蒋勤勤、范冰冰、林心如、陈数、陈好、刘亦菲、李冰冰、赵薇、周迅等，这些在民国剧中倾国倾城的绝色美女，更是给广大观众留下了深刻印象。

其实，大部分民国剧都是在横店影视城拍摄的，这在影视圈中众人皆知。横店影视城广州街·香港街景区曾经创下了这样一个纪录：有一天，该景区同时有15个剧组在拍摄，其中12个是民国剧，来自天南海北的游客在这个景区里看见到处都是紧张忙碌的剧组拍摄场面，眼睛里尽是穿着优雅旗袍的美女，以及风度翩翩一身长袍的先生。

而这样的情形还将继续。可以说，本已婀娜多姿的横店影视城，因花团锦簇般的民国剧拍摄景象而更显得风情万种。

为充分满足众多剧组对民国剧拍摄场景日益增长的需求，横店影视城于2014年全力改建、扩建“民国街”。改建、扩建的“民国街”分别位于三个景区，一是红军长征博览城，二是中国革命战争博览城，三是广州街·香港街，它们共同组成了“民国城”主要拍摄场景。这些场景是：别墅群、学校、火车站、石库门、公寓楼、工厂、报馆、店铺、城门楼、夜总会、医院、警察局、银行、法院、商场、西餐厅、咖啡厅、酒吧、洋服店、饰品店、挡片楼、海关、码头、钟楼、栈桥、领事馆、招商局、会馆、货栈等，以及民国时期的院子、街道和香港、广州、川渝民国街道及民宅、幕府时期日式街道、1900 年前后的韩式街道、水下摄影池等。此外，省级重点工程“梦上海滩影视旅游”基地已经开工建设，横店影视城在民国剧拍摄场景上的优势将更加明显，从而进一步巩固在行业中的龙头地位，吸引更多的中外剧组前来横店拍摄。同时，也能大大缓解和释放景区主游览区域的拍摄压力，更有利于提升景区的旅游品质，提高景区的游客满意度。

对于游客来说，一边领略横店影视城迷人的景区风光和精彩的旅游演艺，一边欣赏“民国女神”李小冉的风采，这样的愉悦经历无疑是美好而又难忘的。

横店影视城，好戏在后头

初夏时节的横店影视城惠风和畅，游人如潮。与欢乐祥和的旅游气氛相比，影视剧组拍摄的火热场面同样夺人眼球。2014 年 1—4 月，横店影视城接待影视拍摄剧组 60 个，当时正在横店拍摄的剧组多达 32 个，还有 17 个新剧组已进驻横店制景筹拍，即将陆续开机。值得一提的是，在已经拍摄的 32 个剧组中，电影有 9 部，电视剧有 23 部。大银幕的制作在横店的增长量明显上升，堪称喜事。

李仁港导演，成龙主演的电影《天将雄师》；徐克监制，尔冬升导演，林更新、何润东、江一燕、蒋梦婕主演的 3D 武侠巨制《三少爷的剑》；高翊浚导演，范冰冰、张丰毅主演的长篇电视剧《武媚娘传奇》等，在 32 个剧组中显得尤为突出，十分引人注目。从类型上来看，古装历史剧、武侠剧、民国年代剧、谍战剧、抗日剧、都市情感剧等都有，充分反映了横店影视城影视拍摄场景的极大包容度和适应性。“要拍戏，去横店！”早已成为影视圈的共识。据了解，已于 2012 年 6 月 28 日正式开工的“梦上海”影视旅游基地项目，现已加快建设进度；“民国街”项目今年内可全线竣工。横店影视城还在影视拍摄外景地全域化方面迈出了坚实的步伐，首批外景基地签约仪式已于 4 月 29 日举行，包括卢宅、天山村、东白山、马上桥、枫树下、小溪口、蔡宅村、花台门等东阳市各镇乡、街道所属的外景基地都纳入横店影视城的统一管理和运营。电视剧《欢乐无双》的制片主任孟磊高兴地说："这下更好了，我们更愿来横店拍戏了，因为这里的拍摄条件更加优越了。"孟磊是圈内知名度甚高的制片主任，他担任过20多部电视剧的制片主任，90%是在横店影视城完成拍摄的，如《昭君出塞》、《书剑恩仇录》、《神医喜来乐》等。

众多剧组扎堆在横店影视城拍摄，如此盛况与其他影视基地的冷清窘状形成了强烈的反差。那么，剧组的影视人眼下在横店热议的话题是什么呢？毫无疑问，居于首位的话题是"一剧两星"政策。国家新闻出版广电总局于2014年4月15日宣布新政，自2015年1月1日起，总局对卫视综合频道黄金时段电视剧播出方式进行调整。主要内容为：同一部电视剧每晚黄金时段联播的卫视综合频道不得超过两家，同一部电视剧在卫视综合频道每晚黄金时段播出不得超过2集。在横店影视城拍戏的影视人普遍认为，总局新政的出台是改变电视剧生存的问题，对购剧预算较高的一线卫视而言，对稀缺剧目的掌控力更强，但是，二、三线的卫视则面临阵痛。总局新政的出台，将逼迫电视剧制作方更加注重原创性，力求拍出精品，粗制滥造的雷剧市场肯定会有所萎缩。演员的片酬或许回归理性。现在一部电视剧，演员的片酬动辄占到百分之七八十的现象太不正常。"幸好横店影视城不向剧组收取场景使用费，而且配套服务又很完善，否则的话我们拍一部剧的成本会更高。"电视剧《天天有喜》剧组的一位工作人员由衷地如是说。

显然，不断致力于软实力的提升，从而构筑起影视拍摄制作高地的横店影视城，亦将从"一剧两星"的总局新政中受益。由于多家卫视同播一剧的现象不再出现，对电视剧的生产数量和制作质量都会有新的更高的要求，横店影视城在全国影视基地的行业龙头地位有望进一步夯实和巩固。而在横店的一些知名楼盘和沿街的一些餐厅，早已有不少影视明星成为业主了。另据了解，今年内，将有若干部海外影视作品有望赴横店拍摄。

横店影视城，好戏在后头。

第四辑

天涯游痕

江南宅第的绝唱

在浙江工作生活了十几年，却从未去过湖州市的南浔古镇。直到2008年6月，趁着在湖州市参加“浙江现象·旅游创新研讨会”的机会，我终于去了南浔，实地领略了这座古镇的魅力。

南浔，位于杭嘉湖平原北部、湖州市东部，至今已有750多年的历史。南浔，依天目诸山之胜，揽太湖苕溪之秀，灵气所萃，民风淳朴，一方清澈明亮的水土孕育出一缕缕洁白的蚕丝，把这个水灵灵的江南古镇编织得绮丽秀美，文明昌盛。

南浔750多年的历史，积淀了丰富的文化遗产，使古镇的经济、人文、建筑、园林为世人瞩目，不仅有极具江南水乡风韵的小桥流水人家，还有众多别具一格的名门大宅、园林和藏书阁楼。由于南浔地处江南苏、杭、嘉、湖四府之间，周边又有许多镇区，保持着与多地频繁的经济、文化交流，河道成为历史上的主要通道，因此，一些史书中曾有“小镇千家抱水园，南浔商贾舟中市”的描述。

在我这次探访过的南浔古建筑中，最让我惊叹的是懿德堂，即“南浔张氏旧宅建筑群”，亦称“张石铭旧宅”。这座大宅以典型的江南传统厅堂建筑风格为主体，融合了意大利文艺复兴时期的欧式建筑形式。宅内厅、堂、楼、厢、轩各具特色，欧式建筑经典雅致，数以千计的砖雕、木雕、石雕工艺精湛，整座大宅构筑精美，气势恢宏。

大宅的主人张石铭（1871—1927 年），名钧衡，字石铭，为南浔巨富张颂贤的长孙，国民党元老张静江的堂兄，是一位富有深厚文化底蕴的儒商。这位“甲午举人”曾结识康有为等一批改良派人士，参与过“公车上书”。百日维新失败后，张石铭回到家乡继承祖业，走上了从商之路。除继承了在江、浙、沪等地盐务、典当、酱园、丝业及在安徽徽州、江苏常州等地购置大量田产和地产外，还继续拓展其他产业，如在上海开设钱庄和信托公司，参与成立了我国最早的商办银行之一“浙江兴业银行”等。在中国传统儒家文化熏陶中长大的张石铭，潜心研习西方经济与文化，在商业贸易中大胆开拓，稳健操作，在与国人和洋人的贸易活动中以礼相待，恪守信义，深得商界赞誉，成为闻名于世的一代巨富。

懿德堂建于光绪二十五年至三十二年（1899—1906 年），是张家购入明代文学家董说和南浔富豪之一顾丰盛的旧宅，经整修、改建组合而成的。懿德堂位于南浔镇南西街华家桥北侧，倚临南市河，后贴鹧鸪溪。大宅坐西面东，占地 5153 平方米，建筑面积 6137 平方米，这类建筑风格房间达 244 间。

懿德堂的正立面是由两座大宅的门厅楼房连接而成的，因此显得十分宽大，长约 50 余米。整个宅第立面大气开阔，显露出主人的殷实富有。进入大门后，依次为门厅、轿厅、大厅、内厅、芭蕉厅。在门厅和大厅的南侧，分别是书房和花厅，各厅堂之间分别由穿堂和轩廊相连接。厅堂的北侧辟有一条长约百余米由青石板铺设的走道，称为“备弄”，与门厅、人厅、内厅、芭蕉厅相贯穿，以供下人日常出入，也作宅第安全通道之用。

大厅取名“懿德堂”，因张石铭幼年丧父，家中事务全由母亲操持，在母亲的抚育教诲下长大，为表示对母亲的尊敬和孝心，故立此名。“懿”是古代对妇女的尊重，“德”是中国穿堂儒学思想的精髓，大厅前砖雕门楼刻着“世德作求”，以示“德”是他们家族世代所追求的做人规范和准则。

大厅和门厅南侧为花厅和书房“择是居”。花厅是主人日常生活的主要场所和接待宾朋的地方，如有挚友和至交来访，主人还会在花厅设宴招待。花厅面宽三间，厅前轩廊坊下置有木雕花篮垂柱，厅内梁枋、斗拱、门窗裙板上都刻有精美的花卉、文博、戏文等图案的木雕，结构紧凑，疏密有致，层次丰富，线条流畅，花鸟走兽栩栩如生，人物形象惟妙惟肖，透雕、漏雕、浮雕兼具，是江南大宅民居中不可多得的晚清雕刻艺术品。花厅上方悬挂着南海康有为所书的“以适其志”匾额，潇洒飘逸，气度不凡。下面陈列明代著名书画家董其昌所书“酒德颂”银杏雕刻字屏，疏秀古淡，气息清远。被誉为晚清“一代贤相”的诗人、书法家祁隽藻所书的“经济博通言达于行”、“家庭和乐质有其文”的贴金抱柱联，悬挂在鱼柱上，体现出主人的处世哲学和精神境界。

书房“择是居”与花厅隔天井相望，呈对照厅形式。“择是居”匾额由吴昌硕题写，厅内柱上悬挂清末东阁大学士陆润庠书写的贴金抱柱联，太师壁上悬挂吴昌硕临“石鼓文”条屏，显得古朴、典雅，散发出浓浓的书香。我注意到书房的地面铺设独具匠心：用 19 世纪末叶西欧流行的花纹釉面地砖代替传统的青灰方砖，这种铺设打破了传统中式建筑的灰暗色调，使典雅的书斋变得色调明亮、华丽，既具有传统东方艺术，又散发出西欧文化艺术色彩。

最让我惊叹的是懿德堂的舞厅！

舞厅位于账房西面，坐北朝南，是一座西欧建筑形式的楼房。该建筑的外形结构受到当时流行于欧洲的“折中主义思潮”的影响，追求形式美而又不拘一格，采用了各种风格式样。舞厅地面铺设法国地砖。舞池两侧置有壁炉，壁炉前地面铺设着三块法国风景油画地砖，砖面上的画是法国19世纪风景画家绘制的法国乡村风光，这是当时欧洲十分流行的一种高档艺术釉面砖。地砖画面清晰，色彩鲜艳。舞厅内设有休息室和化妆室。在清末男人梳着辫子、女人裹着小脚的年代，这种充满异国情调的私家豪华舞厅，在国内民居中当属独一无二。置身于这个舞厅，想象着当年那些男的脑后挂着长辫子、女的裹着小脚的舞客是怎样的翩翩起舞，我就忍不住发笑了。

懿德堂这一中西合璧的大宅，处处都显露出中里有西、西里有中的气韵，它们相互交融，相互穿插，融会贯通，浑然一体，充分体现出东西方建筑艺术的相互碰撞、相互影响和相互渗透，体现出宅第主人对西方文明的接纳和对传统文化的承继，具有较高的历史价值和人文、艺术价值，难怪南浔人骄傲地称它为“江南第一宅”。当然，通过实地考察，我还是强烈地感觉到张石铭当时在紧跟时代潮流与崇尚西方文化艺术的同时，始终把握着中国传统文化的脉络，他既传统又开明，既坚守自我又能包容异己。正是本着有这种高层次的文化素养和豁达的思想理念，才使懿德堂的建筑形式和内部装饰风格成为一笔丰厚的文化遗产，成为江南宅第建筑的绝唱。

悠然心会在垦丁

如果有人问我最喜欢台湾的哪个地方，我会毫不犹豫地回答："垦丁！"尽管去台湾已经多年，但是对垦丁的美好印象却从未淡去。

垦丁位于台湾岛的最南端，从高雄市出发再往南去，走到南部的岛尖上——恒春半岛，就到了垦丁。

这是一块奇异之地，它那一角小小的岬地却拥有着辐射三大海域的奇异能力。在那里，向西望是台湾海峡，目光飞过数十海里就能看到日新月异的厦门；面向南望是巴士海峡，从那里出发可以飘摇到千岛之国菲律宾；面向东望，就是一望无际烟波浩渺的太平洋了。

以垦丁为支点，环绕四周的除了清澈碧蓝的海水外，那绵延细密的沙滩、闪光剔透的贝壳、陡峭跌宕的峭壁、飞花四溅的海浪，还有绿意盎然的椰林，莺歌鸟啼的画境，都有一种鲜活而清逸的美。而猫鼻头、南湾、帆船石、尖山、鹅銮鼻等，都富有独特的美，令人流连忘返。踩在松软的沙滩上，我情不自禁地唱起了台湾著名校园歌曲《踏浪》。

鹅銮鼻不仅是垦丁最有名的景点，它还深藏着鲜为人知的历史秘密。鹅銮鼻最早叫沙马矶。"鹅銮"是台湾高山族排湾人语，意思为“帆船”，因在鹅銮鼻附近有一块巨大的礁岩酷似帆船而得名。“鼻”是指突出的地块，就是指那块岬角，二者合并就称“鹅銮鼻”。这里有6500余年的史前文化，有先陶文化旧石器时代晚期文化的遗迹，从那些展览出来的贝刮器、细绳纹陶片、卵形坠和彩绘纹饰上，我看到了台湾史前文化的历史行踪。

我登上了鹅銮鼻灯塔。这座灯塔也是一个古迹，它是清朝光绪元年（1875年）开始勘察设计的，光绪七年兴建灯塔，九年开始使用至今。当然，如今的灯塔已经很现代化了，设有大型四等旋转透镜电灯，每30秒旋转一周，可见距离为20海里，是台湾地区光力最强的灯塔，现已成为台湾八景之首。我想，沉沉夜幕下航行的轮船比我们更知道它的价值啊！

鹅銮鼻公园气象万千，令人心情爽爽的。我从擎天石、幽谷、沧海亭、海滨栈道一路穿梭，最后从那高耸入云的椰树、槟榔、棕榈的热带绿荫里出来，就来到了著名的海湾——南湾。这是一片质地优良的海湾，有天然的漂亮沙滩，有碧蓝清澈的海水，有宽阔迷人的海滨浴场。我拾到了一些蓝色的小石子，把它们带走了，作为垦丁之行的纪念。南湾海滩真是一个欢乐的世界，年轻人在这里欢快地做游戏、打水仗，还有一些人在这里打沙滩排球，其乐融融。许多中学生在这里跳起充满青春活力热情奔放的舞蹈，他们脸上兴奋的表情是那样的清纯可爱啊！

一名女孩躺在沙滩上唱着：“只有你自己知道，能治好你的是什么。是什么地方吹来的风，哪里的海的颜色，什么样的阳光，以及什么人的笑声和眼神。疗愈好最后一个伤口，微笑谢幕。把那片海，那片阳光，放在心里。”

这不是台湾歌曲《因为你爱我》吗？这样的歌声，飘在垦丁，实在是美妙无比……

醉翁亭拜谒记

“到了安徽滁州，哪能不上琅琊山，哪能不访醉翁亭？”当我婉言谢绝不去时，滁州市几位旅行社的朋友急了，马上以很严肃的表情反问我。其实，我心里哪会不想去呢？只不过是我多年来已经养成了喜欢独自出游的习惯，不愿意麻烦人家。

是的，去滁州正好可以圆我一个久积心头的梦：瞻仰那溢满酒香的琅琊山水，拜谒那催生出千古名文的醉翁亭。

1045 年（宋仁宗庆历五年），欧阳修主张革新政治，因而得罪权贵，被谪贬滁州，由先前的京官连降数级，贬为太守。欧阳修来到滁州后，结识了琅琊山住持和尚智仙。翌年，智仙在琅琊山麓建造了一座亭子，供欧阳修工作之余游乐。当然，欧阳修也有“每将公事了亭中”一举两得的时候。不久，欧阳修在这座亭子里写下了传世名篇《醉翁亭记》，“醉翁亭”从此享誉天下。

进得山门，但见两旁山润物荣。一路佳木成荫，竹管蔽日；鸟语清脆，溪流淙淙。未达醉翁亭，心便先醉在了这个诗意盎然的山光水色中。我们过山口，过让泉，便达醉翁亭前。一方书有“千年醉翁亭”巨石横卧在亭门右侧。我们几人在这里合过影后，便踏过薛老桥，进入园门，几乎猝不及防地与醉翁亭打了个照面。醉翁亭为歇山式上顶，飞檐翘角，吻兽伏脊，正面檐下悬有苏轼题写的“醉翁亭”牌匾。门的两旁刻有一副对联：“翁去八百年醉乡犹在，山行六七里亭影不孤”。对仗工整而又大气，寓意深刻，可惜的是不知为何人所作。

置身于欧阳公与民同饮同乐的醉翁亭中，我的心涌上一阵激动。“饮既不多缘何能醉，年犹未迈奚自称翁。”我的脑海里浮现出欧阳公与民同饮同乐的身影，“苍颜白发，颓然乎其间”。这方山水美景，这份真挚情感，在美酒的作用下发酵，升华成天才的灵感，在笔下涓涓流淌，幻化成烛照千古的经典美文，滋润了一代又一代干渴的心田。欧阳公为官40年，其坎坷经历犹如一条不甚规则的正弦曲线，起落不止，跌宕反复，唯一不变的是他那颗真与善的心灵。尽管被贬滁州，人生陡生波澜，许国虽坚，朝天无路，但他不曾沉沦，仍留一份清澈，始终想着“为天地立心，为生民立命，为往圣继绝学，为万世开天平”。可以说，《醉翁亭记》是宋代政治荒漠中的一株奇葩，也是欧阳公胸中块垒的诗意外化。

出了醉翁亭，往北走，过二贤堂，有一小室，名“宋宝斋”，内有碑刻两块，上有欧阳修的弟子、宋代文学家苏轼手书的欧阳修《醉翁亭记》全文。其字丰腴跌宕，天真浩瀚，真是“欧文苏字”，交相辉映啊。

我们在欧阳修塑像前深鞠一躬，以此表达对他的敬意。

过了宋宝斋再朝西走，分别是意在亭、影香亭、怡亭、六一亭、洗心亭。滁州市旅行社的朋友介绍说，欧阳修被贬到滁州时，年仅38岁，正值年富力强、壮志不已之时。他坚信“鸟歌花舞太守醉，明日酒醒春已归”。他渴望自己能有一天“洗心”而出，重返政坛。1057年，他以翰林学士身份主持进士考试，青年才俊苏轼、苏辙、曾巩才得以脱颖而出，为中国文学催生出一座前无古人的辞赋高峰。1063 年，他先后被任命为参知政事、刑部尚书、兵部尚书。蓄势已久的欧阳修势如破竹地推行了他的政治改革和诗文创新主张。在滁州的岁月里，他以博大的胸怀宽简为政，政通人和，百废俱兴，百姓安乐醉翁乐。为官之余，他妻山侣石，兴寄烟霞，呼吸自然灵息，化于肺腑，融入诗文，实现了他在政治上和文学上的“醉翁之意”。正如明万历进士邹维琏对欧阳修的《醉翁亭记》的感悟：“烟锁洞林禅意古，亭依水石客思长。”欧阳公貌似醉酒了，其实他心里清醒如镜啊！

品读《醉翁亭记》脍炙人口的佳句，徜徉琅琊山绿意洗心的美景，不正可以抚慰我们奔走于滚滚红尘中疲惫不堪的心灵吗？步行于琅琊古道上，我做了几个深呼吸……

铁血柔情台儿庄

没去过台儿庄之前，总以为台儿庄只是一个小小的村庄。可是，当我到了台儿庄之后，才发现自己对台儿庄的认识简直就是错得一塌糊涂。早在300多年前，沿着京杭大运河南下的乾隆皇帝，就深深感慨其“商贾迤逦，一河渔火，歌声十里，夜不罢市”，于是亲笔御书“天下第一庄”。由此可见，当时的台儿庄该是何其雄也！

从山东泰安到枣庄台儿庄的路上，我想象中的台儿庄应该是充满北方城市的阳刚之气，雄浑而又古朴。没想到，当我真正踏上这方热土后，眼前的台儿庄竟是另一番景象：河汊纵横交错，小桥流水人家，一叶扁舟在河中悠闲地慢行，宛若置身于我熟悉的江南水乡！看来，我对台儿庄的了解实在是太肤浅了。

枣庄市台儿庄区旅游和服务业发展局副局长吴振明在接待我们时，热情地介绍道：台儿庄形成于汉，发展于元，繁荣于明清。随着京杭大运河的开凿而逐步崛起。明万历年间（1573—1620年），古运河开挖后，这里舟楫如梭，商贾云集，逐渐成为一个水路交通和商贸重镇；清朝时期达到鼎盛，黄金水道贯穿全境，水运可达扬州、南京、上海、杭州等地，台儿庄城镇内外、各通衢要道、运河两岸店铺林立，游人如织。1647年建台儿庄土城，1857年又改建砖城，严整坚厚，易守难攻，被喻为山东的南大门。乾隆皇帝曾写诗赞之：“韩庄水气罩楼台，雨后斜阳岸不开。人在长亭深处好，风帆一一眼中来。”

过去我对台儿庄的了解，主要限于“台儿庄大战”这场第二次世界大战历史上的一场重要战役。在中国现代史上，台儿庄是一个用鲜血铸就的名字。1938年3月，日本侵略军疯狂进攻台儿庄，中国军队在第五战区司令长官李宗仁将军和第二集团军司令孙连仲将军的指挥下，在不足10平方公里原运河古城里，与日寇血战16天，中国军队以落后的武器和3万人的代价歼灭拥有先进武器的敌人1万余人，赢得了台儿庄大捷，使台儿庄成为中国抗战史上的一座名城，成为中华民族的扬威之地。

我在一座残破的民房墙上，目睹了墙体上密集的弹痕，想象当时激战的惨烈……心，不由得为之深深的震撼！据介绍，当时日军的钢盔堵塞了运河的水流，手榴弹的木柄碎片在地上积存了一寸多厚，整座台儿庄古城“无土不饮血，无墙不饮弹”。

2008年，枣庄市依照原貌，重建了台儿庄古城。现在，我们走在重建的台儿庄古城里，仿佛徜徉于一座巨大的历史博物馆，铺着麻石的街道纵横交错，沿街是古色古香的商铺，仔细端详洋溢着20世纪二三十年代风韵的店名：日升昌记、谢裕大茶行、道升酒坊、保寿堂、会宾楼、扶风堂等，而店内的伙计则是一身长袍马褂，头戴一顶瓜皮帽。还有参将署、闸官署、台庄驿、翠屏馆等建筑，让我们读到了台儿庄往日的繁华。长长的麻石板路，就像一本厚厚的、长长的历史画卷，让我们用心地阅读和品味。我们住宿的复兴酒店，充满了民国风情，让我产生出了穿越时空的感觉。而在一家专营东阳木雕的店铺里，我们意外地发现老板娘是地道的东阳人，因此，东阳市旅游局副局长蒋永良、东阳中国木雕城副总经理潘显好连忙上前问候，祝她生意兴隆，感谢她在异地他乡推介和传播东阳灿烂的木雕文化。

70 多年前震惊世界的台儿庄大战，把台儿庄青色的城墙、威严的衙门、宽敞的会馆、庄重的庙宇、华丽的商铺、古朴的民居几乎夷为废墟，让这座小城带着众多的文化基因和文化符号，在京杭大运河沉睡了下来。如今，我在感动于台儿庄古城的复活之余，也在感叹这可能是人类最后一座，也是不可复制的“手工版的古城”了。导游小姐以自豪的口吻说：“我们台儿庄在重建时，许许多多精美绝伦的砖雕、石雕、木雕、泥塑，都是七八十岁的老艺人手工做出来的，整个台儿庄古城都可以用放大镜来看，工艺真的很精致！”

有道是：“古人不见今时月，今月曾经照古人。”今天的人们走在旅途上，也许是对沉重现实的放松或逃避，也许是心灵渴望有一场梦幻般的邂逅。去台儿庄是不需要什么理由的，每个去过台儿庄的人都会喜欢上她，并且从此把她放在心上。

石头砌就的世界

一直忘不了2008年的那次青岩古镇之旅。

位于贵州省贵阳市南郊约30公里处的青岩古镇，因历史悠久、古朴自然，被人称为黔中福地上一个美丽的石头砌就的世界。

走进青岩古镇，满目青石，恰如其名。青岩古镇人以当地丰富的石片当瓦，石块垒墙，筑屋而居。古镇依山傍岭，城门城墙全用青石建造而成。

慈云寺的石雕、百岁坊的牌坊石狮，是青岩古镇上有名的石中精品，游客必看。站在高处一望，石屋、石柱、石梯、石巷连成一体，与寺庙楼阁雕梁画栋、飞檐重角相互辉映，青苍之中夹着灰黄，构成了一道极其特别的风景。

古镇曲曲弯弯，朦胧幽深的石巷里，经过沧桑岁月打磨的青石板光亮可鉴，凹陷的印痕镌刻着小镇古老的历史文化。贵州知名作家、电视剧《夜郎王》制片人罗大胜告诉我："青岩镇从明洪武年间设宝哨算起，已有600多年历史，名胜古迹交错密布于镇内，计有九寺、八庙、五阁、三洞、一祠、一宫、一院等37处，其中8座精美石牌坊现存3座。这里人杰地灵，人才辈出，光秀才、举人就有50多个，历史上曾有过府学、广顺州学、青岩学院，从清初到民国，就有参与撰修《康熙字典》的著名诗人周渔璜、康熙年间曾任台湾诸罗（今嘉定）县知县的周钟瑄、贵州省历史上首个文状元赵以炯、孙中山先生的临时政府秘书长平刚等名人。”漫步于蜿蜒的古驿道，流连在曲折的小巷里，寻幽于古朴的院子中，眺望在雄伟的古城墙，我都感到脚下这块土地的灵动，似乎我就踩在了一部厚重的历史书上。

在这个美丽的石头砌就的世界里，我感觉处处都弥漫着家园的气息。那些戴着精美银饰的苗族姑娘，那些在古旧屋檐下纳鞋底的老婆婆，那些沿街叫卖玫瑰糖、血豆腐、双花醋和腌腊肉的商贩，那些水塘边浣衣归来的少妇以及牵着大水牛从田野里归来的牧童，都让我心里涌上一份亲切！如果可能，我愿意就隐居于青岩古镇，与时光一同老去……

这是一个美丽的石头砌就的世界，难怪姜文的电影《寻枪》会选择在这里拍摄。当我登到定广门城墙上回望古城，尖顶的教堂与巍峨的寺庙遥遥相对。罗大胜告诉我，每逢农历初一、十五，青岩镇上的寺庙就香火旺盛，而东西方文化居然十分巧妙和谐地相处相融于一起，既有儒教、道教和佛教，又有天主教、基督教，少数民族与汉族平等和睦相处，每个人的神情都显得那么平和。这，难道不正是我们心驰神往的吗？

建 水 行 记

2009年1月26日，农历己丑年正月初一。谁都没有想到这样的一个日子里，我居然会出现在云南红河哈尼族彝族自治州建水县，一个离国境线不远的地方。看着手机里各地朋友的拜年短信，以及他们遍寻我而不得的困惑，我心里那叫一个乐。是的，很抱歉，我几乎没回一条短信，我决定就以这样一种方式度过牛年的春节。

为我驾车的哈尼族兄弟皮肤黝黑，车子已经开出好几公里了，他嘴里还嘟哝着说："我想不通，大过年的，你到我们建水来干什么？很多人都像你这样的，过年时就来，还有老外！我们建水有什么好玩的？"

我没有搭话。我早已把自己当作迷路的蝌蚪，却十分欢快地摇着尾巴，畅游在建水的古井清波里啦！我把心中的这些想法跟他说，他能理解吗？

行走在建水古城的深处，我的心真是柔柔的，软软的。青石板铺成的古老街巷，无处不在的幽深古井，虽然残破但依旧散发着昔日光辉的宅院，还有那一树繁花、千年古桥、斑驳石墙、经营紫陶的店铺、出售手工艺品的"红河谷"小屋、屋檐下的马凳、戏台上的唱念做打……这一切都让我新鲜而又感动。我好像很久没有这么新鲜而又感动了，禁不住思忖：是什么让我的心坚硬了起来？其实，在建水古城我所看见的这一切，每天都以相同的方式出现着、存在着，我之所以新鲜而又感动，是因为今天我敞开了心扉，才迎接并收纳下原本就蓬勃着生命的它们啊。

作为滇南历史上的政治、经济、文化中心，建水文化积淀深厚，传统文化余韵袅袅。据民国罗养儒的《云南掌故》记载："云南逸南方面以临安开辟为最早，唐蒙昭时，临安即置为郡，异牟寻时代，又置节度使，故临安之一切风景地，多处于是时。"这里说的临安即今日的建水县城。建水古城内文物古迹多达百余处，其中省级文物保护单位就有10处之多。最古老的寺是元代的指林寺，最宏大的庙宇是仅次于山东曲阜孔庙的建水文庙，最壮观的楼是朝阳楼，比北京天安门还早28年建成呢。

被一阵欢快的锣鼓唢呐声吸引，我来到了朱家花园。置身其中，想象当年大户人家的生活，也是一件有趣的事。朱家花园位于建水县城建新街上，是一组规模巨大的清代民居建筑群，为光绪年间建水富绅朱渭卿兄弟所建，素来享有"滇南大观园"的美誉。如果说山西的乔家大院是北方民居的代表，那么建水的朱家花园则与浙江东阳的卢宅一样，可谓南方民居的典型。朱家花园整座建筑坐南朝北，"纵三横四"，"三间六耳、三间厅附后山耳，一大天井四小天井"是典型的建水民居建筑。徜徉在朱家花园，看那群穿着民族盛装欢快地扭着秧歌的哈尼族妇女，我不禁心里痒痒的，涌起一阵与她们共舞的冲动。

在建水古城的老街老巷里，我看到过不少着一身阴丹蓝布装的小脚老妇人。她们坐在大门口，倚着门框，聊着那些永远聊不完的家长里短。这些三寸金莲的老太太堪称一道独特的风景线。我看见有一位老太太坐在门前的草墩子上，眯着眼睛，手里缝绣着一双尖脚花鞋。我当时很想掏钱买下她缝绣的尖脚花鞋，因为那鞋实实地让我好一阵恍惚，疑为置身于旧日时光了。

不能不写建水的烤豆腐。这是我的建水之行值得一说的记忆。建水豆腐有别于一般的条形和块状豆腐，是独有的方形饼状，炭火一烤就变黄发胀，外脆里嫩，很有嚼头。喜欢围炉夜谈的建水人习惯就着烤豆腐摊边吃边聊。炭火起处，人间烟火味弥漫开来，美味奇绝，一派生活的气息。为我烤豆腐的中年妇女是云南石屏人，彝族。她既为我烤了建水豆腐，也烤了石屏豆腐。当我把一大堆烤豆腐连同一大海碗过桥米线全吞进肚子后，结账时我傻眼了：这么多美食，才收我 24 块钱！

真该感谢建水人，在这变迁过频的世事里，为我们保留了一段正在逝去的历史。正月初二，在我离开建水前的最后一瞬间，我已强烈地爱上了这个高原上的古城！

雍和宫手记

以前多次去过北京，甚至还有过在北京工作过一段时间的经历，但一直都没去过雍和宫。直到2014年5月，我才实现了探访雍和宫的心愿。

去雍和宫其实很方便，有地铁可直达，就在北新桥的北面，紫禁城的东北隅，红墙金瓦的建筑群即是它了。雍和宫以其规模宏大的佛家丛林、帝王宗教活动场所及联系蒙古族、藏族上层的特殊历史而闻名于世。历史上，雍和宫曾是清朝雍正和乾隆两代皇帝的在潜之居。建于康熙三十三年（1694年），雍正三年（1725年）改为皇帝行宫，乾隆九年（1744年）改为藏传佛教格鲁派寺院。香火延续至今已有260余年。

雍和宫是由三座精致的牌坊和雍和门殿、雍和宫殿、永佑殿、法轮殿、万福阁、绥成殿等20多座殿堂组成。名为万福阁的大殿给我印象最深，这是由于里面供奉着一尊木雕的弥勒佛站像，其架势颇有些破顶欲升的味道。高达26米的这尊弥勒佛站像，是否最高，我不敢妄定。不过，这尊弥勒佛站像庙相庄严，神容不像民间所奉开口常笑的胖和尚那样随和。据传，浙江奉化是弥勒之家。我曾去过奉化四明山中的雪窦寺，寺中的弥勒像容貌较瘦，头戴之帽形若法冠，手执一盏莲花灯。在弥勒宝殿左侧有一块碑，记述了奉化为弥勒佛的应迹之地。《五灯会元》所载："照州奉化县布袋和尚，出语无定，寝卧随处，常以杖荷一布囊并破席，凡供身之具，尽贮囊中。"形貌的胖与瘦，按照佛家的应身之说也是随宜多变的，不足为怪。"一钵千家饭，孤身万里游"的这位弥勒佛，离应梦山，别剡溪水，直入京师的斜街曲巷，端立如入云之塔，在老百姓心中长留的那缕风趣，如今似也淡去。

佛教自印度传入中国，分成汉藏两支，但对我这样学识粗浅之人来说，哪里能分得太清楚？若不是经导游点拨，我甚至不会注意到观音像在雍和宫中竟至未见，而宗喀巴、唐卡、度母像却不仅多，而且造艺精美。譬如，那幅《六臂永保护法图》（唐卡）以及那尊绿度母，就给我留下了相当深刻的印象。这便是藏传佛教在雍和宫中的特征了。

不过，不管怎么说，汉藏佛教总是互有异同的。1996 年 8 月 23 日，我曾在甘肃省肃南裕固族自治县寻访过马蹄寺，该寺的红衣喇嘛与千佛洞的青衣佛徒居然共处一山彼此相伴，令人大开眼界，也证明了它们之间的异同及互为影响。

出雍和宫，不远即是成贤街，街内端开孔庙之门。秦孔与礼佛，就在一街之隔而门户相望，堪称有趣。儒家与佛教本不是一回事，但它们为何能在此各有场面并相安一方呢？离开之际，我不经意回头看了一眼红墙金瓦的建筑群，恍然大悟：雍和。

古巷风流

在我去过的一些城市老城区里，福州市的三坊七巷让我一直难以忘记。

三坊七巷，千百年来，十分用心地经营着一条街（南后街）、三个坊（衣锦坊、文儒坊、光禄坊）、七条巷（杨桥巷、郎官巷、安民巷、黄巷、塔巷、宫巷、吉庇巷）。这个只有 0.44 平方公里的老社区，竟保留了 150 余处明清古迹，林则徐、严复、林觉民等数百位举足轻重的历史名人都曾在此居住。可以说，三坊七巷就是一个历代剑胆琴心的男子与侠骨柔情的女子们会集之处。

印象最深刻的是郎官巷。这条小巷，因宋时居住着子孙数世任郎官的刘涛，得名“郎官巷”。虽然小巷是由郎官而得名，但真正知名的却是因为严复的故居。郎官巷 20 号的严复故居，每天都有不少游客前来观瞻。我国近代著名的启蒙思想家、翻译家、教育家严复，1920 年回乡后就一直住在这里。与严复故居相隔不远的有林旭故居。林旭与严复，都是郎官巷的骄傲。作为“戊戌六君子”之一的林旭，梁启超称赞他“自童龀颖绝秀出，负意气，天才特达”。林旭出身于贫寒家庭，却被官至贵州巡抚的沈瑜天招为女婿。选女婿不看门第而看才气，这是三坊七巷人家的优良传统。林则徐也是平民出身，被曾任河南知县的郑大漠慧眼相中，招为女婿。后来，林则徐担任了江苏巡抚，延续了三坊七巷人家选女婿不看门第而看才气的传统，将自己的女儿林普晴嫁给了家境贫寒的沈葆桢。

辛亥革命黄花岗七十二烈士之一的林觉民，就是三坊七巷人。林觉民的家在杨桥巷，牺牲时年仅 24 岁。其实，中国近代史上很多事件与人物，都和福州的三坊七巷有关。徜徉于此，人们很自然地感受到了中国近代史上的风风雨雨，以及进步思想所带来的人类文化智慧。

安庆手记

我只在2010年11月上旬去过一次安徽省的安庆市，虽然停留时间也就两天多，但足以让我喜欢上了这座城市。

安庆，旧称怀宁，其地襟带吴楚，北界清淮，南临江表，处于淮服之屏蔽，江介之要塞，“分疆则锁钥南北，坐镇则呼吸东西”。安庆历来是长江中下游极其重要的军事战略要地，有“万里长江此封喉，吴楚分疆第一州”之美誉及“八省通津”的美称。我清晰记得当我驾车缓缓从安庆长江大桥驶下时，心中对这座长江之畔的城市陡然升起一阵震撼，为的就是这座城市的气势。

自清康熙六年（1667年）安徽建省始，直至20世纪40年代的200多年里，安庆一直是安徽的省会，并因其在政治、经济、文化、军事上的重要地位，虽一度与上海、南京、武汉、重庆这四个沿江城市并列为中国“长江五虎”城市。不过，对我来说，安庆最让我心生敬意的是她的人文历史。早在东周时期，安庆地区的潜山县是古皖国所在地，安徽省简称“皖”即由此而来。南宋绍兴十七年（1147年）改舒州德庆军为安庆军（治所位于今天的潜山县），“安庆”自此得名。

称安庆为一个伟大的文化母体绝不为过。从清乾隆二十五年（1760 年）到 1938 年，安庆一直是安徽省省会和全省政治、经济、文化中心，是中国较早接受近代文明的城市之一。第一支枪，第一台蒸汽机，第一艘机动船，第一次试举起“新文化”的旗帜，辛亥革命第一枪，等等，为安庆烙上了永不磨灭的历史印记。安庆成为安徽省省会后，安徽省的第一座发电厂、第一家自来水厂、第一家电报局、第一部电台、第一条官办公路、第一座飞机场、第一座现代图书馆、第一所大学、第一份报纸，都诞生于安庆。《孔雀东南飞》、“大乔小乔”、“不越雷池一步”等著名故事，也都发生于安庆。京剧素称国粹，可是究竟有多少人明了她原本是安庆石牌小镇的幽巷旧戏？在石牌的弹丸之地竟涌出了郝天秀、程长庚、杨月楼等多位开一代风气的宗师，四大徽班进京，皇帝为安庆艺人精美绝伦的行头和装饰击节而叹，中国戏曲史还有盖过此事的盛举吗？乾隆五十五年（1790 年）秋天，为庆祝乾隆帝八旬寿辰，安庆艺人高郎亭率领一个名为“三庆班”的徽戏班子进京祝寿。这个戏班以唱二黄调为主，兼唱昆曲、吹腔、梆子等，是个诸腔并奏的戏班。这次演出规模浩大，自西华门到西直门外的高梁桥，每隔数十步就设有一戏台，南腔北调，四方之乐，荟萃争妍。或弦歌高唱，或抖扇舞衫，前面还未歇下，后面又已开场，令人左顾右看，目不暇接。可谓群戏荟萃，众艺争胜。随后，四喜班、和春班、春台班等戏班子进入北京，逐渐称雄于京华剧坛，揭开了 200 多年波澜壮阔的中国京剧史的序幕。如今，京剧名扬天下，但真正知道京剧缘起于安庆的会有几人？

黄梅戏也是安庆的地方戏剧。黄梅戏唱腔委婉清新，分花腔和平词两大类。严凤英是黄梅戏的著名演员，她不仅真正唱活了黄梅戏，让许多人喜欢上了《天仙配》、《女驸马》，也让许多人喜欢上了安庆。说实话，就在我驾车从安徽池州驶往安庆的高速公路上时，我脑子里想到的安庆名人就有严凤英。还有同样是黄梅戏的代表人物马兰，以及我曾经采访过的韩再芬。

当然，更有陈独秀。安庆人陈独秀是中国新文化运动的先驱，中国共产党的主要创始人，中国共产党代表大会一到五届的最高领袖。陈独秀创办的《新青年》杂志，自1915年第一号至1916年第六号的作者群，几乎全出自以安庆为核心的皖江一带。

令人动容的哲人、智者、烈士队列，如一条绵延的血性之链，几百年来在安庆从未间断过，他们高迈品格的延续构成了安庆的魂魄。放弃仕途，清贫自守，到处设馆授徒的姚鼐；传播义理，在备受肉体摧残之下著出名作《狱中杂记》的方苞；刺杀清朝五大臣，在北京正阳门火车站被炸得肠挂体外但面容依旧从容的吴越；投江自绝的新月派诗人朱湘；潜心著书立说的中国现代美学之父朱光潜；在山海关龙家营卧轨自杀，以“面朝大海，春暖花开”诗句温暖亿万人心灵的天才诗人海子。

入夜，我与横店影视城安庆市场部经理汤良森一起漫步在安庆市街头，次日我们又参观了雄峙于安庆城东大江之滨的迎江寺与振风塔。我们还驱车至安庆市下辖的太湖县境内的五千年文博园。在安庆的见闻让我想到一个地区的血质和禀赋构成了文化的内核。另外，安庆的一些地名也是令人回味悠长的，譬如“近圣街”、“熏衣巷”、“焚烟亭”、“水吼镇”等，难怪安庆会产生那么多知识文化名人，如中国原子弹之父邓稼先、理论物理学家何祚庥、“新鸳鸯派”文学代表人物张恨水、宋代中国第一画家李公麟、桐城派代表人物之一戴名世、香港凤凰卫视著名主持人胡一虎、新生代偶像演员李小璐。

伫立于长江堤岸，望着安庆这座古城，我感受到了安庆先人天高地渺的情怀。安庆是这样一个启人心智、醒人眼眸的地方啊，生活在安庆的人真是有幸。

难忘翠云廊

翠云廊，故称“剑州路柏”，被今人誉为“世界奇观”、“东方的古罗马大道”、“中国古代陆路交通的活化石”，是由近万株古柏组成的一条绿色长廊。我曾有幸两次走过这条绿色长廊，它的秀丽景色和雄伟壮观，令我至今难忘。

翠云廊，是以四川省著名的古城剑阁县城为中心，向着西至梓潼、南至阆中、北至昭化的三段古驿道而延伸，长达300余里，两旁矗立着近万株古柏的绿色长廊。那些古柏粗壮挺拔，虬枝凌空，展翠抹云，放眼遥望，状若苍莽巨龙，蜿蜒于崇山峻岭之间，葱郁成廊，流青溢翠，是保存最完好的古行道树群。清代剑州（今剑阁县）知州乔钵有诗云：“翠云廊，苍烟护。苔花荫雨湿衣裳，回柯垂叶凉风度。无石不可眠，处处堪留句。”翠云廊因此得名。千年古柏不足为奇，但是，像翠云廊这样由近万株古柏组成的绿色长廊，缠山绕岭，气势磅礴，历经千年沧桑仍浑然一体，生机盎然，实属世界罕见。

当地领导告诉我，翠云廊根植于秦汉，完备于明朝，它们宏大的群体使得古驿道满目苍翠，流光溢彩，一色青幽。不过，在西、南、北三段古驿道上，由于驿道的地势不同，古柏形成的历史条件不同，因而这三段翠云廊的景貌又各具特色。

在西段，浓荫裹道，风韵古朴。凉山、柳沟、垂泉、武连为古蜀道驿站，经此至梓潼境长50公里，存古柏1951株。其中清凉桥至凉山铺一段青石铺面的驿道和拦马墙，路旁有古柏230余株，是古驿道原貌最完整的一段。清代诗人张邦伸游览了这段幽廊后，对这段翠云廊迷人的景色曾有“武连直抵剑门关，行人尽被浓荫裹”的高度概括和生动描写。这些古柏不仅姿态奇异，而且几乎每株古柏都有自己的芳名、掌故和传说。如劲枝横空的称“关刀柏”，两树枝叶交合相依的名“夫妻柏”，相传蜀后主刘禅避过雨的树称“阿斗柏”，其他还有“状元柏”、“美女柏”、“罗汉树”、“老虎树”等等，风韵古朴，令人叹为观止。

在南段，翠幄绵亘，气势雄伟。经江石、龙源、禾丰、白龙、碑垭、圈龙至阆中境长60公里，有古柏4475株，数量多、树距密、长势好，浓荫覆路，景色清秀。南段的翠云廊是古时剑州通往巴西郡（今阆中市）的军事要道。这段崎岖的山径，时而上山，时而下河；时而越涧，时而翻岭；时而转弯，时而笔直，形如一条逶迤的绿色苍龙，犹如一道奇特的绿色长城。那些驿道两旁的参天古柏，茂密的树叶交错盘绕，如绿色的天篷遮天盖地，沿途充满了古代诗人描写的那种“老柏参天合，人行翠幄中”（清代孙恕）的诗情画意。

在北段，云环耸翠，景色秀丽。抄手铺、汉阳铺、剑门关为古蜀道驿站，经此入昭化境长40公里，有古柏1671株。其中抄手铺至汉阳铺10余公里驿道古柏保存完整，尤以石洞沟最为壮观。此地两山对峙，山高坡陡，岗峦起伏，沟壑纵横。两山之中为深涧，溪上有桥。驿路宽阔，呈“之”字形，须登数百级石坎方能上山。举目四顾，林海莽莽，一片青幽。剑门关隘口峭壁上刻着“云环耸翠”四个大字，正是对驿道北段翠云廊景色的生动写照。

剑阁驿道古柏是历代形成的群体，前后长达两千余年。据史料考察和民间传说，驿道上大规模植树有几次：一次在秦代，传说秦始皇在蜀中大量伐木修阿房宫后，命令庶民在蜀道植树，以息民怒，因之，后人称古柏为“皇柏”。二次是三国时张飞为巴西（今阆中市）太守时，因传达军情政务羽书频繁，张飞令士卒在路旁“植树表道”，故人称古柏为“张飞柏”。三次在宋朝，《宋会要辑稿》记，宋仁宗诏令，入蜀道路“自凤州至利州，剑门关直入益州道路，沿官道两旁，令逐铺兵士，每年栽种土地所宜林木。”四次在明正德年间，剑州知州李璧大规模修整驿道，以青石砌路，倡导在路旁大量补植柏树。驿道古柏群，是历代剑阁劳动人民血汗的结晶，是伟大的创举，是人民群众爱树护树传统美德的反映，是祖国古老文化的象征。许多国内外的科学家称这些古柏为“森林化石”，文物专家视为“蜀道灵魂”，文人墨客喻之为“绿色长城”，比欧洲的罗马大道更加优美。它蕴含着历史学、生物学、地质学、美学研究的活资料和丰富的旅游资源，其深厚的文化内涵令多少人流连忘返啊！

漫步沉思于翠云廊，我听到了脚下石阶的吟唱，那是对“五丁开道”业绩的赞颂，那是对蜀汉大将功劳的赞颂，那是对唐王风流韵事的铺陈，而更多的则是对剑阁历代劳动人民的智慧和理论的讴歌！“两岸烟云先向日，一林花木暗藏春。”我相信，在不远的将来，那茂盛的绿海里将会擎起巨臂，把一个奋发向上、励精图治的新剑阁，托举到一个令世人惊叹的高度！

壮哉，剑门关

去过四川多次，最难忘的还是川北地区剑阁县的剑门关。

三国时代，群雄聚起，奇才辈出。三国蜀相诸葛亮倚仗大小剑山之险，在大剑山隘束之路架设飞梁阁道三十里，并在隘口倚崖垒石筑门，立剑门，设阁尉，驻兵戍守，始称“剑阁”。从此剑门以“蜀北屏障”、“两川咽喉”闻名于世，剑阁因此成为三国文化的一个凝聚点，三国文化则成了剑阁历史文化的润瓶美酒，历久弥香。诸葛亮妙算于此，姜维魂归于此，钟会被拒于此，邓艾梦断于此，各路英豪出没于此……英雄们的丰功伟绩飘荡萦绕于这条古阁栈道，他们的铮铮铁骨凝成这巍巍剑门，如铜墙铁壁，似钢刃之剑。在这里，曾经是一方风云迭起的热土，曾经是一片硝烟弥漫的战场。这里有五丁打开蜀门的印痕，有孔明建关设尉的遗址，有李白的蜀道难，有陆游的销魂诗。这里有刘皇叔的开国志，有唐明皇的逃亡泪，有因贪金牛而失蜀土的耻辱，有保汉室而成石胄的荣耀。壁高千仞、穷地之险、极路之峻的剑门关，阴溪穷谷、万仞直下、莽崖峭壁的剑门关，令多少人为之折服！

剑门的自然景貌，雄伟壮观，以险著称。“剑门天下险”与“峨眉天下秀”、“青城天下幽”、“夔门天下雄”并称蜀中四大名胜。唐朝大诗人李白的《蜀道难》称剑门“危乎，高哉！蜀道之难，难于上青天”，“剑阁峥嵘而崔嵬，一夫当关，万夫莫开”。杜甫《剑门》诗称“惟天有设险，剑门天下壮”，“一夫怒临关，百万未可傍”。这些著名的诗文是剑门雄姿的真实写照。站在关外回望，一道砾岩石壁，如一堵坚固的城墙横排，拔地凌空，壁垒森严；从关侧面远眺，群峰陈列，似威武卫士，岿然屹立；在关后望去，群峰又像千万匹脱缰的野马，腾空而起，直看得我惊心动魄。自秦汉以来，剑门经过上百次战争，无一战例是从正面进攻奏效的。三国蜀汉末年，大将军姜维以 3 万人马拒魏将钟会 10 万大军于关外，其古战场遗址犹存。而在现代战争史上，1935 年中国工农红军四方面军在徐向前、王树声的指挥下，从剑门关后奇袭，浴血奋战，攻破天险，终获大捷。沧海桑田，岁月早已化为历史烟尘，但剑门关的一草一木、一山一水仍流传着令人惊悸的战斗故事。这里的关楼城墙和烽火台，不就是当年严酷战争遗留下来的生动见证吗？尽管已难寻觅当年箭穿矛刺之迹，仍让令人追溯远古啊！

剑门之险，还在于峰绝、岩危、路险、峡深。山上怪石嶙峋，砾崖石径，陡峭曲折。从关隘环崖攀登，乘危履级，面壁爬行，穿石笋峰狭缝，上“天梯”，过“仙女桥”，钻“双穿洞”，看“舍身崖”，均是险绝的去处。这些奇绝处，我都一一去过，若论有何感受，唯有“惊心动魄”四字。譬如位于大剑山中断处的剑门关隘，为东峰营盘嘴，西峰金城山断崖之间的狭谷隘口。两崖石壁如刀砍斧劈，平地拔高 150 余米，长 500 余米，顶部宽 100 余米，底部宽 50 余米。“两崖对峙倚霄汉，昂首只见一线天。”大剑溪水绕崖穿石，向北流出隘口，直泻而下，地势异常险峻。蜀汉诸葛亮在此修筑关楼，成为军事要塞。此关楼历代均予修复，飞檐三重，甚是雄壮。这里且录楹联二副：“风月无边，北望秦川八百里；江水如画，万古天府第一关”。“天设长堑，壁垒千里，固西南屏障，回头眺绵城；地塵短兵，历经百战，锁秦蜀咽喉，眼底看长安”。

剑门关不仅以险峻著称，它还有另一番神韵。它雄中有奇，险中有幽，巍峨雄姿下不乏妖媚的倩影。岭壑森林植被极好，奇峰拥翠，峡谷幽深，百鸟争鸣，野花送香。关内的梁山长有十万青松，气魄极其宏大。登上梁山寺绝顶处遥望，更见雄关内外山峦重重，云树叠叠，梯田层层，村落点点，公路如带，车辆如蚁，四季景色常看常新。颇值一提的是“剑门细雨”，即蜀中四大景观之一。由于剑门关属亚热带湿润性气候，加之森林覆盖率高达97%，春秋季节多细雨，在蒙蒙细雨中，剑门七十二峰、剑门关隘时隐时现，若即若离，披上一层神秘的面纱，仿佛置身仙境，给人以无限的遐想，实为一大美景，因而与“望云雾海”、“梁山松涛”、“夕照绝壁”并列为四大景观。宋代大诗人陆游在《剑门道中遇微雨》中写道：“衣上征尘杂酒痕，远游无处不消魂。此身合是诗人未？细雨骑驴入剑门。”其情其趣，可爱迷人。古往今来，剑门关吸引了多少名人来此观光览胜。张载、王勃、李隆基、李白、杜甫、岑参、王维、李商隐、王安石、陆游、方孝孺等，途经剑门，都留下了脍炙人口的诗文，剑门关以其无可争议的独特价值，成为天下人赞叹的瑰宝。

登山眺望，数百里群山奔到眼底。定睛北望，秦岭逶迤而至。东窥云台山矗立长空，西望摩天岭险峻挺拔，俯视剑溪河岸，川陕公路犹如一条闪闪发光的绵长的丝线。置身于这样的境地，一股悲壮与古朴、雄险与瑰丽的情怀从心底里涌起，不可抗拒！令我感到兴奋的是，“蜀道难，难于上青天”的历史早已结束，随着成都至绵阳再至广元的高速公路通车、剑门关火车站的升级、广元机场的通航，以及剑阁县县城由原来的普安镇搬迁到紧邻剑门关景区的下寺镇，剑门关的交通已是相当便捷，蜀中古地剑阁已穿越历史的时空，在新世纪的阳光下，创造更雄浑、更壮丽的辉煌！如果大诗人李白不在千年前仙逝，如果他有机会重返剑门关，还会再仰天长叹“蜀道难”吗？

情系月牙泉

前几天，一位甘肃的媒体朋友打电话给我，让我情不自禁地忆起了曾经去过的甘肃敦煌鸣沙山上的月牙泉。

那是1996年8月26日的傍晚，我们在敦煌市区用过晚餐后，就驱车直奔月牙泉。月牙形的清泉，如美丽的翡翠镶嵌在金子似的巨大沙丘上，令人震撼！我与一群来自全国各地的媒体朋友顽童般的在沙丘上开战，乐不可支。

夜幕降临。这天晚上天气出奇的好，皎洁的明月悬挂在幽蓝的天空中，周围十分静谧，只偶尔听见一阵子虫鸣蝉弦。月牙泉似与天空混为一潭，分不清哪里是泉哪里是天。但见月牙泉披上蒙蒙的细沙，轻飘地潺湲，娓娓地向我们倾诉风轻云淡般的心迹。青色的幕布，镶嵌着明月，与一泓碧水构成了一幅隽永的画面。

月牙泉，月牙泉，千百年来，你就这样在鸣沙山上静静地坚守着不变的梦幻吗？你就这样呵护着心中圣洁的情缘？多少人从遥远的地方跋山涉水甚至远渡重洋来到你身边，双手合十跪拜在身边。你用柔弱的泪水洗净他们满身的风尘，用无声的语言安抚他们疲惫的身心。许多人甚至愿在你的怀抱里终了一生，而你始终以纤细的手慰藉着他们，让他们终于顿悟出生命的真谛。也许你就是这巨大的戈壁沙漠上的一颗价值无与伦比的绿宝石，你就是这荒地无烟的精魂浓缩点，使人羽化、超然，而又悄然袭上丝丝缕缕的感伤。

“鸣沙山怡性，月牙泉洗心。”身处今日喧闹芜杂的世界，日子越发过得不能宁静。我想，该重返月牙泉洗心了……

草原牧歌

也许是一种前缘，也许是一种命定，也许是一种来自灵魂深处的最本真而又最无以表达的共鸣吧，总之，她就这样轻易地走进了我的内心——草原牧歌。

曾经无数次去过内蒙古草原，我的头脑中总是拂不去这样的场景：凉爽的风挽着蓝蓝的天空和大朵大朵的白云，草浪裹着花香奔涌而来，羊群在无边的绿毯上自由地撒欢儿，牧人骑着马儿放开嗓子高歌。草原牧歌以她自由、奔放、舒缓、深情的旋律，像汩汩的流泉，浇灌了我的心灵。时风变易，世道沧桑，流沙般的岁月淘洗了多少面影。经历了一些世事后，我已看淡了不少黄花与新叶，但是草原牧歌却在我心中鲜亮如初，滋润着我的人生。

有一位著名的哲人说过："没有哪个民族能像蒙古族那样，用音乐和歌声去传颂历史、记载生活。毋庸置疑，对生存在广阔地域，又善于遥望奔突的民族，他只能把知识的殿堂建在心灵上。"草原牧歌，其实就是一条古老而又常新的音乐圣泉，她从蒙古族历史的源头涌出，向着民族文化的渊源奔去，千回百折，波澜壮阔，一直激荡着蒙古族人民的心灵，为他们的生活提供充足的营养，汇成一条永不枯竭的河流。

"茫茫天际蓝色的故乡/风吹草低见牛羊/鲲鹏难越广袤的土

地/路像飘带伸向远方/美丽的草原辽阔的牧场/我心中热爱的地方/春风送来鸟语花香/碧绿的河水欢唱向远方/美丽的草原辽阔的牧场/我心中热爱的地方。”这首由德力格尔仓作词、腾格尔谱曲的《蓝色的故乡》，将牧人的心绪表露无遗。如果不是曾经置身于广袤无边的草原，如果不是曾经在草原上聆听过无任何乐器伴奏的这首歌的清唱，我是不可能感悟到草原牧歌的绚丽多姿，也不可能体味到草原牧歌辽远深长、意蕴醇厚的内在神韵的。草原牧歌蕴藏着草原之韵、草原之魂，如果不走进草原，怎能融入流溢着真切情感与文化底蕴的牧人心曲之中呢？

我无法忘却我在内蒙古呼伦贝尔草原上的经历，也无法忘却我在内蒙古包头草原上的见闻。说草原是酒的海洋、歌的故乡，那是一点也不夸张的。在那辽阔得让人心旌摇荡的大草原，无不有悠悠琴声、嘹亮歌声伴随着每一个晨昏。虽然，由于工作上的原因，我认识了许多明星大腕，也与其中一些结成了好朋友，但是，我要说没有任何明星大腕演唱的歌能够像牧人唱的那样深深打动我！草原上的牧人不但都有一副浑厚高亢的好嗓子，而且对于草原牧歌的演唱自有一番独特的领悟和技巧。那种散发着醇厚的、浓郁的青草味的牧歌，永远属于伟大、勤劳和智慧、勇敢的草原牧民，以及那些爱草原爱得刻骨铭心的人。

听一遍《雕花的马鞍》吧，她是如此深情地歌颂蒙古族人民那顽强的生命力和同自然搏斗的英勇气概：“在我很小很小的时候/很小的时候有一个神奇的摇篮/神奇的摇篮/那是一副雕花的马鞍/伴我度过金色的童年/金色的童年/当阿爸把我扶上了马背/阿妈发出亲切的呼唤/马背给我牧人的勇敢/雕花的马鞍我神奇的摇篮/在我长大成人的时候/成人的时候/忘不了那神奇的摇篮/神奇的摇篮/那是一副雕花的马鞍/在草原上世代相传/世代相传/孕育了多少民族的骄傲/编织了多少理想的花环/马背给我草原的胸怀/马背给我牧人的勇敢/雕花的马鞍我神奇的摇篮。”在呼伦贝尔盟陈巴尔虎旗一个水草丰美的湖畔，一位蒙古族朋友告诉我，牧人的道路是在马背上走过的，牧人的情感是在马背上抒发的，牧人的喜悦是在马背上获得的，牧人的业绩是在马背上创造的。骏马是牧人的伙伴，马鞍是骑手荣耀的象征，马背与马鞍是牧人成长的摇篮。马背摇篮孕育出了马背民族的魂魄。穿行在绿得让人心灵震撼的呼伦贝尔大草原里，我理解了牧人为什么对骏马、对草原、对河流爱得那样真挚，为什么对草原那样难离难分、难割难舍。不管走到什么地方，那花团锦簇、欢乐蓬勃的草原总是在牧人心中驻扎！

草原牧歌应了牧人心灵的需要而一代一代生长起来、丰美起来。那奔腾的马蹄融入她的节奏，那自由的风化作她的精神。草原牧歌是如此坦荡如砥，又是如此变化如云，低回像草浪，高昂似马嘶。草原牧歌既有蓝天的高远、草原的辽阔和白云的明净，又有花朵的摇曳、彩虹的绚丽和细雨的深情。草原牧歌奔放深沉、婉转悠扬的旋律，诉说着一个马背上的民族博大的胸怀、丰富的情感和永远自强不息的精神。正因如此，我才迷醉于草原牧歌的情韵，折服于草原牧歌的神魂。虽然我长年生活在南方，但对草原的向往却与日俱增。我不奢望草原还能记得数年前我曾独自一人在她宽广的胸怀里行走。这没关系，因为我已经记住了长长的套马杆，记住了飘香的奶茶，记住了锦绣花海，记住了飘扬的旗幡。更重要的是，我从草原牧歌中汲取了许多力量，无论今后是否要远行，是否要背井离乡，我都会像草原牧人那样，笑看云起云落，冷对雷电风雪，只要心中激荡着不老的情感，生命就会有存在的价值。

希拉穆仁之惑

我一直忘不了那次内蒙古希拉穆仁草原之行。

汽车驶离呼和浩特市区后，即进入连绵起伏的大青山，天高云淡，令人心旷神怡。望着窗外的景色，我的思绪陷入了少时读过的描写内蒙古大草原的小说的情景中：绿莹莹的草原无边无际，清风拂过，端的是“风吹草低见牛羊”，草甸子上野花盛开，群马驰骋；红日西沉，蒙古包外响起悠扬的马头琴声……

终于到了希拉穆仁大草原了。我一下车，一群蒙古族男女青年就唱着粗犷、高亢的蒙古歌曲，热情地向旅人一一献上了蓝色的哈达，并请大家喝一口烈性酒。呵，辽远、壮美、神秘的蒙古大草原，一直燃烧着我向往的激情！现在身临其境，剽悍的蒙古族牧民与大草原浑然一体，真是名不虚传。

希拉穆仁，蒙古语的意思是指水草丰茂。自古以来，希拉穆仁环境优美，人杰地灵。清朝乾隆皇帝北巡到此，惊叹世上居然有如此美丽的草原，草原上竟有如此清澈的河流，遂下旨在这里建一大召（即寺庙），作为满、蒙、汉等民族融合的象征。这座古寺现保存完好，然而草原风光却与当年大相径庭。

我因去过甘肃省肃南裕固族自治县的马蹄寺草原、内蒙古呼伦贝尔草原，所以就特别留意希拉穆仁草原有何特色。不过，说实话，进入我视野中的希拉穆仁草原的确显得苍凉。不要说小说中写到的那种齐腰深的草了，即使所剩不多的小草，也只是像北方田野里稀稀拉拉的麦茬。不少草地已裸露出沙土，令人惊诧不已！虽然我也看到了一位羊倌放牧着几十只绵羊，但那群绵羊显然对眼前的草地不甚满意，有一口没一口地啃着草。虽然我也看到了弯曲的河流，但河流已没有了气势，水流并不湍急，宛如平缓的小溪。

正在走向沙化的希拉穆仁草原让我长叹。由此追溯斑斓的历史长河，中华文明是由黄河文明、长江文明、草原文明这三大文明圈不断融合、发展而来的。与汉唐丝绸之路、宋元海上丝绸之路比肩的草原丝绸之路还在，似乎尚有阵阵驼铃声。长空忽然传来一阵鹰鸣，颇像成吉思汗的蒙古族铁骑，纵横欧亚大陆，把旌旗插向大漠深处，一路留下铿锵的足音。难道建立过辉煌的草原将变成茫茫的戈壁滩？

在 20 世纪 70 年代，希拉穆仁草原仍然是水草丰茂，风光无限，如今的景象与国人过度开发草原、缺乏科学发展意识有关。所有生物都是有生命的，如果破坏了草原的生命群体，草原将不再是草原，只能是令人恐怖的飞沙走石之地。我冀望于正在实施的退耕还林工程早日开花结果，让希拉穆仁不仅守住已经不多的绿色，而且蔓延出更广袤的绿海。

夏威夷，远离尘嚣的净土之美

在一望无际的太平洋深处，有一个群岛叫作夏威夷，它是举世闻名的旅游胜地。不管春夏秋冬，每年都有不少从世界各地前来观光的游客。他们主要是冲着夏威夷海而来，夏威夷的海比起其他地方的海确实更具观赏性。如果你一天去看几次夏威夷的海，那千姿百态的海景，没有一个是重复的！特别是在傍晚时分，那清澈透亮的海水，翡翠一般荡漾着清波，一轮红日渐渐沉落到海雾中，先是橙红，继而绯红，远远地在水天相接的地方画一道红眉，美丽而又悲壮。

2500万年以前，由于海底火山爆发，地层升起而形成了夏威夷群岛。夏威夷群岛由大岛、茂伊岛、欧湖岛等8个岛屿组成，总面积为10.7万平方公里。无论哪一个岛都是山脉纵横，丘陵溪谷，四季常绿，如一座座秀丽的自然园林。我于2009年12月与横店影视城董事长兼总经理殷旭先生等一起踏上了夏威夷火奴鲁鲁，即欧湖岛，也就是人们常说的檀香山。它是夏威夷群岛中的第三大岛，夏威夷州府所在地，是政治、经济、文化及观光中心，也是美国在太平洋的重要航空、军事基地。1941年11月26日震惊世界的珍珠港事件中，那艘被日军炸沉的美军舰“亚利桑那”号的烟囱，还在火奴鲁鲁阳光的映照下，折射出缤纷的色彩。我注意到已沉没在海底的军舰，几十年后至今还在渗漏油星，翻译对我说："那是葬身在海底的士兵们的眼泪。"

到达火奴鲁鲁，下了飞机后进入我眼帘的机场园林式的设计赏心悦目，绿树婆娑，亭台掩映。迎接我们的当地导游满面笑容地往我们脖子上戴一个用白兰花扎成的花环，幽香馥郁，把我们因从奥兰多起飞，经停底特律、旧金山机场辗转到达的漫长空中飞行的疲惫消除了。据说，这是夏威夷土著亲切接待来此旅游观光的客人的一种传统风俗。

最值得一写的当然是火奴鲁鲁的海滩，尤其是外奇奇海滩。它从钻石头山开始，延伸两公里，不少穿着比基尼的女郎在高高的椰子树的摇曳下，风情万种地凭临海风享受着阳光的沐浴。冲浪健儿则大显身手，在波涛之上勇敢地弄潮。导游说："来到夏威夷，不去外奇奇海滩上走一走，那等于没来过夏威夷。"而我在外奇奇海滩上，感到了人的生命原来可以是这么自由舒展的啊！

不过，在海滩上释放生命激情的全都是外来旅游观光者，真正的夏威夷居民却大都懒懒的，很少在海滩上逗留。他们的家门口就是美丽的山和海，彩虹花开得鲜艳灿烂，地上不时有当地特有的夏威夷雁走来走去。美好风景每天都在身边，因而他们去的最多的地方就是咖啡馆和超市。不过，夏威夷物价可不便宜，连我们吃的青菜都是从遥远的中国空运而来的。

说到彩虹花，它是夏威夷的市花，其实就是木槿花，中国南方多省都有。在夏威夷，假如你从一片绿色的草坪走向路尽头的金色丛林，路边开得最艳的就是彩虹花，每一朵都似一位仪态万方的美人，有的端庄雍容，有的高贵冷傲，有的沉静优雅，有的甜美可人，有的艳丽妩媚，各有独特的美感。当然，在夏威夷尽情盛开的不只有随处可见的彩虹花，还有安谧轻盈而又平和的阳光。夏威夷的阳光与我在洛杉矶市见到的阳光不一样，后者是那么热烈奔放，全然没有夏威夷的阳光那么优雅矜持。与这样的阳光相伴的，是布雷斯德尔音乐厅、波利尼西亚艺术村、杨伯翰大学、卡哈拉·希尔顿饭店，还有漂亮的网球场和星罗棋布的小别墅。是的，沙滩、阳光与彩虹花，可以说是夏威夷的代名词。

在火奴鲁鲁，我听到一件事情，感慨很深。在许多人的想象中，夏威夷既然是海岛，渔业当然很发达。错了，夏威夷是没有渔业的，因为夏威夷人认为，他们赖以生存的这个群岛，正因为有着天然美丽的自然景色，才会吸引全世界众多的游客，使得旅游业成为岛上最主要的经济来源。因此，在多年以前，夏威夷人就制定了一项法律：不准用机动渔船捕鱼，不准砍伐一棵树，不准建一处冒烟的工厂，凡是污染海水、空气、土地的产业，都在禁止之列。夏威夷人的聪明做法换来了今天的滚滚财源，全世界的游客每天都争着给他们送钱来了。我们经常听到的“靠山吃山、靠海吃海”的说法，是不是对资源的一种过度消耗呢？

夏威夷，远离尘嚣的净土之美，谁能忘却？

榕树旁的围屋

我的故乡在赣南。在赣南各地，榕树随处可见。在赣州市中心的南门广场，那亭亭如盖的浓郁的绿就是榕树了，因而榕树成了赣州的市树。在赣南各地尤其是乡村，榕树是最亲近人的树。它以巨大的树冠，荫蔽着村庄，如老母鸡温暖的羽翼。它以壮硕的躯干，把一个宗族的繁衍刻录进年轮，如一位高寿的亲历者。在我看来，它更多地体现出一种平易亲切，日日伫立于村头，静静地眺望季节的来路，即便自己已老态龙钟。它夜夜厮守着百年的诺言，枝叶相挽，根系相连，给耕牛一个反刍的地方。

每次回故乡探亲时，我都免不了要思考榕树与赣南客家人的亲密关系。它既出自于大自然的恩赐，也一定有精神上的勾连。你看，它根系如此发达茁壮，如一部族谱所炫耀的家道；它浓荫如此遮天蔽日，如一座祠堂所寄予的祈福。更让人惊诧的是，它不仅四季常绿，而且百年不老，除非人为砍伐，几乎没有自然枯死的。这不就是一种宗族观念和生命意识吗？所以我说，在我的故乡赣南，没有哪一种树能像榕树一样成为民间理想的精神对应物。

是的，榕树是宗族繁茂的寓言。在布满客家人的赣南，与榕树相伴的是聚族而居的围屋。

拥有800多万客家人的赣南，是当今全世界最大的客家聚居区。唐宋以来，大批北方中原移民背井离乡南迁，赣南是南迁移民的首个停留地，他们同当地土著交融，形成了一支有着独特的文化心理、民情风俗的客家民系。后来，他们迫于多种原因，继续迁徙。到了明清时期，定居于闽、粤的客家人，包括从赣南迁去的，又有许多返回到赣南。世事似变幻莫测的棋局，历史上客家人的行踪像浮萍般，但足迹却硕大无比，巍巍然散落于世界各地的山水之间。如今，全球共有客家人近1亿，我也是客家人的后代。

客家人迁徙到南蛮之地后，既要融入十分陌生的自然环境，又要面对当地的土著，只能以相依为命的宗族关系来应对所有可能的冲突。因而建造便于聚族而居，且防御性极强的围屋，仅仅从外观上就能给人以威风凛凛的集团形象。更何况，一座围屋就是一座城堡，共同的居住空间，迫使本来就有血缘关系牵连着的人们更加紧密地凝聚起来，以便找到新的家园的宗族在这片陌生的土地上立足生根。在赣南现存的500多座客家围屋中，多建于清代中晚期，少数建于明代。围屋给人的第一印象就是人们依靠建筑拥抱成团，相依为命，而把土木牢固地结构在一起的正是宗族的力量。

2006年9月下旬，我与横店影视城董事长殷旭先生来到位于赣州下辖的龙南县关西乡的关西新围。它既是一座震撼人心的森严壁垒的巨大城堡，又是一个依山傍水的美丽庄园。

这就要说到徐老四这个人物了。关西新围为当地名绅徐名钧建于清嘉庆年间。这位徐名钧在兄弟中排行第四，故又称老四，年轻时是个浪荡公子，从扬州、苏州带回两位张氏做了二房、三房后，生活日见窘迫。幸运的是，这二房、三房却也贤惠，大方地拿出了所有积蓄，鼓励他重振家业。感动之下，徐老四做起了木排生意来。在生意竞争酷烈的江湖上，徐老四得到贵人相助，有一天他在南昌救起一名落水儿童，岂知竟是道台的公子。道台大人知恩图报，对其在江西境内的水域免缴一切税收。此后，众多老板依附于徐老四名下，免缴税收省下的钱财，拿出一部分孝敬徐老四。徐老四既得贵人相助，也得天助，有一年发大水，浊浪滔天，各家的木排全被洪水冲乱，徐老四见状毫不客气，将散落的木排悉数收拢变卖，发了一大笔横财。徐老四用其中的 20 万两白银，建成了规模宏大的关西新围。

我们看到这座正方形的围屋，占地多达 7000 平方米，面积为赣南 500 多座围屋之最，四角各建有 10 余米高的炮楼。围屋内建了一幢五列、前后三进的豪华大宅，正中为祠堂，对称分置 18 厅，共有 14 个天井，上百间主房。与豪宅配套的有戏台，书房、轿房、花园和消防水池，并将牲畜圈养在围外，整座围屋结构严谨，布局巧妙，廊、墙、甬道连通，既复杂又序列分明。

徐老四不顾当地的忌讳，给新建的围屋开了东西对称的两个大门，还在西门外建了一处叫“小花洲”的园林，以讨那两个从扬州、苏州带来的女人的欢心。龙南历来有“门朝东，妇娘养老公”的含有讥笑之意的说法，但徐老四却不管不顾这些，他自己好像并不愿仅以建筑记录发家史，还要通过艺术来炫耀自己的风流史。他的豪宅前，有大小两对红石雕的狮子坐镇正厅大门两侧，大的为雄雌双狮，坐在高高的基座上，小的那对则全是雌狮，三只雌狮无疑就是象征他生命中的三个女人了。作为石雕，她们有尊卑高下之分，但渗透于建筑装饰中的个人情感，竟能如此堂而皇之地袒露于光天化日之下，实在叫人惊讶，让人们看到了富有个性的徐老四不想掩饰的内心秘密。

建造类似于关西新围这样皇皇大观的围屋是个耗时费心的浩大工程，要用几年、十几年甚至几十年的时间。显然，相对稳定的环境和生活形态，才能满足人们对时间和心情的奢望。走进围屋，从外到里，我们都在仿佛触摸到汉族在中原地区已经失传或淡化了的一些文明传统，族谱、语言和风俗习惯等，这些为我们提供了客家人“情系中原，根在河洛”的充分证据，而围屋的建筑方式正是中原华夏族的民居、庄园和府第建筑艺术的生动再现和匠心传承。历史上不断南迁的客家先民，带着中原汉族的传统建筑文化，用夯土、土坯、卵石和青砖，建起一座座府第式以堂横屋为基本结构的围龙屋和城堡式四角围楼等客家围。对围屋这种建筑形式的眷顾，应该是深刻的集体记忆。因此，在新的生存环境里，也很容易就唤起了客家人亲切的认同感。围屋的形式不过是客家人集体的心灵图谱，众多的个体宿命般的被布局于其中。在它巨大的窠巢里，人如蜂蚁，密密匝匝地聚集在一起，朝夕相处而患难与共，规定的空间和闭锁的环境无疑只会大大强化宗族观念，并且，理所当然地限制家庭的私密性。不难看出，围屋似乎圈养着族人的宗族观念和集体意识，它合围成各种形状的墙，坚实如栅栏，柔软如绳索。

客家围屋建筑中的精神指向，决定了对建筑材料的选择，建筑因此有了血色和温度。在崇尚红石的赣南各地，红石不仅被广泛用作建造院门、屋门的石材，或用来建造牌坊和铺地，有些地方甚至用它做柱础或拐角处的墙角石。我曾经长时间弄不明白，红石也许有利于雕刻，却远不如青石坚硬，百年的基业怎能任由它随红石的风化而轻易地风蚀了去呢？在我看到的许多围屋，悲惨的红石如风烛残年般的老人形销骨立地倚墙站在门边，可身上依旧承载着一座门、一面墙甚至整幢房屋的重量！后来，经对客家文化深有研究的赣州市博物馆馆长韩振飞老师的点拨，知道了原来是红石以其吉庆的颜色赢得了客家人的喜爱。客家人宁愿牺牲坚固耐久不易风化的青石的实用意义，来换取红石的红色象征吉祥的观念意义。此外，客家围屋粉墙上的石灰掺和了蜂蜜和糯米浆，宗祠的木柱上包裹着夏布、刷着生漆。我想，这些手段并非只是为了强化材料的使用性能，因为，砖石汲取着丰富的营养，梁柱得到了温暖的呵护，这本身就体现了客家人在营构围屋时所迸发出来的智慧之光，它们正是浪漫的想象的产物，掺和了那些蜂蜜、糯米浆、夏布和生漆，客家围屋就有了温度。用手触摸它，仿佛就是触摸着一个客家人、一群客家人的温热的体肤，以及他们的灵魂。

更不用说赣南客家围屋中随处可见的楹联了。我始终认为文字的召唤具有振聋发聩、润物无声的双重力量。它普照广阔的地域，通行于芸芸众生。这也是我迄今没有转换职业的原因。在赣南客家围屋的楹联中，有大量的文字充满了传统道德的教训意味，富有为人处世的哲理，涉及修身之境界、持家之根本、处世之品行、交往之气量等。如宗祠的楹联："世事让三分天宽地阔，心田存一点子种孙耕"。有一座照壁干脆大笔直书四字警世箴言："多留余地。"真是一语双关，触目惊心。宋明理学对客家人的生活及围屋建筑的影响，在此可见一斑。

离开故乡在外地工作已经很多年了，我必须承认，至今我也没有对现在自己住的单元楼房产生任何心理认同。我常常怀念千里之外的客家围屋，怀想那与大榕树朝夕相伴、相得益彰、互为辉映的围屋风景。每当这样的时候，就恍如游魂发现了心灵的寓所，恍如身体回到了精神的家园。这几年来，我陆陆续续听到了一些客家围屋遭遇破坏的消息，作为客家人的我对此怎不伤感和怅然……

青山遮不住

赣州是江西当之无愧的南大门，是一座古老的城市。自汉代开始设县，建城时间可追溯到349年。隋代又更名为虔州，到宋高宗绍兴二十三年改为赣州，成为当时全国30大名城之一。站在赣州城古老的城墙上，追寻历史的痕迹，千里赣江在城墙下静默地流淌，左边是章江，右边是贡江，两江合流而成赣江，所以，赣州就成了人们常说的“千里赣江第一城”了。

谈到赣州这座古老的历史文化名城，自然要谈到郁孤台。郁孤台位于赣州古城墙西南端的田螺岭（又名贺兰山）上。它始建于唐广德至大历年间（763—779年），共三层，台高17米，面积300平方米。1982年按清代样式复建，题额为著名书法家、中国书法家协会原主席舒同手书。楼台大门有一副楹联：“郁结古今事，孤悬天地心。”郁孤台之名源于，一是周围林木郁郁葱葱，二是所处的小山头孤傲独立。

古往今来，出名的亭台楼阁总是和名人有关，郁孤台也不例外。历代文人墨客登临赣州郁孤台的题咏很多。北宋绍圣元年（1094年），苏轼因反对王安石变法被贬到岭南的惠州，途经赣州，登临郁孤台，诗兴大发，写下了《过虔州登郁孤台》：“八境见图画，郁孤如旧游。山为翠浪涌，水作玉虹流。日丽崆峒晓，风酣章贡秋。丹青未变叶，鳞甲欲生洲。岚气昏城树，滩声入市楼。烟云侵岭路，草木半炎洲。故国千峰处，高台十日留。他年三宿处，准拟系以舟。”南宋咸淳十年（1274 年），文天祥任赣州知州，任职期间，文天祥登上郁孤台，忧国忧民之情涌上心头，遂吟成《郁孤台》一诗：“城郭春声阔，楼台昼影迟。并天浮雪界，盖海出云旗。风雨十年梦，江湖万里思。倚楼时北顾，空翠湿朝曦。”

特别是 800 多年前，南宋爱国诗人辛弃疾在赣州任江西提点刑狱时，登临郁孤台，挥笔写下了一首脍炙人口的词《菩萨蛮·书江西造口壁》：“郁孤台下清江水，中间多少行人泪。西北望长安，可怜无数山。青山遮不住，毕竟东流去。江晚正愁余，山深闻鹧鸪。”千古绝唱使郁孤台声名鹊起，与初唐诗人陈子昂登过的幽州台一起，在中国文学史上，成为两曲千古传颂绝唱的诞生地。

2006 年 9 月 24 日，在柔美的初秋微风中，我与浙江横店影视城有限公司董事长兼总经理殷旭先生等人，在赣州市文物局局长兼博物馆馆长韩振飞的陪同下，造访了赣州郁孤台。韩振飞是文史研究专家，著述颇丰；殷旭虽身在旅游企业精细耕耘，但自幼却饱读诗书，因此，这次造访颇有情趣和收获。对我自己来说，更像是一次后辈对先人心灵的叩访。

贺兰山是赣州城区的制高点，郁孤台建在山顶，一座飞檐斗拱的楼阁，秀出葱茏绿树，缥缥缈缈，宛若仙城。我们拾级而上，凭栏远眺，耳畔不禁响起辛弃疾那字字如火的吟诵。渐渐地，我眼前的物像在幻化，一股苍凉之情袭上心头！辛弃疾，这位 800 多年前的南宋词人，怀着郁郁不振的心情，孤身一人来到赣州郁孤台上，当时正是暮春的一个黄昏。他的身影如此孤单，陪伴他的只有石阶上三三两两的狗尾巴草，以及比蛙声更近的深山鹧鸪。已逝的昨夜里梅花入梦，令他今日思绪纷纷，而在正午时分一只青鸟扑闪着翅膀，成为他的不速之客，更让他陡生悲歌一曲的强烈欲望。白日放歌须纵酒，青春做伴好还乡。可是，他的故乡在何方？胡人入侵，中原沦陷，弱宋南渡，苟安东南。他的故乡山东此时还会有村箫社鼓吗？不可能了！战云荡处，泰山日出，胡笳声中，趵突泉哭！浓浓的乡情，变成了被冷风摧残的花事，故乡已化为遥不可及的梦幻，而且还是破碎的梦幻。眼前的千里江山，尽是颠沛流离之客，胸中的万卷诗书，尽是去国毁家的疼痛！他樽俎风流，却只能空度华年；他慷慨悲歌，也只能换来唇齿间透心凉的冰霜。

我想，辛弃疾此刻的心境一定是欲哭无泪。当时，大宋江山已失去中原大地，而中原大地原本是英雄侠客辈出的地方。庸君之下的朝廷里，站满了巨奸大猾和趋炎附势之徒，他们根本就无能力料理江山国事，只会偏安一隅贪图享受。从临安到建安，从苏州到扬州，他们何处不寻欢作乐，哪管百姓死活？北方的兵戈与南国的秀艳，轻易地淹没了社稷苍生的绵绵哀恸。都说愤怒出诗人，可是，辛弃疾，此时此刻他除了愤怒还能怎样？他那充满精辟之见的《美芹十论》入不了当政者的法眼，他那单骑突袭金兵大营的善战之勇被弄权者讥为好出风头。“西北望长安，可怜无数山！”他郁郁寡欢，他想重返黄河之畔行吟，却因南宋朝廷设置的重重障碍而无法成为现实。

黄昏下的江水静静地流淌，河面上漂泛着落日的余晖。夜色渐渐降临，赣州城内外的喧嚣也渐渐消退，可辛弃疾的心海中却翻腾起排空的巨浪。飘飘何所似，天地一沙鸥。他原本是出生入死的社稷戎衣，如今却变成贺兰山上、郁孤台中的一位天地闲人，凌云壮志不能实现，一壶老酒又岂能浇灭心中无尽的哀愁？他终于控制不住了，两行清泪夺眶而出，继而狂泻！《菩萨蛮·书江西造口壁》在他颤抖的手上急速写出，可是他并不知道这会成为一首千古绝唱！生于忧患，死于忧患，上苍总是给有良知的中国知识分子铺设下如此令人悲怆的出路，幽州台、岳阳楼、郁孤台等等，不过是这令人悲怆的出路中的一个驿站而已。

从故乡山东到异乡赣州，辛弃疾在时空转换中并未失去对理想的追寻。假如他不在远离中接近了故乡山东，那么，他只拥有无限的漂泊。假如他的心灵没有到达异乡赣州，那么他在赣州担任江西提点刑狱的经历，也只是一个虚妄。伫立在郁孤台上，我似乎看见了他在赣州古城墙上踉踉跄跄地奔走，听见了他撕心裂肺的呼号："我的故国，我的家园，你们在哪里？"然而，即便是在如此苍凉的心境下，他对生活仍未失去最后的信念："青山遮不住，毕竟东流去。"我想，这就是硬汉！深山里鹧鸪的鸣叫，给世界带来新的信息。当时光如一件沉重的铅袍垂落后，在秋风中飞扬的树叶，仍然有辽阔的命运。是这样吗，辛弃疾？

古镇寻梦

这些年来，我寻访过不少古镇，如贵州贵阳郊区的青岩古镇、浙江江山市的廿八都古镇、江西乐安县的流坑古镇，等等。它们地处山水旷野之间，可沐清新之风，可觅幽古之趣。对于长期处于快节奏工作状态的我来说，古镇就是我赏心悦目的一块乐土了。

每次置身于古镇，我内心就有一种亲近感，特别喜欢古镇里的古朴民风。走进江苏吴江市的同里古镇，我好像与穿着长袍或绣花鞋的祖先们在历史的窄巷里重逢，不但呼吸相闻，而且心魂相守。在我眼里，同里古镇就是一个国色天香的标本，洋溢着一份不卑不亢的自豪。漫步同里，石拱桥下小舟浅吟低唱，拨动粼粼水波，幽深的石街小巷抒写出淡淡的惆怅。退思堂中，庭院深深，让我深切体味出岁月的沧桑。文昌阁上，风铃叮当，更让我产生绵绵怀想。

人们常说，旅人们的脚步没有停歇，但古镇却可以让旅人的身子停留下来。尤其是江南古镇，环境优美，清风明月，推窗即得。坐在浓密的树荫下，感受着从长长的回廊里透过来的清风，真是心旷神怡。古镇上的枕河人家，是如此温润雅致，灯火如豆，犬声隐约，这样的氛围岂是喧嚣都市能有的？走在一座座古镇上，我乐此不疲地体验着一草一木、一河一桥、一船一屋，感受着古镇夜晚的宁静和白天的从容。主人的好客，游人的忘我，风的洒脱，雨的温柔，小弄的狭长，民居的跌宕，一切竟是那么的和谐，仿佛事先商量好了似的。徜徉于古镇上，我不觉得有鞍马劳顿之感，即使走了很久，豪情也不曾减却。

浙江嘉兴的乌镇，是我很喜欢的一座古镇，镇上除了穿镇而过的市河外，还有两条小河绕镇而过，与市河一水相连。镇内小河纵横，蜿蜒曲折，临河而起的水阁木楼，绰影幢幢，而河面不大，恰好小桥轻卧，杨柳依依。浓郁的水乡古镇风味，在乌镇发挥到了极致。浙江湖州的南浔古镇，我只去过一次，就喜欢上了。南浔古镇内外刘墉的小莲庄和透溢着书卷气的嘉业堂，足可让人发思古之幽情。浙江兰溪的诸葛八卦村则令我如入迷宫，巷道纵横，短时间内难以梳理出头绪。安徽南部的一些古镇，如西递、宏村等，牌坊众多，而每一座牌坊都有让人吃惊流泪的故事。无论是温柔如水的故事，还是铿锵激越的传说，都让人感怀至深。在江西乐安县的流坑古镇，我看见一棵千年古樟树，静坐于此树下，禅道入胸，精神气爽。而在有 2700 多年历史的山西平遥古城，那古老的城墙和炮台，更是让我神思恍惚。从平遥古城出来，再到乔家大院，我又特别想在院子里借宿一晚，期冀能梦回昔日流年时光。

一座座的古镇，犹如散落在郊野山村中的明珠，纯净、清丽、古雅、娴静，其独特的人文色彩，给了我不尽的遐想空间……

梅 关 驿 道

我曾多次去过以梅花著称于世的梅关，但从未写下任何有关梅关的文字，心中一直为此抱憾。2007 年 3 月 9 日，我们登上了梅关，大家都心情激动，对我来说更是心绪难平，如果再不提笔书写一番梅关，连我自己都不能容忍！

大庾岭，古称梅岭。梅关为大庾岭中的一座关卡，海拔 746 米，是横跨赣粤两省的天然屏障，是两省的分界线、分水岭。这里山势险峻，峰峦对峙，历代为兵家必争之地。梅关古驿道长约 2.5 公里，宽约 4 米，石砌的古驿道由山脚下的江西大余县梅岭村起，弯弯曲曲在梅岭间延伸，游客可步行越岭而南，进入广东南雄境内。梅关古驿道自汉伐南越、唐设梅关以来，是中国古代江南唯一的一条“国道”，也是中原地区同沿海相沟通的交通枢纽。它见证了千年百代之兴替，历经两千余年的沧桑，至今依然保留完整。

江西赣州市下辖的大余县，本名大庾县，1957 年改名为大余县。原县名因大庾岭而得名，大庾岭横亘在广东与江西之间，绵延 200 里，居隔断中国南北的“五岭”之首（其他四岭为：骑田岭、萌渚岭、都庞岭、越城岭）。大庾岭如同天堑，阻挡了行人，隔断了南下的寒流和北上的暖气，使岭南岭北气候迥异，“一样春风，两般景色”。

在群峰并立的大山之间，有几处低矮的垭口，像是上苍有意留给人间的通道。公元前 214 年，秦始皇命使尉屠睢率 50 万秦兵，分五路进击岭南的百越，其中一路渡彭蠡泽，溯赣江、章江，再弃舟登陆，从大庾岭西侧一处海拔 430 米的垭口设横浦关，通往岭南的驰道穿关而过。从此，横浦关成了中原军队南进的必经通道。横浦关后来人称小梅关，距今天的梅关不过数里。秦设横浦关后百年，南越吕嘉叛汉，汉武帝发兵平叛，楼船将军杨仆奉命率部“出豫章，下横浦”，走的仍是秦时修筑的驰道……在此后数百年间，横浦关一直为兵家的雄关要塞，古驰道上充满了剑气与军威。

自从隋炀帝令人开挖了大运河以后，从京都至广州便有了贯穿南北的水上通道，这条几千里长的通道仅仅在大庾岭有一段不足百里的陆路。只是昔日秦代开辟的横浦关历经战乱，已关毁路废，山道狭深，虽可供人行，货物却全靠肩扛背驮，更不要说供马车驰骋了。

不能不提到张九龄！

张九龄是唐代有名的文学家、政治家，《唐诗三百首》开篇就选了他的两首《感遇》诗。唐开元四年（716 年），38 岁的左拾遗张九龄奏请朝廷修复庾岭通道，这年冬月唐玄宗同意张九龄的建议，并命令他具体负责此事。此时逢唐玄宗登基不久，励精图治，充满朝气，所以当事业心极强的张九龄奏书一上，玄宗立即下诏同意。左拾遗属谏官，官阶虽不高，却是天子近臣，由这样一位谏官来具体负责如此重要的工程，在历史上也许不多见。

张九龄的家乡在广东韶关市曲江县，在大庾岭南的北江边，进京离京，他数度往返大庾岭横浦关，亲身体验了这条古道的艰险难行，早有心重凿山道。他不修老路，而是在横浦关西边一处垭口凿山开道，拓出一条新路。这年冬天，身体羸弱的张九龄与当地百姓一起“饮冰载怀，执艺是度，缘蹬道，披灌丛”，劈山凿岩，终于修出了一条“坦坦而方五轨，阗阗而走四通”的新路，实在令人惊叹！宽阔平缓的新驿道的出现，使中国南北交通很快通畅起来。这庾岭驿道既是一条军事之路，又是一条经济之路。泰国、爪哇、苏门答腊、荷兰、意大利的使臣和商人，通过大庾岭给中原带去了珍珠、玳瑁、象牙、犀角、狮子、孔雀……宋代知军蔡挺设立梅关后，大庾岭驿道便改称为梅关驿道。这条宽阔、安全的梅关驿道，年年月月负载着千人万马，到了明、清两代，它的繁忙达到了顶峰，“商贾如云，货物如雨，万足践履，冬无寒土”，过往商旅不分昼夜。明末意大利传教士利玛窦在他的《利玛窦中国札记》中，描述了他过庾岭梅关时见到的景象。繁忙的梅关驿道，在洋人面前显示了东方泱泱大国的气派。

可以想象得到的是络绎不绝的商旅，给南安府（今大余县）带来了无尽的奢华！南来北往的名士谪臣如李德裕、周敦颐、苏东坡、黄庭坚、朱熹、文天祥、王阳明、汤显祖等，于有意无意间，给这原本“南蛮病瘴之区”增添了诗书与儒雅。写下著名的《爱莲说》的周敦颐，任南安府司理参军时，私授的两名学生程颢、程颐兄弟，后来成了中国哲学界的大师级人物；汤显祖一出《牡丹亭》，更给南安府带来了无限风韵！文气日积月累，大庾城人才辈出。大余人很感激汤显祖，这位中国的莎士比亚使大余县芬芳满城，《牡丹亭》给大余增添了多少芳菲和浪漫！大余人特地在城东修了一座“牡丹亭公园”，连气派的“东山大码头”也成了这座公园的一部分。公园里有楼台、亭阁、临水之轩，还有一座“杜丽娘墓”。墓旁的牡丹亭上有一副楹联：“光照临川笔，春分庾岭梅”。杜丽娘本是虚构的文学人物，不朽之作使她弄假成真。

3月9日细雨霏霏，行走在梅关驿道上的我们兴致勃勃。我在想，历史学家与经济学家对梅关驿道的记述大多枯燥干巴，并无悦目的感情色彩，但它却是一条真正的兴国安邦之道，为什么一入诗文，却充满了苦难的色彩呢？譬如唐代的诗人孟浩然的一首绝句："洛阳访才子，江岭作流人。闻说梅花早，何如北地春？"明代出生入死的战将戚继光，于万历年间调往广东任总兵，秋日过梅关，吟成《渡梅岭》："溪流百折绕青山，短发秋风夕照间。身入玉关犹是梦，复从天末出梅关。"他把梅关也看成"西出阳关无故人"的玉门关了。宋之问的《题大庾岭北驿》更是充满了愁云惨雾："阳月南飞雁，传闻至此回。我行殊未已，何日复归来？"苏轼的心情也很悲凉："问翁大庾岭上住，曾见南迁几个回？"（《赠岭上老人》），原来，从梅关南去最终活着归来的文人墨客不多啊！韩愈、苏轼是回来了，曾贵为宰相的李德裕却客死海南，大词人秦观、黄庭坚也都死在岭南贬所。迁客逐臣一踏上大庾岭驿道，便步履沉重，梅关犹如阴阳两界！被贬南迁的人走到这里时，怎么不感到心力交瘁，愁绪满怀？

好在梅岭有漫山遍野的梅花！

第一个吟咏梅花的，是三国时代的陆凯："折花逢驿史，寄与陇头人。江南无所有，聊赠一枝春。"多么大气的对生命的礼赞啊！此后，吟咏梅岭梅花的诗文逐渐多了起来。当驿道上越来越多的文人留迹时，这条古道也就诗意盎然了。

我们走进了山道中的一条岔路，这里曾是陈毅当年藏身之处。原来中央红军北上，项英、陈毅留下来坚持游击战，他们在大庾岭一带与敌周旋。1936年陈毅负伤，曾在驿道旁躲过了敌人的搜捕。陈毅就是在这片茅草与灌木丛中，写了著名的《梅岭三章》。“断头今日意如何？创业艰难百战多，此去泉台召旧部，旌旗十万斩阎罗！”诗韵铿锵，诗意磅礴！我们吟诵着陈毅的《梅岭三章》，感到脚下的山道浩气流贯！

如今的梅关，是游客博古思今的境地，也是赏梅、品梅、叹梅、写梅的好去处。在暮冬花开时节，驿道两旁顿时白梅如雪，暗香浮动，沁人心脾，荡人神思；从梅岭关前回首眺望，远处山色空蒙，田畴荒疏。读着宋之问的诗句，“度岭方辞国，停轺一望家。魂随南翥鸟，泪尽北枝花”，怎不勾起我们对当年客家人从此出关，远涉他乡，继续南迁情景的无限感慨，以及客家人再归来时的怀乡之念？

梅关驿道后来逐渐冷落了，显示了天朝大国威严的消失，也标志着中国古代史的结束和近、现代史的开局。驿道萧条，水运萎缩，大余城本该随此一损俱损，从此败落。可一个偶然的发现却使大余比以前更火爆、更富贵！这就是 1882 年德国牧师郃礼亨在大余县发现了钨矿，从此，曝出世界最大钨矿在中国江西大余的惊世消息。大余钨矿给人们带来了光明和财富，同时使梅关驿道的人文资源得以传承。这便是岁月长河给人们留下的无尽回味和绵长思索……

景德镇随笔

走在江西景德镇市的街头巷尾，扑面而来的是潮水般的千万种瓷器，令人目不暇接！一种对瓷器艺术的切身感受，置身在瓷器王国的那种令人眼花缭乱的兴奋，尽情挥洒。

我第一次造访景德镇这个有着“瓷都”、“瓷国”美称的城市，是在 1985 年秋天。后来又去过两次。此次再踏访景德镇，更是感慨良多。“CHINA”——英、美等国家把一个瓷器名词，代表中国专有名词使用，绝无仅有。“瓷都”之美称，景德镇的瓷器功不可没。而西方世界 18 世纪认识瓷器、了解瓷器生产的秘密，也是从景德镇开始的。

《浮梁县志》记载，景德镇在春秋战国时期地属楚国东南境，秦属九江郡番县，汉属豫章郡鄱阳县，三国时为吴地，东晋设镇，始称“兴平”，后易名“昌南”，辖于江洲，唐天宝元年(742 年）更名“浮梁”，北宋赵恒景德元年（1004 年）定名“景德镇”，辖于浮梁县。明朝时景德镇与广东佛山、湖北汉口、河南朱仙镇并称全国四大名镇。景德镇为皇宫烧御瓷，朝廷曾经派遣三、四品的官员到景德镇监督烧瓷，如清代有名的督陶官唐英。景德镇冶瓷始于汉代，唐代景德镇瓷器就有“假玉器”美称。五代时期，景德镇白瓷达到现代瓷质的标准，宋景德年间

（1004—1007年）景德镇设置监瓷官制瓷进贡，元代景德镇设“浮梁瓷局”掌烧宫廷用瓷，陶瓷艺术名扬四海，景德镇也享有“瓷都”之誉。

如今谁都知道盛赞景德镇陶瓷文化的四句话“白如玉，明如镜，薄如纸，声如磬”了，它们指的是其伟大的艺术境界。青花、青花玲珑、粉彩、高温颜色釉四大传统名瓷，集中体现了景德镇瓷器的艺术成就。青花瓷被人们称为“人间瑰宝”。始创于元代，到明、清两代发展到高峰。它用氧化钴料在坯胎上描绘纹样，施釉后高温一次烧成。其特点是蓝白相映，怡然成趣，晶莹明快，美观隽永。明代航海家郑和七下西洋，每次都带去大批青花瓷，与30多个国家进行交流，不少珍品现被收藏在英、美等国博物馆。这次在景德镇一家瓷器精品店里，我被一只十分精美的绘有腾云巨龙的青花瓷瓶深深地吸引，翠蓝色的画面色调幽雅，朴素庄重，令人爱不释手。我买下了一只绘有牡丹的细口青花粉彩瓷瓶，留作自己赏玩。粉彩是粉料中加入砷元素作乳浊剂的珐琅质玻璃白，其色彩效果给人以粉嫩温润之美感，故名粉彩，又因其独具柔和雅致的艺术感染力而称软彩。它多为中国画的工笔重彩，兼工带写和没骨写意等技法，具有线条纤细秀丽，形象真实生动，色彩丰富柔和，画面富于立体感等特色。我买下的这只牡丹粉彩瓷瓶就是典型的粉彩瓷，瓶身上的牡丹花绽放出粉红色的花瓣，妩媚得令人顿生怜爱！而那青色的叶片也惹人喜欢，看上去似乎有一抹细细的残雨尚未消隐呢。

悠久的陶瓷历史，千年不断的窑火，灿烂的陶瓷文化，珍贵的陶瓷古迹，精湛的制瓷技艺，古今杰出的陶瓷名家，精美的陶瓷艺术，独特的瓷业习俗，驰名世界的陶瓷产品，构成了景德镇独具特色的文化资源。由于时间关系，我的这次重访景德镇之旅显得很匆忙，未能夜宿景德镇领略瓷都迷人的夜景更是遗憾。1985 年秋天我首次走进景德镇时，与该市的 30 多位文朋诗友们的聚会仿佛就在昨天，那灯下相谈甚欢的热烈气氛及活跃的场面至今记忆犹新。岁月之船把当年的那些文朋诗友们载向何方了呢？没有人给我准确的答案。我想，我还会再来景德镇的，我爱它的高雅秀洁、灵巧明澈，一如青花玲珑瓷那般。

细节可以改变历史

距赣南瑞金市城西约 19 公里处，有一座小山，名叫云石山。1934 年 7 月，位于瑞金沙洲坝的中华苏维埃共和国临时中央政府迁至云石山，而后又从云石山出发，开始了震惊世界的红军二万五千里长征，因此这座山被称为“长征第一山”。

云石山上，有一座建于清道光八年的古寺，叫云山寺。1934 年 7 月，这座古寺被征为红军医院。长征前夕，受到王明排挤并被剥夺了党、政、军领导权的毛泽东，因患疟疾来此住院。恰逢时任政治局委员的张闻天亦因患感冒来这里疗治，两人得以有机会在云山寺里彻夜长谈。毛泽东向张闻天剖析红军第五次反围剿失利的真正原因，以及王明路线对党的危害，张闻天听后深有同感。就这样，两颗伟大的心灵在这林木幽深的云山寺中交流并融通，这也是日后遵义会议能够顺利召开的重要原因之一。

我曾于 2002 年春节期间造访过云山寺，2006 年 9 月下旬与横店影视城董事长兼总经理殷旭等再次登临云山寺。抚今思昔，感慨良多，70 多年前的风风雨雨在眼前一一展开。云石山上，一级级的石级曲曲折折，盘旋而上，一棵棵的古树丛丛复复，枝枝交映。那石级上的青苔，70 多年前承载了谁的脚印？那林木间的翠鸟，月明星稀之夜，曾经听到过谁的吟哦？

“当年鏖战急，弹洞前村壁。”这是怎样的厮杀啊？“装点此关山，今朝更好看。”这又是何等的豪情？你瞧，他来了，身患疟疾的他，原来伟岸的身躯看上去似乎有些憔悴，不过，这不是他的错，是红军的“疟疾”传染给了他。你瞧，他来了，身患感冒的他，原本深邃的双眼看上去似乎也有些憔悴，不过，这也不是他的错，是红军的“疟疾”把他侵蚀。毛泽东、张闻天，此刻，与其说是两位党的领导人，不如说是一对战士，两位病人，在经历了极其惨烈的红军第五次反围剿的战斗后，相逢于云石山上的云山寺里，彼此相互倾听对方的心涛。

云山寺掩映在密密的林中，漱石的山泉声和牵月的藤萝环绕着它。寺内，佛像供奉在莲花座上，有喧闹的松涛和沙弥的木鱼陪伴。在佛堂两侧分别住着毛泽东和张闻天。毛泽东住的左厢房因透光的山窗太小而显得光线晦暗；张闻天住的右厢房，则因泥墙渗水而使屋内无比潮湿。然而，比晦暗的房间更晦暗的是两人的心情，比潮湿的屋子更霉气的是苏区的命运。难道不是吗？时任总书记的王明，死搬教条主义，斥责毛泽东为“游击习气”。“洋专家”李德更是纸上谈兵，命令主力红军去打什么阵地战。这两人一唱一和，一意孤行，导致红军左冲右突，陷入严重困境。遥想当年与敌周旋，敌进我退，敌疲我扰，是何等的纵横自如啊！可是，今日据垒决战，敌攻我守，敌进我拼，却是十分难堪的被动挨打，随之出现的是一片片苏区的土地沦陷，一个个红军战士生命的永远消失。对此，毛泽东曾大胆提出放弃赣南，进军湘西，深入敌后，保存实力，可惜这么富有远见卓识的意见竟无人呼应。张闻天则疲于奔命，四面筹集粮草，八方扩招新兵，输送前线却仍是杯水车薪，怎不令他心力交瘁！如果仗再这样打下去，党的事业必然葬送，苏区必将重陷浩劫。他俩促膝交谈，哪管夜色如墨。

终于，低鸣的小昆虫变成了晶晶珠露，云石山下迎来了又一个黎明，山下小村庄的鸡啼声牵起了沉沉烟雾。病至重而心沉沉，情似铁而血如沸。一壶热茶，一袋纸烟，足以让两颗伟大的心灵互相通达。毛泽东与张闻天目光对接，彼此间传递的是极其珍贵的信息。一个胸藏甲兵，谈笑间狂虏灰飞烟灭；一个学富五车，深思中静夜鸢惊鱼跃。虽然，此时此刻的云石山外，仍是枪声如织，弹雨横飞，惨烈依旧，苏区的每一寸山河都是马蹄声碎，喇叭声咽。不过，这两位战士的彻夜长谈，将一一抚平苏区的累累伤痕；这两位伟人的携手并肩，将逐步结束红军的沉沉噩梦。历史，就是这样彰显它的轨迹。

伫立于云山寺内，我仿佛听见了这两颗伟大心灵的跳动！也许，不是所有的人都会注意到毛泽东与张闻天当年在云山寺秉烛夜谈的这个细节，但我相信，细节可以改变历史。云山寺不会忘记那个夜色如墨的晚上，因为，两位伟人夜话的声音，早已深深镌刻进古寺的木梁上了！

那广袤土地上的文化律动

——俄罗斯之行散记

2011 年 9 月，我随横店影视城俄罗斯考察团踏访了俄罗斯，用了 8 天时间领略了俄罗斯的自然、历史、文化之美，体验了一次难忘的俄罗斯之旅。

多彩迷人的莫斯科之秋

坐落在涅格林纳河与莫斯科河交汇之处的莫斯科，是俄罗斯的首都。市区有 90 多座公园和 100 多个街心花园，林荫大道纵横交错，绿色草坪遍布其间，经过秋风、秋雨和霜露的洗礼，自然景观异彩纷呈。市中心的克里姆林宫，宏伟的宫殿与庄严的教堂掩映在金黄色的树林中，显得更加庄严辉煌。宫墙和红场周围的一座座塔楼迎风矗立，直指蓝天。

阳光下，阿尔巴特街一些历史悠久的古建筑，历尽沧桑后虽有些风化和残损，但是经过修补后，已完好如故，容光焕发。最让我惊诧的是莫斯科大学的校园，简直就是一座美丽的公园，那茂密的白桦树林使我很难一眼看到隐藏其间的教学楼。我看见金色的树叶铺满了路面和草坪，小草和树叶随风散发出阵阵清香，活蹦乱跳的小松鼠不时出现于眼前。校园中心的大楼是莫斯科大学的标志性建筑，据说是当年斯大林亲自参与设计修建的，它与乌克兰饭店、俄外交部大楼等九大“斯大林式”建筑一起，被奉为苏联建筑艺术的经典。我站在市区最高点的列宁山上，俯瞰全城风光，心中浸润着美妙的诗意。莫斯科人底气十足地说：“在世界上工业发达国家的首都中，我们莫斯科的空气最清洁！”我亲身体验后，认为此话完全可信。

歌声飘荡在涅瓦河上

圣彼得堡是一座水的城市，全长 72 公里的涅瓦河从城中蜿蜒而过，有 32 公里的河面在市区里。

9 月 16 日，我们乘坐游船游览了涅瓦河。从登船的那一刻起，我就被船下这条大河迷住了。我眼中的涅瓦河是如此平缓、舒展，充满了母亲般的温柔。平静、宽阔的河水两岸是古老的建筑和无尽的森林，那绵延的绿色让人心醉。圣彼得堡共有 86 条大小河流穿过市区，将市区中心部分分割为 42 个岛屿。圣彼得堡的河流、岛屿和桥梁数量之多，居俄罗斯之冠。

我们的游船在涅瓦河上缓缓前行，穿过了一座又一座桥梁，两岸的风光“谋杀”了我们一个又一个镜头。远处传来的教堂的钟声，使人仿佛置身于俄罗斯传说中的仙境。游船上有一个小型的俄罗斯艺术表演团队，我们与俄罗斯的歌手、乐手一起在船舱里联欢，唱起了《红梅花儿开》、《山楂树》等俄罗斯歌曲。歌声随风飘荡在涅瓦河上，我的心也荡漾起了涟漪。我无法在短暂的时间里了解一个幅员辽阔、历史悠久的国家，但是，我可以用歌唱的方式去体验和感知这个国家和民族跳动的脉搏。

空气中都弥漫着普希金诗歌的气息

冬宫、夏宫、圣彼得堡要塞、滴血教堂、伊撒耶夫大教堂、阿芙乐尔号巡洋舰、彼得大帝青铜骑士像等，都让我对圣彼得堡充满了敬意。不过，普希金城也同样让我无法忘怀。

来到圣彼得堡，不可能不去普希金城，不仅因为这里有足可以与法国凡尔赛宫相媲美的宫殿、公园，更重要的是这里与俄罗斯的文学之父、俄罗斯的诗歌太阳亚历山大·普希金的名字紧紧连在一起。培养出俄罗斯伟大诗人普希金等文化人士的皇村学校，就坐落在这里。普希金在这里度过了少年时期。

皇村始建于1708年，距圣彼得堡25公里，是历代沙皇的行宫所在地。经过彼得大帝和伊丽莎白女皇的经营，到18世纪中叶，传统的皇家园林已初具规模。叶卡捷林娜二世时，皇村又被大规模扩建，到19世纪末，这里一直是沙皇全家的夏季度假休息地。

伫立在普希金雕像前，我仿佛听到了普希金激情澎湃的诗歌朗诵声。这位伟大诗人不朽的诗篇，曾经激励过多少热血青年啊！直到今天，俄罗斯不少人都依然认为生活中什么都可以没有，但不能缺少诗歌。在普希金的故乡皇村，我感觉空气中都弥漫着普希金诗歌的气息。

撼人心扉的圣索菲亚大教堂

从圣彼得堡到诺夫哥罗德有 3 个小时的车程。一路上，丛林茂密，旷野中难见人影。在进入诺夫哥罗德的入口处有一座“859”的数字雕塑，它说明的是这座城市的建立时间。

这座仅有 22 万人口的城市，显得很宁静，完全没有我们司空见惯的城市的喧嚣与嘈杂。诺夫哥罗德城市虽小，但却是闻名久远的历史名城。始建于 9 世纪的诺夫哥罗德，是俄罗斯最古老的城市，也是 9 世纪时俄国的第一个首都。在基辅公国的时代，这座城市曾是那个时代俄罗斯的第二大城市。诺夫哥罗德位于俄罗斯最北端，如此地理位置对于俄罗斯来说，其重要性不言而喻。

我们走进了圣索菲亚大教堂。这座大教堂是 1045 年至 1050 年建造的，是俄罗斯保存最好的 11 世纪教堂，典型的拜占庭式建筑风格，是俄罗斯宗教美术的标志性建筑。教堂外形朴实大方，穹顶饱满，穹顶外层配有铅或铜的外壳，这是俄罗斯特有的“战盔式”穹顶。我最感兴趣的是教堂的壁画，它们是那么的精美、华贵、雅致，在略显暗淡的烛光下，仍不失其撼人心扉的光彩。你知道这些壁画是怎么创作出来的吗？它们是美术家用精心挑选出来的彩色小玻璃块和彩色的天然小石块镶嵌而成的马赛克图案。那些绘有圣父、圣母、圣子及圣徒的大型壁画，还有神色庄严、刚毅、凝重的圣像画，都是古俄罗斯绘画艺术的精品。难怪教堂内的修女善意地提醒我们不要拍照，为的就是让它们的艺术生命更长远一些。

索契的阳光是如此的灿烂

对于中国人来说，索契是一个陌生的城市。在索契，我们真的没见到中国人的身影，满眼皆为金发碧眼的欧洲人，偶尔会有几位黑皮肤的非洲人。在俄罗斯，索契是一个最受欢迎的度假胜地。据说，许多俄罗斯人每年都要前往索契度假，因为占俄罗斯国土大部分面积的西伯利亚寒冷的滋味实在不好受。9 月 18 日至 19 日这两天，当我置身于索契时，才深切体会到了索契之所以成为俄罗斯人最爱的原因。

原来，得益于依山傍海的独特地理条件，索契成为地球最北端的热带气候区。大高加索山脉阻挡了北方的冷空气，而黑海又像巨大的热水袋一样散发出热量，使索契终年温暖湿润，四季如春，半年时间都可下海游泳。我们在索契海滩上就看到了许许多多的人身穿泳装躺在椅子上晒太阳，更多的人是在大海中尽情畅游。

与格鲁吉亚交界、与土耳其隔海相望的索契，给我印象最深的是灿烂的阳光。即使是傍晚，落日与晚霞也是令人心醉的。横店影视城董事长兼总经理殷旭先生此时艺术创作激情迸射，在太阳即将沉落于黑海时，接连按下了照相机的快门，把美丽的瞬间定格。入夜，我们在海滨的露天酒吧中喝着伏特加和啤酒，在同人的掌声激励下，我放开歌喉，高唱了一曲《深深的海洋》。

2014 年冬奥会将在索契举行，我们这次就住在 2014 年冬奥会运动员指定下榻的一家酒店里，位于高加索山上。黑海漫长的黄金海岸与高加索山脉覆盖的厚厚的白雪，构成了让冬奥会冰雪运动员十分向往的理由。2014 年，我会关注索契冬奥会，并为所有参赛运动员祝福。

徜徉于俄罗斯的心脏

从小就知道俄罗斯的红场、克里姆林宫，想当然地认为俄罗斯这个世界上最大的国家，应该有一个与其面积相称的首都广场。9月21日，当我站在红场上时，才知道红场面积并不大，只相当于北京天安门广场的五分之一。

不过，红场却经历和见证了俄罗斯500多年的雪雨风霜。它是俄罗斯的心脏，置身其中，我感悟到的是整个俄罗斯沧桑历史的浓缩。

红场南面是著名的圣瓦西里升天大教堂，再往南是一直延伸到莫斯科河畔的瓦西里斜坡。红场西面就是俄罗斯的心脏：克里姆林宫，东正教的文化在这个庞大建筑群中得到淋漓尽致的体现。这里有历代沙皇宝座所在地——多棱宫；沙皇举行加冕或隆重礼拜的圣母升天大教堂、法衣教堂；彼得大帝以前历代帝王的陵墓等。这里还有40吨重的大炮、200吨重的铜钟，皆为镇宫之宝。我们排着队依序进入克里姆林宫墙的正面——列宁墓。在光线幽暗的悼念大厅里，我看见了列宁遗体安详地躺在铺有红色党旗和国旗的水晶棺内，身穿着当年的黄色上衣，胸前佩戴着一枚红旗勋章。我们还看到了俄罗斯现任总统梅德韦杰夫的办公大楼，只相距50米。这让我联想起我们国内许多政府大楼那种冷酷的模样：老百姓怎么跟政府打交道啊？

红场的北端，是红砖银顶的莫斯科国家历史博物馆，馆前还有第二次世界大战时期著名的朱可夫元帅的雕像。西北面则是无名烈士墓，翻译告诉我们墓碑上镌刻着的铭文是：“你的名字无人知道，你的功勋永垂不朽。”陵墓前燃烧着永不熄灭的火焰，以纪念卫国战争牺牲的无数烈士。一群活泼可爱的少男少女从我身边走过，望着他们灿烂的笑脸，我想俄罗斯重振雄风的希望就在他们身上了。

广袤土地上的文化律动

这些日子走在俄罗斯大地上，时时有一种情感的燃烧和心灵的悸动。不论是在莫斯科、圣彼得堡，还是在诺夫哥罗德、索契，总能从睹物、忆事、怀人的绵绵情愫中引发出对峥嵘岁月的回望，唤起对崇高精神的依恋，感悟着民族魂魄的升腾。

在俄罗斯许多地方，常可见到巍然矗立的列宁、普希金、高尔基、朱可夫等人的塑像，还有十月革命和卫国战争的纪念墙和纪念碑。不少新婚青年选择在雕像下、纪念碑前拍摄下圣洁的影像。在索契海边一家餐厅外墙上，贴有一张邀请信，翻译告诉我，那是一个诗歌沙龙活动的邀请。在圣彼得堡观看《天鹅湖》、《睡美人》的演出时，我注意到许多观众都是全家出来观看演出的。在乘坐莫斯科的地铁时，我看到许多乘客都安静地阅读书报，没有谁会发出大声叫嚷。这是俄罗斯人的传统，更是一种文化粹质的深层次积淀。俄罗斯民族文化精神有着深厚的历史渊源。从彼得大帝时起，就已形成了独具风韵的文化传统。对于俄罗斯人来说，在城市的中心街道上矗立起思想家、革命家、将军、理论家、诗人、作家等精英人物的雕像，其实就是他们精神的寄托和对未来的期盼。只要你去过俄罗斯，只要你感触过那片土地的文化律动，你就会对俄罗斯尊重历史、崇敬文化而深有感慨。

可以说，俄罗斯人民用文化点燃了精神爝火，俄罗斯的文化注入了许多哲理和诗意，它们成为俄罗斯的国家象征和民族骄傲，也深深地沁入了俄罗斯人民的血肉和灵魂之中，并成为他们的生命依凭和生活追求。相比之下，我们自己在追求经济发展的同时，对文化的追求就显得力度不够了。要实现中华民族的伟大复兴，绝对不能忽视由文化基因所培植和淬炼而成的内在潜质，以及因文化底蕴而激扬振奋的民族精神的。

在 旅 途

在旅途中经常会看见一些人，而在旅途中看见的一些人将一辈子都不会再见。

2009 年春节，我从云南昆明乘大巴赴建水县。在长途汽车站里，目光所及之处全是操着无法听得懂的地方口音的人。因为是春节，候车大厅里的乘客都穿戴得充满喜气，可就是我坐的长椅右侧，有一位女子虽然身裹长裙，但脚上却趿拉着一双人字拖鞋，神情萎靡地抽着香烟。这样的情景让我诧异。

从建水县到个旧市，我乘坐的车一直盘旋在南国的高山上。耕牛、梯田、油菜花，还有哈尼族妇女在田间地头的背景，构成了我对了个边境地区的最初印象。

这样的影像已定格在了记忆深处，我不知道我今后是否还会重访建水和个旧。

2010 年 10 月，我在山西的平遥古城里，看见一位老者安然地坐在一把破旧的竹椅上，手中端着一个古老的水烟袋，美滋滋地吸着。慵懒的阳光洒在他身上，宛如一幅陈旧的油画。我若不是亲眼所见，我怎么会相信 21 世纪的今天还会有人对水烟袋如此痴迷？

今年 4 月下旬，我驾车从安徽芜湖至宣城。途中，在离一个服务区不远的荒郊野地里，我居然听到了熟悉的黄梅戏音调！尽管唱得不够专业，但足以让旅途中的我心里陡然生出一阵莫名的感动。我循声望去，只见槐树下几个农妇一边哼着戏腔，一边干着农活，甚是悠然自得。芜湖与宣城我当然还会再去，可此情此景还能重现于我的眼帘吗？

难忘罗布泊

我无数次地想象过它：新疆巴音郭楞自治州里的罗布泊。我无数次地渴望过它：罗布泊的广袤无垠。我听过一些关于它的传说，试图用最大胆的构想去描绘它。但是，2014 年 10 月 7 日，当我真的历尽艰辛置身于罗布泊时，还是被彻底惊呆了！

10 月 6 日凌晨 4 时，在浓墨般的夜色中，我独自一人驾车驱向杭州萧山机场，飞往乌鲁木齐，再飞往库尔勒，再从库尔勒驾车奔向大漠深处的罗布泊。其间的孤寂和折磨恕不细述，所有遭受到的苦楚都是自己早有了的精神准备：去罗布泊，可不是在江南的绿地梨花间踏歌而行的！直到今天，也就是离开罗布泊四个月之后，我身上依稀可见罗布泊给我的“馈赠”——极度干燥的气候导致人体皮肤失水而引起的炎症痕迹。

然而，我却并不因此而对罗布泊有任何抱怨。它的大戈壁，苍凉而又坦荡无比的大戈壁，在我眼前是那样横漫着，那样辐射着，那样的辉耀着，它是如此单纯、如此开阔，给我这个来自远方的江南男子以巨大的震撼和永恒的诱惑！

我承认我流泪了，那是因为就在 20 分钟前，我还幸运地接收到了同事发给我的手机短信，说的是十一黄金周横店影视城接待游客的统计数据。随后，在旷野中手机变成毫无意义的物件，没有了任何信号，我与这个世界至此“失联”。泪水情不自禁地流了下来，仿佛仅过几秒钟又被干热的空气蒸发掉。放眼望去，罗布泊，静寂无声的罗布泊，它的沙丘在茫茫瀚海中迟缓地蠕动着，它的戈壁滩放肆地赤裸着。它板结的土地每一块之间的裂缝之大，完全超出了人们的想象！一个多小时里，我仅找到了5棵唯一勉强存活的植物：骆驼刺。我知道骆驼刺露在地表上的身高不会超过20厘米，但它扎向地下的根系将不少于500厘米！

时间在这里变得极其冗长，空间距离失去了任何意义，只有几道突兀尖锐、呈几何形的大沙梁子和几具动物的干尸，标志着空间的一些变化。天蓝得让我疑惑了，太阳总是悬在头顶，仿佛这里的大地还不够干燥似的，愣是把所有可能的湿润都蒸发干净。

过了一道沙梁后，就再也没有看到一只骆驼和羚羊了。没有生命，没有植物，没有水，没有声音。沉寂，死亡般的沉寂，完全彻底的荒漠，而我脚下的土地离“楼兰古国”依然有不短的距离，但我已没有力气前往追寻。

是的，此刻我失去了思想和语言，失去了精神活动，只有深深的凝望，只有无边无际的深深凝望。可是，也正是由于这种凝望，在凝望中又失去了一切，或者又获得了什么，一个小时不到我就喝完了5瓶水，似乎不须再说明和描绘此刻我的心境了。

不过，说实在的，没有什么比这毫无阻碍的视野和彻底洞开的心境更让人沉醉了，罗布泊里甜蜜的孤独、浓烈的宁静，没有任何推理和概念，我只是因为自身和这广袤的大戈壁相拥抱而快感十足地战栗了。这种美正是我苦苦寻找的，她只发自这空旷的漠野，简洁到无法再简洁了，原始到无法再原始了，那么苍凉，那么粗粝，那么纯粹！面对这朴素而又极其强烈的美感，我顿觉胸宇之中有野马般的气在呼啸激荡，时而被吞没，时而被高托，这就是罗布泊给予我的神圣的隐喻……

我当然热爱绿洲，可是我也不能无视荒漠的存在。千百年以来，从古到今，罗布泊就这样存在着，以它刚强的风暴和粗野的地表，以它喑哑的黎明，以它毫无怜悯之心的黄昏，使我们敢于说出痛苦和渴望，敢于面对厄运和困境。正因如此，我记住了罗布泊的汉代烽火台、营盘汉代遗址、龙城雅丹地貌、太阳墓，记住了罗布泊的古胡杨林、库木克塔格大沙漠，记住了寸草不生、流沙灌满、一片死寂的孔雀河河道，当然，更记住了我尚未前往探访的楼兰古城，还有那传说中的楼兰姑娘。

是的，我怎么可能忘记罗布泊的坦荡、空阔、孤独、宁静，它的干燥的沙砾、板结的土块、纯真的石头、黄亮的沙丘、凋敝的残堡、散落的尸骨，在血红血红的残阳下构成了一个永恒。我想，既然来过这无边的原始的洪荒之地了，今后我不会轻易地向命运投降，只会更加热爱每一个早晨、每一轮旭日、每一棵绽放的新芽、每一朵盛开的花儿，只会更加热爱每一个崭新的日子，每一次美丽心愿的绽放！

后　记

今日是羊年正月十一，雨后初霁。就在刚过去的春节黄金周里，横店影视城创下了接待中外游客 99.54 万人次，同比增长 37% 的全新纪录，令人欣慰而又感慨。放在 20 年前难以想象的这种爆发，既是市场对横店影视城的认同和厚爱，也证明了横店影视城作为旅游目的地走向成熟，以及日甚一日的魅力。

在横店的 21 年，我亲历了横店影视城如何横空出世以及不断的美丽嬗变，最好的年华与最深的感情留在了这块土地上。这 21 年里对新闻理想的坚守，化成了横店的纸上烟霞、字里流岚。诚然，写作是很清苦、寂寞的，当下已有很多人早就弃笔转干其他更出彩的营生了，但是，当看到自己的文字变成游客们走进横店的快乐指南后，心中便涌上了难以描述的畅快。我由衷地希望有更多的海内外游客走进横店影视城，尽情采撷这里的欢乐。这也是将拙著定名为《横店的四季恋歌》的本意所在。

衷心感谢横店集团影视旅游行业副总裁殷旭先生、浙江横店影视城有限公司董事长桑小庆先生、浙江横店影视城有限公司总经理朱国忠先生等领导和同人，感谢他们对我多年的信任、鼓励和鞭策。横店影视城，精彩无极限，我会继续倾情抒写她的锦绣风华。

作　者

2015 年 3 月 1 日